당신의
출근길은
행복한가요?

당신의 출근길은 행복한가요?

놀이하듯 일하는 여성 멘토 13인의 드림 시크릿

펴 낸 날 | 2013년 4월 25일 초판 1쇄
　　　　　2013년 7월 1일 초판 3쇄

지 은 이 | 김희정
펴 낸 이 | 이태권
책임편집 | 곽지희
책임미술 | 이슬기
펴 낸 곳 | (주)태일소담
　　　　　서울시 성북구 성북동 178-2 (우)136-020
　　　　　전화 | 745-8566~7　팩스 | 747-3238
　　　　　e-mail | sodam@dreamsodam.co.kr
　　　　　등록번호 | 제2-42호(1979년 11월 14일)
　　　　　홈페이지 | www.dreamsodam.co.kr

ISBN 978-89-7381-559-3　03810
이 도서의 국립중앙도서관 출판시도서목록(CIP)은 서지정보유통지원시스템 홈페이지
(http://seoji.nl.go.kr)와 국가자료공동목록시스템(http://www.nl.go.kr/kolisnet)에서
이용하실 수 있습니다.(CIP제어번호: CIP2013003230)

당신의
출근길은
행복한가요?

놀이하듯 일하는
여성 멘토 13인의
드림 시크릿

김희정 지음

소담출판사

●

행복한 출근길은
환상 속에만 있을까?

"내가 해야만 하는 일들만 내 마음을 잡아끈다. 조금만 지루하거나 힘들어
도 왜 내가 이 일을 해야 하는가? 하는 의문이 솟구치는 그런 일 따위는 애당
초 몰두하고 싶은 생각이 없었다. 완전히 소진되고 나서도 조금 더 소진될 수
있는 일을 하고 싶었다. 내가 누구인지 증명해주는 일, 나를 행복하게 만드는
일, 견디면서 동시에 누릴 수 있는 일, 그런 일을 하고 싶었다."

_김연수, 『청춘의 문장들』 중에서

　세 명의 친구들이 있었다. 영화 탄생 100주년이 되던 해 보무도 당
당하게 영화과에 입학한 스무 살 처자들. 영화라는 커다란 교집합 속
에서 우린 많은 것들이 닮아 있었다. 좌파적 성향에 자유분방하고, 편
견과 고정관념을 배척하는 반항아적 기질까지. 그렇다고 영화로 인류
를 구원하겠다는 커다란 대의가 있었던 건 아니다. 왕가위 감독의 영
화처럼 발랄하고 유쾌하면서도 폼 나는 영화를 만들고 싶어 했다. 용
광로의 쇳물처럼 뜨거운 열정이 가득했던 우리는 영화 이야기만으로

밤을 지새우고, 촬영하느라 차가운 길바닥에서 노숙을 하면서도 마냥 즐거워했고 에너지가 넘쳤다. 바로 그 일이 내가 누구인지 증명해주는 일이었고, 행복하게 만드는 일이었으며, 견디는 동시에 소중한 것을 누리는 일이었기 때문이다.

그 후 십수 년의 세월이 흐른 지금, 우리 중 어느 누구도 그토록 염원했던 영화감독이라는 꿈을 이루지 못했다. 시간이 지나면서 그 꿈은 수정 또는 보완되었다. 좋아하는 일과 잘하는 일 사이에 간극이 있었기 때문이었다. 좋아하긴 했지만 잘하지는 못했던 일. 영화감독을 꿈꾸기엔 나는 너무 소심하고 리더십이 부족했고, 친구들은 다른 일에 관심을 기울였다. 재능이 없다고 판단한 후로 아무 미련 없이 다른 일을 찾아 나섰던 것이다.

그 후로도 우린 한참 동안 이 직업, 저 직업을 전전했다.

'과연 나의 재능은 뭘까?'

'내게 잘 맞는 직업이 뭘까?'

공통적인 고민을 품고 불안한 20대를 보냈고, 하나둘 자신의 일을 찾아가기 시작했다. 서로를 지켜보며, 서로에게 자극을 받으면서 말이다. 우선 나는 영화 마케터를 거쳐 작은 카페를 운영하며 틈틈이 글 쓰는 작가가 되었고, 한 친구는 신문사와 잡지사를 거쳐 책을 기획하고 만드는 프리랜서 에디터가 되었으며, 또 다른 친구는 미국으로 건너가서 제빵을 배우다 우연히 방문한 벼룩시장에서 판매하는 빈티지 주얼리에 심취해 빈티지 주얼리 숍을 오픈하게 됐다. 이제 각자의 자리에서 어느 정도 자리를 잡았고 현재의 직업에 만족하고 있지만 우리는 모이면 늘 어김없이 대학 시절을 회상하곤 한다. 후회가 남거나 아쉬워서는 아니다. 핏속에 아로새겨진 열정의 추억이 현재를 채찍질하고 지탱해주는 하나의 소중한 에너지원이 되기 때문이다. 무언가를 좋아하고 몰두한다는 것의 즐거움을 이미 알고 있고, 대상이 바뀌어도 그때처럼 몰입할 수 있는 능력을 갖고 있다는 것은 우리에게 가장 자랑스러운 이력이니까.

직업 특성상 20대 친구들과 자주 만나는 나는, 그녀들의 꿈과 직업에 대한 고민을 자주 듣게 된다. 고민은 대략 이런 내용이다.

"어떤 일을 해야 저와 가장 잘 맞을까요?"

"어떤 일이 가장 전망이 좋을까요?"

농담처럼 "그건 니가 제일 잘 알지 내가 어떻게 알아?", "그건 나도 좀 알고 싶다"라고 되받아치곤 하는데, 사실 그게 가장 정확한 답변이다. 어떤 일을 할 것인가는 스스로가 판단할 몫이다. 재능, 성격, 형편 등은 각자 다를 수밖에 없고, 전망이라는 것도 시시각각 변하기 때문에 뭘 하라는 단정적인 조언은 피할 수밖에 없다. 내가 알려줄 수 있는 것은 다만 '어떻게' 찾느냐에 관한 조언뿐이다.

어쩌면 그들이 갖는 고민은 당연한 것들이다. 자신에게 맞는 일을 찾는다는 것 자체가 자판기에서 물건 고르듯 뚝딱 선택할 수 있는 간단한 일은 아니기 때문이다. 물론 김연아 선수처럼 어린 시절에 운명적으로 자신의 일을 만나 열정을 다해 성공에 안착한 사람들도 있고, 고등학교 때 계획한 대로 전공을 살려 전문직에 종사하는 사람들도 있다. 하지만 주변을 둘러보면 나와 친구들처럼 그렇지 않은 사람이 더 많다. 전공과는 아무런 상관 없는 일을 하기도 하고, 멀쩡하게 다니던 직장을 그만두고 새롭게 공부를 시작하는 사람들도 있다. 직장을 여러 번 옮긴 후에야 자신에게 맞는 일을 찾은 사람도 있다. 취미 생활로 시작했다가, 혹은 직장 생활을 하다가 우연히 발견한 일들. 뒤늦게 찾은 적성일수록 천직이 되는 것은 그만큼 많은 경험을 통해 얻은 결과물이기 때문일 것이다.

문득 그런 생각이 들었다. 자신에게 꼭 맞는 일을 찾아 즐겁게 일하는 이들의 이야기를 들어보는 건 어떨까? 자신의 직관을 믿고 나아가는 것도 중요하지만 때로는 선험자의 경험이나 충고가 더 도움 되는 경우가 많다. 자신의 모든 것을 소진시켜 자신만의 일을 갖게 된 사람들. 먼저 경험해본 그들의 이야기 속엔 나와 비슷한, 혹은 내게 대입하면 좋을 이야기들이 담겨 있으니까.

무슨 일을 해야 할지 막막한 나에게 누군가 해줬으면 좋았을 이야기, 처음부터 잘하는 사람은 없다고 다독여줄 수 있는 이야기, 운명에 따르는 것도 나쁘지 않다고 충고해주는 이야기, 도전하지 못하고 망설임만 되풀이하는 누군가에게 용기를 주는 이야기, 조금은 늦게 재능을 찾아도 충분히 성공할 수 있다는 긍정의 이야기…….

자신만의 일을 찾고 성공한 사람들의 이야기를 담아내는 작업을 해야겠다고 생각한 것은 바로 길을 잃어 방황하고 있을 때, 혹은 어디로 가야 할지 몰라 막막할 때, 내가 가는 길이 맞나 의심스러울 때 앞서 길을 가본 사람의 조언 한마디가 어떤 힘을 발휘하는지 알고 있기 때문이었다. 규칙을 정하고 문명사회를 만들려고 했지만 생각과 달리 무자비한 야만 사회가 되어버린 윌리엄 골딩의 소설 『파리대왕』에서 비행기 사고로 외딴 무인도에 갇힌 소년들이 간절하게 원했던 것도 연류 있는 어른의 조언이 아니었던가.

그렇게 나의 인터뷰 여행이 시작됐다. 부암동의 작은 레스토랑에서부터 작가의 작업실이자 안식처였던 도곡동의 아파트까지. 그녀들의 이야기는 재미있고 다양했으며 또한 유쾌했다. 저마다 다른 사연과 성공 스토리를 가지고 있었지만 일맥상통하는 부분도 있었다. 바로 그녀들 모두 자신의 일을 좋아하고 즐긴다는 것. 김연수가 『청춘의 문장들』에서 했던 말처럼 완전히 소진되고 나서도 조금 더 소진될 수 있는 일, 자신이 누구인지 증명해주는 일, 오늘을 더 행복하게 만드는 일, 견디면서 동시에 누릴 수 있는 일, 바로 그런 일을 그녀들은 하고 있었다.

프랭크 바움의 동화 『오즈의 마법사』에서 도로시와 친구들이 모험이 끝난 후에 알게 된 진실은 세상을 나아가는 데 필요한 지혜와 사랑, 용기 등의 가치가 이미 우리의 마음속에 깃들어 있다는 사실이었다. 그처럼 나 또한 그녀들과의 만남을 통해 결국 나와 친구들의 선택은 크게 틀리지 않았음을 깨달았다. 영화감독이라는 우리의 최종적인 꿈은 같았지만 영화를 선택했던 이유는 달랐다. 나와 B는 내가 만들어낸 이야기를 다른 사람에게 들려주는 게 좋아 영화를 택했고, C는 영화의 화려하고 새로운 세계에 매료되어 영화를 택했다. 글을 쓰고 있는 나와 B, 화려한 빈티지 주얼리 쇼퍼이자 디자이너인 C. 장르를 바꿨을 뿐 우리가 하고자 하는 일의 본질은 그대로였다.

내가 만난 그녀들은 세상을 떠들썩하게 만들 정도의 유명인은 아니지만, 일로써 자신만의 철학을 구현해낸다는 점에서 충분히 부러움과 선망의 대상이 될 만했다. 그녀들을 보며 나 또한 내게 주어진 일을 더 소중히 여기는 마음이 생겼다. 내게 자극을 주는 누군가를 만난다는 것은 참 즐거운 일이다. 이 책을 읽는 독자들도 내가 느낀 부러움과 자극에 공감하고 나아가 출근길이 행복한 일을 찾는 데 조금이나마 도움이 되기를 바란다. 여행이 끝난 뒤 예전부터 품고 있던 가슴속의 답을 비로소 찾은 도로시와 친구들처럼 말이다.

차례

•

•

1.
그녀들이 음식
만드는 일에 주목한 이유

이탈리안 식당 오너 **김현정**
'카페 오시정' 오너 **오시정**
우리 떡 연구가 **김희동**

· · ·

　지금 우리나라 이삼십 대 여자들의 주된 관심사는 단연 '음식'이라 해도 과언이 아니다. 길을 걷다가도, 뉴스를 보다가도 못 보던 음식점이나 카페가 있으면 눈을 반짝이며 둘러본다. 요즘 같은 소통의 시대에 지인들과 함께 갈 만한 맛집 정보를 많이 알고 있다는 건 꽤나 든든한 일이다.

　숨겨진 맛집, 브런치가 맛있는 분위기 좋은 카페, 다양한 레시피 등 인터넷에는 맛을 즐기기 위한 다양한 정보가 넘쳐나고, 서점가에서는 각종 레시피가 담긴 책, 맛집 소개서와 음식 만화들이 인기다. 그도 그럴 것이 분위기 좋은 곳에서 맛 좋은 음식을 먹는 것은 거의 모든 여자들이 누리고 싶어 하는 일상의 작은 행복이다. 큰돈이 필요하지도 않고 큰 어려움 없이도 사람들을 충분히 행복하게 해주는 일, 그건 음식을 먹고 만드는 일밖에 없으니까.

　언제부터인가 음식은 여자들이 가장 즐기는 취미이자 로망이 되었다. 아울러 셰프, 파티시에 혹은 푸드 코디네이터, 푸드 테라피스트까지, 이제 음식을 만드는 일은 많은 여성이 선망하는 직업군 중의 하나가 되었다. 왜 새삼스럽게 음식에 열광할까?

　불과 10여 년 전만 해도 요리를 만든다는 것은 그다지 매력적인 작업이 아니었다. 여자라면 하기 싫어도 해야 하는 일이었고 누구나 다 할 줄 아는 일을 꿈꾸는 사람은 없었다. 그러나 삶의 질이 높아지면서 사람들은 요리를 하나의 문화로 받아들이기 시작했고, 요리가 갖는 소통의 매력에 주목하게 됐다. 내가 만든 음식을 다른 이들과 나누는 즐거움, 맛있는 음식을 다정한 사람과 나누는 즐거움, 사람과 사람 사이에 나누는 차 한 잔과 식사 한 끼. 친밀감은 바로 함께 밥을 먹는 것에서 시작된다. 잘 만들어진 요리는 입을 즐겁게 할 뿐만 아니라 마음에 남기 때문이다. 상사에게 혼나고, 남자 친구에게 차이고, 하는 일마다 번번이 꼬여서 스트레스를 왕창 받아도 잘 차려진 맛있는 음식을 먹고 나면 '삶의 재미가 별거야. 그래, 힘내야지!' 하고 스스로 힘을 북돋울 수 있는 치유제로서의 음식.

김현정, 오시정, 김희동. 이탈리안 키친 셰프로, 디저트 카페의 오너로, 떡 연구가라는 직업으로 그녀들이 '음식'에 주목한 이유도 거기에 있다. 보통의 사람들에게 일상에서 가장 소소한 행복을 줄 수 있는 게 바로 음식이니까.

자기로 인해 다른 사람들이 행복해지는 풍경이 좋아 음식 만들기를 선택한 그녀들. 그녀들은 말한다. 내가 아닌 타인을 위한 일이기 때문에 정말 좋아하지 않으면 쉽게 포기할 수밖에 없다고.

취미로 자신 혹은 한두 사람 몫의 요리를 하는 건 그다지 어렵지 않다. 하지만 직업이 되는 건 또 다른 문제다. 한 사람이 아니라 여러 사람, 가까운 지인이 아니라 불특정 다수를 위해 요리하는 데는 더 많은 노동력과 시간이 요구되기 때문이다.

하루 종일 감자와 양파를 다듬고 쌀가루를 치대고 팥을 삶고, 새로

운 메뉴 개발을 위해 수도 없이 음식을 만들다 보면 체력적으로 약해
질 뿐만 아니라 '내가 먹을 것도 아닌데 내가 왜 이 고생을 하고 있지?'
라는 생각이 절로 들기 때문이다.

요리에는 각자의 취향이 담기게 마련이다. 어떤 메뉴와 어떤 재료
를 어떤 조리법으로 만들고 어떻게 담아냈는가는 하나의 음식을 넘어
만든 이의 개성으로 받아들여진다. 새롭게 만든 특별한 레시피는 한
사람 고유의 창조물이 되는 것이다. 게다가 또 한 가지 절대적 매력이
라면 음식을 다루는 일은 평생 할 수 있다는 점이다.

일흔이 넘은 셰프도 현역에서 당당히 대우받는다. 경력과 노하우
를 인정받는 분야가 바로 음식 분야이기 때문이다. 식당 상호에 유난
히 '원조', '할머니'와 같은 문구가 눈에 띄는 것은 음식이란 분야에서
그만큼 연륜과 노하우를 중시한다는 사실을 말해준다. 인기 많은 식
당의 레시피는 대를 잇는 가보가 되는 것이다. 하지만 요리에 관한 직
업은 어느 날 갑자기 되고 싶다고 해서 뚝딱 시작할 수 있는 일은 아니
다. 한 번의 요리에는 꽤 많은 과정이 속해 있고 맛에 대한 탁월한 감
각과 센스가 수반돼야 함은 물론이다. 또 하나의 레시피는 1, 2년의 노
력으로 만들어지지 않는다. 몇 년이 걸리더라도 자신만의 레시피로 타
인과 소통할 수 있다는 것, 행복한 시간을 선물할 수 있다는 것, 이런
점이 외식 업계의 가장 큰 매력이 아닐까.

성벽 아래,
작은 식당을 열다

이탈리안 식당 오너
김현정

파리 르 꼬르동 블루를 졸업하고 부암동에서 작은 식당을 운영하는 그녀는 요리사라면 누구나 꿈꿀 만한 이력의 소유자다. 하지만 그녀가 선택한 건 도심의 화려한 레스토랑이 아닌, 산기슭에 위치한 고즈넉하고 아담한 식당이다. 손님의 얼굴 한번 볼 틈도 없이 주방에 매달려 기계적으로 음식을 조리하는 대신, 작지만 손님과 교감할 수 있고 여유롭게 요리를 즐길 수 있는 작은 공간이 좋아 부암동을 선택한 것이다. 7년여간 파스타와 피자를 전문으로 하는 이탈리안 음식 전문점이었지만 지금은 밤에만 운영하는 전천후 술집이 되었다. 손님들이 원하는 메뉴를 즉석에서 요리해주는 그녀의 식당은 마치 아베 야로의 만화 『심야식당』을 연상시킨다. 영업시간은 밤 12시부터 아침 7시까지. 주 메뉴는 돼지고기 된장국 정식과 맥주, 소주 등이 전부지만 원하는 것을 말하면 다 만들어주는 '마스터'가 있는 밥집. 만화 속 '심야식당'에서 마스터가 외로운 사람들을 위해 추억 속 음식을 만들어주듯이 그녀도 사람들에게 추억이 담긴 음식을 제공하는 것이다.

불특정 다수가 원하는 특정한 음식을 내놓는다는 것은 웬만한 내공 없이는 불가능한 일이다. 그녀는 서양 메뉴를 전공했지만 오래전부터 모든 요리에 통달한 프로 요리사가 되고 싶었고, 식당을 운영하면서도 조금씩 다른 요리들을 배우고 있었다. 메뉴가 무엇이든 상관없이 자기만의 음식으로 누군가와 소통할 수 있다면 언제까지 이 일을 계속하고 싶다는 그녀. 그녀가 자신의 일에서 주목한 건 바로 '소통'이었다.

부암동,
작은 식당을 열다

부암동, 도심에서 불과 10여 분 거리에 있지만 어쩐지 그곳은 호젓한 작은 산골 마을을 연상시킨다. 산 밑에 옹기종기 모인 낮은 건물들도 그렇지만 스타벅스나 24시간 편의점 같은 대형 체인점이 보이지 않아서이기도 했다. 대신 동네를 채우고 있는 가게들은 오랫동안 한곳에 자리 잡은 음식점과 밥집들이다. 6개월을 주기로 간판을 갈아입는 도심의 트렌디함 대신, 오랫동안 한곳에 자리 잡은 가게들에 배어 있는 세월의 흔적이 더욱 정겨운 풍경을 만들어낸다.

도심의 시간과는 따로 흐르는, 물질에 대한 욕심을 덜어낸 느낌이 물씬 풍기는 부암동 한편에 김현정의 '오월'이 자리 잡고 있었다. 막 장마 초입에 들어선 7월의 부암동은 날씨에 따라 부침이 심한 동네여서 그런지 점심 무렵인데도 지나가는 사람 없이 적막하기만 했다.

이를 데 없이 조용하기는 '오월'도 마찬가지. 가게 안의 풍경은 고요하기만 한데 주방에선 뭔가를 만들어내는지 빗방울 들이치는 유리 창 안으로 뽀얗게 김이 서려 있었다.

순간 문틈 사이로 고소한 빵 냄새가 새어 나왔다.

"우리, 내일은 시나몬 롤을 만들어볼까요?"

빵 냄새를 맡은 순간, 문득 일본 독립영화 〈카모메 식당〉이 떠올랐다. 핀란드의 수도 헬싱키. 이름만으로도 아득한 미지의 도시에 식당을 차린 일본인 사치에가 주인공이다. 그녀가 차린 식당의 주 메뉴는 일본의 대표 음식으로 여겨지는 스시가 아니라 웬만해선 익숙해지기 힘든 일본식 주먹밥이다. 토박이들로만 가득한 마을 사람들은 갑자기 나타난 낯선 외국인과 그녀가 차린 식당을 호기심 어린 눈으로 바라보지만 선뜻 들어가보지는 못한다. 그런 그들의 발길을 이끈 것은 바로 달콤한 빵 냄새였다. 우유와 밀가루, 달걀, 버터를 넣어 반죽을 만들고 시나몬을 듬뿍 뿌려 돌돌 말아 만드는 시나몬 롤은 특유의 달콤한 향으로 금방 식사를 하고 온 사람도 매혹시키는 빵이다. 식당 유리문 밖으로 솔솔 풍겨 나오는 맛있는 냄새에 이끌려 핀란드인들은 스스럼없이 '카모메 식당'의 문을 열게 된다.

청와대 뒤편 북한산이 품고 있는 조용하고 아늑한 동네 부암동에 작은 이태리 식당 '오월'이 들어섰을 때, '카모메 식당'을 서성이던 핀란드인들처럼 그곳 주민들도 '오월'이 낯설긴 마찬가지였을 것이다. 지금이야 사람들에게 많이 알려져 음식점과 레스토랑이 여러 군데 들어섰지만, '오월'이 처음 문을 열었을 당시인 2007년도만 해도 부암동 초입엔 '클럽 에스프레소'라는 커피 전문점밖에 없었다. 오래된 슈퍼, 쌀집 그리고 오래전 자리 잡은 커피집을 제외하고 상업 시설이라곤 한 군데도 찾아볼 수 없는 이곳에 르 꼬르동 블루 출신의 셰프가 차린 정통 파스타집이라니. 밥하기 싫을 때 가끔 가서 먹을 수 있는 국숫집이나 퇴근길에 간단하게 요기를 때우거나 포장해 갈 수 있는 분식집을 기대했던 사람들은 적잖이 실망했고 과연 장사가 잘될까 하는 의구심을 품었다. 파스타집이라면 특별한 날 그럴듯하게 차려입고 가는 곳이라는 편견이 있었으니까.

하지만 '오월'에서 풍겨 나오는 음식 냄새는 낯선 식당에 대한 경계와 의구심을 무너뜨리고도 남았다. 밀가루와 소금만 넣고 담백하게 구워낸 효모 빵의 구수한 냄새, 토마토가 볶아질 때 나는 달짝지근한 냄새. 이 고소하고 달콤한 향기에 취해 찾아오는 사람들이 하나둘씩 늘어갔다. 한 끼쯤은 짭조름한 파스타와 치즈를 듬뿍 넣어 구운 피자를 맛보는 것도 좋았으니까. 가족이나 연인, 친구와 함께 찾는 손님들이 하나둘 늘어가면서 '오월'은 부암동의 풍경 속에 자연스럽게 어우러졌다.

"부암동에 오기 전, 광화문에서 '이탈리안 키친'이라는 작은 레스토랑을 했었어요. 주로 회사원을 상대로 장사하는 곳이어서 점심때가 되면 밀물처럼 몰려오는 손님 때문에 눈코 뜰 새 없이 바빴죠. 어떤 손님이 와서 뭘 먹고 가는지 관찰할 새도 없었어요. 손님들의 요구에 맞추다 보니 간도 점점 세졌고요. 제가 생각했던 식당과는 거리가 있었죠. 전 너무 북적거리고 정신없이 바쁜 식당보다는 한 가지 음식이라도 정성 들여 만들어서 손님 앞에 내놓을 수 있는 작은 식당을 원했거든요. 그런데 전혀 상반된 곳에서 시작한 거죠. 결국 2년 만에 두 손 두 발 들고 이곳으로 왔어요. 처음엔 과연 성공할 수 있을까 하는 두려움이 있었어요. 하지만 자신감도 있었죠. 한 테이블, 한 테이블 정성 들여 대하면 잘될 거라는."

　때로 하나의 공간은 그곳을 꾸리는 사람의 정체성을 대변한다. 외딴 동네에 자리한 부암동, 대여섯 개 남짓 되는 테이블. 손님이 가득 들어차도 열 명 이상 들지 않을 법한 작은 공간에서 아르바이트생도 없이 홀로 스무 가지가 넘는 메뉴를 만들고 서빙도 도맡는, 셰프라는 제법 근사해 보이는 명칭보다 '식당집 처녀'라는 수식이 더 어울릴 법한 소탈한 일상. 그녀는 유행이나 흐름에 연연하지 않는 느슨한 삶을 스스로 즐기고 있었다.

　"부암동을 선택한 건, 제가 가지고 있던 예산에 맞출 수 있어서이기도 했어요. 광화문의 음식점을 정리하고 남은 돈이 그리 많지 않았거든요. 삼청동도 생각해봤지만 그곳도 생각보다는 가겟세가 비쌌어요. 운영비에 대한 부담이 크면 아무래도 하루 매출에 일희일비할 수밖에 없게 될 것 같았어요. 조용하지만 집중할 수 있는 곳, 정말 내 공간이라고 느낄 수 있을 만큼 깊이 안착할 수 있는 곳을 찾고 싶었어요. 그러다 보니 부암동으로 결정하게 됐죠. 제가 어릴 적 살던 동네가 세검정 쪽이라 익숙하기도 했고요. 그때만 해도 부암동엔 아무것도 없었던 때라 정말 모험이다 싶었지만 처음부터 여기가 좋았어요. 나에게 딱 맞는 느낌, 편안한 느낌이 드는 공간이랄까."

　그녀는 이곳에 와서야 자신이 그려왔던 음식을 만들 수 있었다. 정신없이 밀려드는 손님 때문에 주문받고 기계적으로 요리하는 게 아니라 손님 한 사람, 한 사람의 얼굴을 보면서 정성스럽게 요리한 음식들을. 오늘은 어떤 음식을 만들까 기대하며 하루 종일 손님을 기다리다 기쁜 마음으로 음식을 준비했던 사치에처럼 말이다.

손님들은 음식을 먹으며 고즈넉한 부암동에서 하루가 지나가는 풍경을 즐겼다. 오후의 햇살, 산구름이 지나가는 하늘, 한낮 정류장의 여유로운 풍경들. 그리고 앞에 앉은 지인과 나누는 다정한 대화들. 맛있는 음식을 먹으며 나누는 이야기는 한결 따뜻해지고 풍성해지는 듯 보였다. 그 풍경을 보고 있으면 음식을 만드는 고단함도 잊혀갔다. 음식이 만들어내는 따뜻한 풍경, 그게 바로 그녀가 오랫동안 요리사를 해온 이유였으니까.

일상 속의 작은 행복,
요리가 꿈이 되다

그녀는 어릴 적부터 줄곧 요리에 관심이 많았다. 하지만 남들처럼 반드시 요리사가 되어야겠다는 의지나 열정 같은 것은 없었다. 그녀에게 요리는 그저 자연스럽고 당연한 일상이었다.

"어릴 적 엄마가 백화점 지하에서 스낵 코너를 하셨거든요. 거기 가서 엄마가 음식 만드는 걸 구경하는 게 친구들과 노는 것보다 더 좋았어요. 음식을 만드는 사람들의 바쁜 손놀림이 멋져 보였죠. 엄마가 몇 번 칼질을 하면 파와 무가 금세 썰려 있고 만두를 만드는 아저씨의 손놀림은 또 어찌나 빠른지. 만두에서 김이 오르는 풍경, 돈가스를 튀길 때 나는 경쾌한 소리들을 보고 듣고 있으면 시간 가는 줄을 몰랐어요."

세심한 관찰은 언젠가부터 모방의 단계로 넘어갔다. 바쁜 엄마를 대신해 언니들에게 음식을 만들어주기 시작했던 것이다. 떡볶이나 고구마 맛탕, 라면같이 간단한 요리들이었지만 그녀가 만든 음식을 언니들은 너무 맛있게 먹어줬고, 칭찬에 힘입어 메뉴 또한 다양해져갔다. 하지만 딱 거기까지였다. 그냥 자기가 만든 음식을 맛있게 먹어주는 언니들의 모습이 좋아서 요리를 했던 것이지, 요리사를 꿈꾸거나 그쪽 분야를 전공해야겠다는 열의가 있었던 건 아니었다. 그러다 대학 전공을 식품영양학으로 선택한 건 달리 공부에 뛰어나지도 않았거니와 딱히 하고 싶은 일도 없었고, 음식 만드는 것을 워낙 좋아하니 배워보는 것도 나쁘지 않을 것 같다는 심산에서였다.

그러나 예상과 달리 식품영양학과는 음식을 만드는 학과가 아니었다. 말 그대로 식품과 영양학에 대해 배우는 학과였고 졸업 후 대기업의 구내식당이나 학교 식당에 근무하는 경우가 많았다. 뚜렷한 목표의식이 없는 데다, 재미없는 이론 위주의 수업만 가득하니 금세 학교에 흥미를 잃었다.

"학교 수업은 내팽개쳐두고 신 나게 놀았어요. 친구들과 어울려 여행도 가고, 맛있는 음식을 먹으러 다니기도 하고 클럽에도 가고 술도 마시고. 당연히 학점이 나쁠 수밖에 없었죠. 학점이 나쁘니 취직도 안 되더라고요. 카페 매니저로 일하며 반백수처럼 몇 년을 지냈죠. 그러다 보니 스스로가 한심하더라고요. 무작정 한식 조리 학원과 제과제빵 학원에 등록하긴 했지만 정작 내가 배운 걸로 뭘 할지에 대한 답이 안 나오는 거예요. 요리 연구가, 푸드 스타일리스트, 파티시에 등 지금이야 요리에 관한 분야도 다양하고 직업도 세분화되어 있지만 그땐 음

식 만드는 법을 배운 여자가 할 수 있는 거라고는 식당이나 빵집을 차
리거나 조리사 혹은 영양사가 되는 게 전부였거든요. 그때까지만 해도
내 간판을 건 식당이나 빵집을 갖고 싶다는 생각은 전혀 못 했어요. 나
이가 어려서 그랬기도 했지만 아마 그땐 내가 왜 음식 만드는 것을 좋
아하는지, 왜 하고 싶어 하는지에 대한 자각이 없어서 그랬던 것 같아
요. 그래서 막연하게 음식을 만드는 것을 좋아하지만 구체적으로 뭘
해야 될지에 대한 답이 없었던 거죠. 한마디로 결정적인 동기가 부족
했던 것 같아요."

'왜 이 일을 해야만 하는가?'
동기부여는 어떤 일을 진행하고 성취하는 데 굉장히 중요한 에너
지원이자 버팀목이 된다. 많은 샐러리맨들이 피곤에 지친 몸을 이끌고
회사에 출근하는 것도 일을 함으로써 자신과 가족들이 행복하게 살 수
있다는 동기부여 때문일 것이다. 하지만 그녀는 그때까지도 자신이 왜
요리를 하는지에 대한 답을 찾지 못했다. 답은 이미 그녀가 알고 있었
을 텐데 말이다. 막연한 동경, 요리에 대한 갈증이 커져 방황하는 그녀
를 잡아준 것은 유학 간 언니가 있던 미국에 잠시 머물던 때였다. 언니
가 있던 곳은 텍사스 시골 마을이었는데 막상 가보니 할 일이 너무 없
었다. 돌아다닐 만한 관광 명소나 쇼핑센터도 없었고, 무엇보다 날씨
가 더워서 마음껏 돌아다닐 수도 없었다. 그야말로 유배 생활이나 다
름없었다. 시간은 많고 할 일이 없다 보니 자연스럽게 시작된 게 요리
였다.
"가볼 만한 곳이 서점과 마트밖에 없었거든요. 영어가 짧으니 서점

에서도 요리 책밖에 볼 게 없더라고요. 서점에서 요리 책 보고 마트에서 장을 보고 와 요리를 하곤 했죠. 그러다 여자 둘이 먹기엔 항상 양이 버거워서 유학생 친구들을 부르기 시작했어요. 다들 유학생이니까집 밥 한 끼 먹는 게 쉽지 않잖아요. 제가 밥해줄 테니 오라고 하면 다들 약속시간에 늦지 않고 칼같이 오더라고요. 나중에는 한꺼번에 스무 명씩 찾아와서 밤새워 준비하곤 했죠. 그때 알았어요. 내가 진짜 요리하는 걸 좋아하는구나, 하고. 내가 해준 음식을 사람들이 맛있게 먹어주는 모습, 바로 그 모습 때문에 요리하는 게 즐겁다는 것을 그때야 안거죠."

꿈을 향한 첫 도전

'좀 더 다양한 요리를 배워보면 어떨까?'

유학 와 있는 또래 친구들을 보다 보니 관광 비자로 놀고먹는 생활에 자괴감이 들었던 그녀는 요리를 배우고 싶다는 강렬한 욕구가 생겼다. 그때 생각난 게 파리의 르 꼬르동 블루였다. 사실 어릴 때부터이 학교에 대한 명성을 듣고 가보고 싶다는 생각은 했지만 학비가 비싸다는 말에 막연한 동경만 품고 있던 참이었다. 학교 전통이나 커리큘럼 등 알아보면 알아볼수록 간절함은 더 커졌고, 부모님에게 부담주기 싫다는 생각에 몇 날 며칠 고민하다 결단을 내렸다. "학비만 대주시면 그다음부터 결혼할 때까지 절대 부모님께 손 안 벌리고 열심히살겠습니다"라는 빤한 공수표를 날린 것이다. 노심초사했던 것과는 달리 부모님은 흔쾌히 허락했고 유학은 순조롭게 이루어졌다. 집안의 골칫거리였던 막내딸이 제 갈 길을 찾았다니까 부모님도 선뜻 찬성했던 것이다.

　파리 외곽에 위치한 르 꼬르동 블루는 명성과는 달리 소박한 분위기의 학교였다. 세계 곳곳에서 온 친구들, 자유로운 분위기. 살아온 환경도 다르고 쓰는 언어도 달랐지만 요리에 대한 열정만큼은 모두가 같았다. 열띤 분위기 덕에 열심히 해야겠다는 의지도 절로 충만해졌다. 수업 분위기 또한 굉장히 자유로워서 학생과 교수 간의 질의응답도 활발히 오갔다. 다른 학생에게 방해가 될까 봐 눈치 보여 질문하기를 꺼리는 한국의 수업 문화와 사뭇 다른 풍경이었다. 비록 그녀의 외국어 구사 실력은 완벽하지 않았지만 짧은 프랑스어에 영어, 보디랭귀지까지 동원하니 궁금한 것을 물어보는 데 별다른 어려움이 없었고, 시연까지 곁들인 교수님들의 상세한 설명 덕에 궁금증을 빨리 해소할 수 있었다. 이런 식으로 요리 과정 하나하나를 찬찬히 이해하고 넘어가니 요리에 대한 흥미도도 더욱 높아졌다. 수업이 끝나도 혼자 남아 요리를 할 정도였다. 대학 시절 제빵 학원에 다닐 때도 툭하면 지각, 결석을 일삼은 그녀로서는 엄청난 변화였다.

　"막연하게 꿈꾸는 것과 열정을 가지고 노력한다는 건 완전히 다른 것 같아요. 그 전에는 막연하게 요리를 하고 싶다고 생각했을 뿐, 열정적이지는 않았거든요. 하지만 르 꼬르동 블루에 와선 정말 열정적으로 공부하게 되더라고요. 내가 정말 이 일을 좋아하는구나, 내 천직이구나 하고 느끼니까 막 의욕이 샘솟았어요. 열심히 할 수밖에 없었죠. 배우고 싶은 걸 배우니 얼마나 재미있겠어요. 수업은 기초반, 중급반, 고급반 이렇게 세 코스로 나뉘어 있어요. 각 코스를 이수할 때마다 수료장을 주고 모든 코스를 수료하면 졸업장을 주는 시스템이죠. 그리고 졸업 시험에서 가장 높은 점수를 받은 사람을 뽑아 공로를 치하하는 글을 써 줘요. 바로 그걸 제가 받았어요. 같이 공부하던 친구들이 다 저한테 와서 졸업 작품 사진을 구경했죠. 아주 신기해하면서요. 그도 그럴 만한 게, 저는 초급 때만 해도 요리를 아주 간신히 해내던 학생이었거든요."

그녀가 르 꼬르동 블루를 좋아했던 건 세계 최고라는 명성과 커리큘럼 때문이기도 했지만 학생 한 사람, 한 사람이 가진 요리에 대한 열정을 모두 이해하고 맞춰주는 시스템 때문이었다. 유학 초기 다른 친구들은 전부 척척 완성해내는 요리를 혼자서 고전에 고전을 거듭하던 그녀를 다그치는 사람은 아무도 없었다. 모르는 것이 있으면 언제라도 질문할 수 있도록 배려해줬고, 남아서 스스로 더 연습할 수 있도록 편의를 봐주었다. 습득 속도가 빠른 사람은 그에 맞게 단점을 보완해주고, 느린 사람은 차근차근 꼼꼼하게 배우도록 기다려줄 줄 아는 교육. 그것이야말로 그녀가 요리에 대한 자신감과 애착을 기르게 한 결정적 발판이 된 셈이다.

유학을 가든 학원에서 배우든, 자신에게 꼭 맞는 교육 과정과 스승을 만난다는 것은 정말 큰 행운일 것이다. 그런 점에서 그녀는 행운아였다.

내가 만든 공간이
누군가의 일상이 된다는 것

한국에 돌아올 때쯤 그녀의 마음속에는 자기만의 가게를 차리는 것에 대한 욕심이 생겼다.

'내 이름을 건 식당에서 내가 만든 음식을 맛보게 해주는 거야.'

그녀가 가진 '내 식당'에 대한 청사진은 크고 화려한 인테리어의 레스토랑이 아니었다. 파리에서도 서민들이 사는 평범한 동네에 자리한 소박한 가게에 더 마음을 빼앗기던 그녀였다. 흔히 파리에서 정통 요리 코스를 밟은 셰프가 문을 연 식당이라면 청담동의 고급스럽고 세련된 인테리어를 떠올릴지도 모른다. 드라마 〈파스타〉 속 이선균처럼 여러 명의 보조를 거느린 절대 권력자의 모습도 연상된다. 하지만 귀국 후에 그녀가 경험 삼아 대형 레스토랑 주방 보조로 일하며 느낀 것은 자신은 그런 조직화된 시스템과 맞지 않는다는 것이었다.

하나부터 열까지 재료를 고르고 다듬고 만들어내고, 또 음식을 먹는 사람이 만족하는 그 모든 과정을 놓치고 싶지 않았다. 크고 근사한 레스토랑에서 오케스트라를 연주하듯 수많은 주문을 받고 일정한 퀄리티의 맛을 내놓는 것도 매력 있겠지만 그녀에게는 소박한 쪽이 더 끌렸다. 모든 과정을 놓치고 싶지 않은 그녀에게 딱 맞는 식당의 조건은 이랬다. 테이블 수가 많지 않아야 할 것, 그래도 먹고는 살아야 하니 장사가 어느 정도는 될 만한 곳이어야 할 것. 그래서 첫 번째로 선택한 장소가 광화문이었지만 그 선택은 보기 좋게 실패했다.

"광화문은 제가 생각했던 장소와 거리가 멀었어요. 전 여유롭게 음식을 맛보며 천천히 쉴 수 있는 분위기의 가게를 원했는데, 광화문은 직장인들이 많다 보니 빨리 먹고 가야 하는 사람들이 많았어요. 손님들이 밀물처럼 밀려오고 썰물처럼 빠져나가는 정신없는 나날들이었죠. 2년간 그렇게 일하다 보니 몸도 마음도 피폐해지더라고요."

인왕산 자락으로 이어지는 산길 모퉁이에 자리 잡은 '오월'은 테이블이 다섯 개 남짓 있다. 빈티지한 테이블과 전등을 배경으로 부드럽고 달콤한 상송이 흘러나오는 이곳은 마치 파리의 뒷골목을 배회하다 마주친 작은 식당 같은 느낌이다. 게다가 문을 열고 들어가면 직접 셰프가 나와 주문을 받고 요리를 만들고 서빙까지 해준다. 물론 친절한 설명까지 곁들여서. 메뉴만 보고 어떤 맛인지 감을 잡을 수 없어도, 특별히 느끼한 맛을 싫어하거나 빼고 싶은 재료가 있어도 걱정할 필요가 없다. 셰프와의 즉각적인 대화가 가능하니까. 마치 집에서 엄마에게 주문하듯이 말이다.

재료 구입부터 손질, 요리에 설거지까지 다 해야 하니 부담스러울 법도 한데 그녀는 혼자서 이 모든 절차를 도맡는 게 오히려 더 편하다고 한다. 매출에 대한 큰 부담도 없고 복잡한 도심이 아닌 만큼 월세나 유지비에 대한 걱정도 덜하기 때문이다. 무엇보다 그녀가 꼽는 가장 큰 매력은 손님들과의 원활한 소통이었다.

그녀가 파리에 머물던 시절, 몽마르트 언덕이나 생제르맹 같은 시장에 가면 오랫동안 전통을 이어서 하는 작은 식당들이 많았다. 낡았지만 아늑한 분위기. 단골손님들이 오면 주방에 있던 셰프는 한달음에 달려와 반갑게 인사를 나누고 오늘의 메뉴를 설명해주곤 했다.

"오늘은 양파가 좋아서 양파스프를 끓여봤어."

"오늘은 신선한 새우가 많이 들어왔는데 새우를 듬뿍 넣은 해산물 파스타는 어때?"

마치 오래된 친구 집에 밥 한 끼 먹으러 온 것 같은 느낌. 그녀는 그런 식당을 꿈꾸고 있었다.

"파리의 오래된 식당들을 보면서 생각했죠. 작아도 손님들과 소통할 수 있는 그런 식당을 해야겠구나. 손님한테 직접 주문을 받으니까 취향에 맞게 추천해줄 수 있어서 좋고, 또 반응도 직접 알 수 있어 좋죠. 주문이 밀릴 때 이걸 언제 다 하나 눈앞이 캄캄할 때도 있지만, 준비된 재료로 척척 음식을 만들어내고 나면 스스로도 대견해요."

'오월'을 운영한 지 어느덧 7년째. 한눈에 테이블이 훤히 보이는 작은 식당이 아니었다면 엄마, 아빠와 함께 오던 꼬마가 고등학생이 되어서 찾아오는 것도, 부부가 연애 시절 자주 먹던 파스타가 생각나 찾아오는 손님도 알아보지 못했을 것이다. 작은 식당을 운영하는 매력은 바로 이런 게 아닐까. 모든 것이 쉽게 변하는 세상에서 오롯이 자리를 지킨 식당이 있다는 것은 그 동네 주민들에게도 작은 행운일 것이다. 흔히 외국에 놀러 가면 전통과 역사를 지키는 식당이나 상점들이 많아서 좋다고들 하는데, 사실 그렇게 한자리를 지킨다는 것이 쉬운 일이 아니니까.

온종일 가게와 씨름하다

혼자서 식당을 꾸리는 그녀의 하루는 장보기에서 시작된다. 시장에서 음식 재료가 될 좋은 물건을 구입해서 씻고 다듬어 재료를 준비하고, 미리 만들어둘 수 있는 소스류, 피클 같은 것들을 준비해두면 손님 맞을 준비가 완료된다. 손님들이 와서 음식을 주문하고 식사를 마치는 시간까지는 불과 채 한 시간이 되지 않지만, 그 한 시간을 위해 요리사는 하루 열 시간을 소비한다. 좋은 재료를 구입하기 위해 지방에 다녀와야 하는 경우도 있고, 제철이 됐을 때 미리 구해둬야 하는 음식도 많다. 양파 다지기, 마늘 찧기, 홍합 손질하기 등 별것 아니지만 손이 많이 가는 일들도 많다. 이쪽 세계에서 흔히 쓰는 말로 '노가다'라고도 한다.

"유학 와서 이탈리안 레스토랑에 취직했을 때 스무 시간을 쉬지 않고 일한 적도 많아요. 이 분야가 학벌이 좋다고 무조건 대우받지는 않거든요. 철저하게 한 계단, 한 계단 밟고 올라가지 않으면 재료의 특성이나 불 조절 같은 기술을 배울 수 없어요. 결국 깊은 맛을 낼 수 없게 되죠. 어떻게 보면 무림의 세계 같기도 해요."

대개 무협지 스토리는 비슷하다. 어찌어찌해서 복수의 칼날을 가는 주인공이 나오고 속세를 떠나 칩거한 무림의 고수가 나온다. 주인공은 고수에게 사정해 제자로 들어가게 되는데 고수는 주인공에게 무술과 상관없을 것 같은 허드렛일만 3년을 시킨다. 나무하기, 장작 패기, 물 길어 오기. 하지만 알고 보면 무술의 기본기가 되는 체력 단련 훈련이었던 것. 양파와 감자를 깎고, 홍합과 오징어를 데치고 토마토와 양파를 삶아 소스를 만드는 과정 속에서 어떤 재료가 어떤 상태에서 최상의 맛을 내는지, 불 조절을 어떻게 해야 하는지, 조리 기구는 어떻게 사용해야 하는지를 자연스럽게 체득하게 된다. 한 번 몸으로 습득된 건 좀처럼 잊히지 않게 된다는 점이 육체노동의 매력이 아닐까.

"요리사가 되고 싶다면 누구나 거쳐야 할 과정이죠. 이 단계를 그냥 건너뛰는 건 절대 불가능해요. 유학을 다녀와 운 좋게 곧바로 자기만의 식당을 차릴 수도, 레스토랑 오너 셰프를 맡을 수도 있겠죠. 그렇다 해도 이런 기본기를 익히지 않으면 결코 요리사가 될 수 없어요. 무슨 일이든 마찬가지죠. 그렇기 때문에 귀찮고 힘든 과정을 견딜 수 있을 만큼 자신이 정말로 좋아하는 일을 해야 하는 것 같아요. 힘든데 좋아하는 일조차 아니라면 아무래도 포기하기가 쉬울 테니까요."

재료 하나로 무궁무진하게 달라지는 요리의 세계에서 고수가 되는 것이 목표라는 그녀는 아직도 배우고 싶은 게 많다. 일식, 중식, 멕시코 요리, 베트남 요리 등등. 같은 닭볶음탕이라도 주재료가 토마토냐, 간장이냐, 고추장이냐에 따라 맛은 물론 요리의 국적도 달라진다. 그 무한한 요리 레시피를 체득해 조용한 동네의 작은 식당에서 무림의 고수처럼 요리를 선보이는 것이 그녀의 꿈이다. 조미료를 최대한 배제하고 원재료의 특성을 살린 감칠맛 나는 맛, 이것이 그녀가 요리할 때 가장 지향하는 맛이다.

처음 그녀를 만나고 몇 달이 지난 어느 날 오후 '오월'을 찾았을 때, 그곳은 또 다른 곳으로 변해 있었다. 이탈리안 메뉴를 주로 다루는 레스토랑이 아닌 밤에만 문을 여는 술집으로 바뀐 것이다. 여기엔 조금 안타까운 사연이 담겨 있다. 지금 임대해 있는 '오월'의 자리가 계약이 만료되어 그간 정들었던 자리를 떠나야 한다는 것이었다.

이곳에서 그녀는 새로운 도전을 시도했다. 궁중 떡볶이, 매운 짬뽕,

닭볶음탕, 파전과 감자전 등 손님들이 원하는 메뉴를 즉석에서 요리해주는 술집으로 식당 콘셉트를 바꾼 것이다. 그동안 갈고닦은 여러 가지 요리 실력을 마음껏 발휘해보겠다는 듯이. 늦은 밤 손님이 원하는 음식을 요리해주는 식당은 마치 아베 야로의 만화 『심야식당』을 연상시킨다. 영업시간은 밤 12시부터 아침 7시까지이고, 메뉴는 돼지고기 된장국 정식과 맥주, 소주 등이 전부지만 원하는 것을 말하면 다 만들어준다.

계약 만료 시점까지의 프로젝트 술집이지만 손님들에게 즉흥적으로 음식을 만들어주면서 그들의 외로움과 스트레스를 어루만지고 나눌 수 있어서 좋다고 그녀는 말한다. 다음번 새로운 식당에서 어떤 메뉴를 다룰지는 몰라도 누군가에게 잠시나마 행복감을 선사할 수만 있다면 언제까지나 음식 만드는 일을, 작은 식당 운영을 놓지 않을 계획이다.

요리의
진짜
즐거움

　여자라면 누구나 요리를 할 기회가 주어지지만 음식 만드는 일의
즐거움을 누구나 느끼는 것은 아니다. 물론 재능도 저마다 다르다. 그
건 요리가 생각보다 많은 노하우와 기술을 요할 뿐만 아니라 노동의
강도 또한 세기 때문이다. 재료를 구입해 와 손질하는 것부터 조리하
고 정리하기까지 어느 것 하나 쉬운 과정이 없으며 깊이 파헤치면 파
헤칠수록 더더욱 복잡하고 어렵다. 그럼에도 불구하고 많은 이들이 요
리에 관심을 갖고 관련 직업을 꿈꾸는 이유는 잘 만들어진 요리는 입
을 즐겁게 할 뿐만 아니라 마음에도 남기 때문이 아닐까 싶다.
　음식은 곧 소통이다. 사람과 사람 사이에 나누는 차 한 잔, 식사 한
끼 등 친밀함의 시작은 바로 먹을 것을 함께 나누는 자리에서 비롯된
다. 프루스트가 마들렌 과자에 대한 기억으로 작품을 만들어냈던 것처
럼 음식은 누군가에게 추억을 불러일으키기도 하고 영감을 주기도 한
다. 어쩌면 요리를 잘한다는 것은 사람들에게 행복한 소통을 선물할
힘을 지니고 있다는 뜻이 아닐까?

나만의 공간에
손님들을 초대하다

'카페 오시정' 오너
오시정

오시정은 디저트 카페로 유명한 '카페 오시정'의 오너이자 카페 프랜차이즈 '오시정과 커피'의 대표다. 5년여 전 가로수길에서 아담하게 시작된 그녀의 카페는 어느덧 열 개의 프랜차이즈를 거느린 카페 체인이 됐다. 마치 동화 속에서 튀어나온 듯한 아기자기하고 예쁜 공간, 정성을 다한 테이블 세팅과 홈메이드 메뉴. 가로수길에서도 한참 벗어난 한적한 곳에 위치했던 '카페 오시정'이 카페를 좋아하는 여성들이라면 누구나 가고 싶어 하는 핫 플레이스가 된 것은 그저 커피와 음료를 파는 공간에서 그치지 않고, 오너의 손길과 개성이 느껴지는 공간으로 거듭났기 때문이었다. 누구나 꿈꾸지만 90퍼센트 이상이 실패하는 카페 시장에서 독보적인 입지를 자랑하는 그녀. 그녀가 카페를 성공적으로 운영할 수 있었던 것은 오매불망 자기만의 카페를 꿈꿔온 열망 때문이었을 것이다.

'최고의 카페를 만들자.'

나만은 잘될 거라는 흔한 창업자의 치기가 아니었다. 자료를 조사

51

하고 일본의 카페들을 방문하는 등 오랜 시간에 걸친 철저한 사전 준비에서 비롯된 자신감이었다. 이 긴 준비 기간 동안 그녀는 자신만의 카페에서 선보일 레시피들을 만들어나갔다. 홍시 요구르트, 황금빛 오렌지차, 바나나 진저티, 홈메이드 스콘 등 건강에 좋으면서 독창적인 홈메이드 메뉴와 더불어 인형과 꽃 등으로 꾸민, 앉아 있기만 해도 기분 좋아지는 인테리어엔 '내 카페에 온 손님에게 최고의 메뉴와 최고의 공간을 선물하겠다'는 의지가 고스란히 반영됐다. 그리고 그 의지는 자신의 이름을 내건 카페가 됐다. 최고의 카페를 만들기 위한 그녀의 노력들은 카페를 찾는 많은 사람들의 마음을 움직였고, 점차 사람들 사이에서 '최고의 카페'라는 찬사를 받게 됐다.

나만의 공간에
손님들을 초대하다

많은 여자들이 예쁜 카페에 대한 로망을 갖고 있다. 자신이 좋아하는 가구와 소품들로 가득 채워놓고 맛있는 커피와 달콤한 디저트들을 정성스레 준비해 손님이나 놀러 온 지인들에게 내어주는 카페, 혹은 음악과 커피 향이 흐르는 작업실 겸 카페를 선망하기도 한다. 생각만으로도 설레는 공간이다. 꿈속의 로망에 머물던 카페가 현실 세계로 들어온 건 가로수길과 홍대에 예쁘고 개성 있는 카페들이 하나둘씩 생겨나기 시작하면서부터였다. 작고 아기자기한 공간들은 많은 사람들로 하여금 '나도 카페 한번 차려볼까' 하는 생각을 불러일으켰고 이른

바 카페 붐이 일었다.

'카페 오시정'처럼 유명하지도, 독특한 디저트를 다루지도 않지만 나 역시 10년 넘게 카페를 운영하고 있다. 사람들은 묻곤 한다. 카페를 해보니 얼마나 좋으냐고, 자신도 나중에 카페를 차렸으면 좋겠다고. 물론 카페는 충분히 매력적이다. 도심의 외진 곳, 어떤 이는 연인과 함께, 어떤 이는 친구와 함께, 어떤 이는 회사 동료나 가족과 함께 즐기는 공간. 손님들 저마다 나누는 이야기도 다르고 취향도 다르지만 커피라는 매개체를 통해 소중한 추억을 만드는 사람들을 보면 언제나 가슴이 따뜻해진다. 하지만 로망은 로망 그 자체만으로 즐겁다. 로망에는 노력이나 책임이 따르지 않아도 좋으니까. 또한 로망이 현실로 닥쳐옴으로 인해 미처 예상치 못한 어두운 이면을 맞닥뜨릴 필요도 없다. 그러나 현실에는 처절한 생존 법칙이 존재한다. 한가로이 음악을 들으며 책 읽을 시간이나 놀러 온 지인들과 수다 떨 시간은 눈곱만큼도 없다. 손님이 없어 한가롭다면 그땐 월세 걱정, 생활비 걱정에 한숨만 쌓인다. 그야말로 회사 다닐 때와는 또 다른 차원의 적자생존의 세계일 뿐이다. 열 군데 오픈하면 아홉 군데는 망한다는 냉혹한 카페 시장. 그 속에서 살아남아 여덟 개의 분점까지 차린 '카페 오시정'은 그래서 돋보이는 카페다. 오시정은 보통의 가로수길 카페 오너들처럼 부자 부모를 둔 것도, 든든한 뒷배경이 있었던 것도 아니었다. 7년 동안 회사에 다니면서 모은 돈에 집도 줄이고 빚도 내서 시작한 카페였다.

내가 그녀를 알고 가장 신기했던 것은 처음 카페를 운영하면서 그런 새로운 모험을 감행했다는 점이었다. 홍시 요구르트, 수삼 우유, 멸치국수와 쌈밥 등의 독특한 메뉴와 여러 가지 소품으로 꾸민 아기자기한 테이블 세팅까지, 그녀는 카페 내의 모든 요소에 자기만의 독창성을 발휘했다. '카페 오시정'이 생기기 이전까지만 해도 대부분의 카페들은 천편일률적인 커피 메뉴를 내는 게 전부였다.

이런 모험이 별거 아니란 생각이 들지도 모른다. 하지만 아마 창업을 해본 사람이라면 알 것이다. 적게는 몇천에서 몇억 원까지 들이는 창업 시장에서는 모험보다 이미 검증된 안전한 길을 가는 게 가장 편안하고 안정적이라는 것을. 하지만 처음부터 그녀의 카페는 큰 모험을 했다. 카페의 위치도 그랬다. 가로수길이라고 하기엔 너무 먼 신사동 한쪽 구석에 위치한 그녀의 카페는 오가는 동네 사람들이나 들를 법한 곳이다. 아무리 인테리어가 멋지고 커피 맛이 좋아도 입지가 나쁘면 망한다는 것은 업계 사람들의 불문율이었다. 한마디로 그녀의 사업 시작에는 실패의 요소가 너무 많았다. 그런 카페가 전무후무한 체인 사업으로 이어졌으니 동종 업계에 있는 사람으로서 부러움과 동시에 신기한 마음이 든 게 사실이다. 한편 내 카페에 적용할 만한 성공 노하우를 배워보고 싶은 마음에 그녀와의 만남에 기대를 많이 걸었던 것도 사실이다.

그녀의 카페 운영은 시작부터 남달랐다. 오랫동안 절실히 꿈꿔오고 차근차근 준비해왔다는 점에서 그렇다. 어설픈 로망에서 시작된 것이 아니라 '최고의 카페'를 만들겠다는 오랜 세월 동안 간직한 그녀의 절실함이 지금의 위치로 데려온 것이 아닐까?

'카페 오시정'에 들어서면 누구라도 오너의 정성스러운 손길 하나하나에 의해 만들어진 공간이라는 느낌을 받을 것이다. 화이트를 주조로 한 깔끔한 외관, 테라스에 깔린 푸른 인조 잔디, 그 위로 아기자기하게 자리 잡은 화분과 테이블들, 활짝 열린 슬라이딩도어 안쪽으로 보이는 깔끔하고 아늑한 공간. '카페 오시정'은 그 어느 카페보다 깔끔하면서도 정겨운 외관을 자랑한다. 공장에서 만들어진 듯 어딜 가나 똑같은 프랜차이즈 카페나 유행을 좇아 비슷비슷하게 만들어진 어설픈 빈티지 카페가 아니라 주인의 손길이 느껴지는 안락하고 아기자기한 카페가 바로 '카페 오시정'이다.

햇빛이 잘 드는 실내며, 밟으면 삐거덕 소리가 나는 정겨운 나무 바닥이며, 이노우에 아야코의 위트 넘치는 그림들까지, 어느 한 군데 눈길이 안 가는 구석이 없다. 일본과 스칸디나비아의 빈티지 가구들도 그렇지만 카페 안을 따뜻하게 하는 건 누군가와 다정한 시간을 보내는 손님들이 만들어내는 풍경이다. 그들은 왜 가까운 가로수길의 세련되고 트렌디한 카페 대신 한참이나 걸어 오는 수고를 마다 않고 이곳에 왔을까? 이런 의문은 자리에 앉아 주문을 해보면 금세 풀린다. 홍시로 만든 홍시 요거트, 황금빛 비타민차, 수삼 우유, 블루 라이스 와인 등이 이 카페의 특제 메뉴다. 식탁 위 커피 잔 옆에 놓인 작은 유리병에는 민트 줄기가 꽂혀 있고, 나무 트레이 위에는 어릴 적 갖고 놀던 레고 인형이 귀엽게 앉아 있다. 이 섬세한 공간과 시중에서는 쉽게 찾아볼 수 없는 특별한 레시피, 바로 이것이 '카페 오시정'이 특별해진 이유다.

오시정, 다섯 편의 시를 쓰는 마음. 그녀의 이름은 아버지가 직접 지어준 이름이라고 한다. 뜻 자체가 서정적일 뿐만 아니라 어감이 예쁘기도 하고 영어로 썼을 때의 느낌도 좋아 그녀는 자신의 이름을 당당히 내걸고 상호를 정했다. 여기에는 보통 용기가 필요한 게 아니다. 이름은 곧 자신의 얼굴이지 않은가. 자신의 이름을 내건다는 것은 그만큼의 노력과 책임을 감당하겠다는 뜻인지도 모른다.

"이름을 상호로 내는 것에 대해 주변에서 반대도 많았고 저 또한 후회한 적도 많아요. 하지만 결과적으로 내 이름을 걸고 했던 게 '자극'이 됐던 게 사실이에요. 내 이름을 걸고 하는 만큼 완전한 내 것 혹은 내 일, 내 공간이라는 생각이 강해져서 책임감도, 애착도 더 컸어요. '내 이름을 욕되게 할 수는 없다'라는 굳은 의지도 생겼고요."

카페를 운영하기 전 그녀는 8년간 공기업 인사과에 근무했다. 누구보다 열심히 일했고 인정도 받았지만 조직 사회의 딱딱한 분위기와 적당히 튀지 않은 선에서 일해야 하는 것에 대한 회의감이 들곤 했다. 무엇보다 '내 일'이라는 느낌이 들지 않았다. '내 일이라면 가슴 뛰는 뭔가가 있어야 되지 않을까?' 하는 생각이 자꾸만 들었다. 일에 대한 결과물이 눈에 보이지 않는 점도 아쉬웠다. 조직 사회다 보니 혼자만 열심히 일한다고 되는 것도 아니었고 나만의 의지로 해낼 수 있는 일도 많지 않았다. 그저 상관이 내린 지시에 따라 일하는 수동적인 시스템도 그녀의 성격에 맞지 않는 듯했다.

"공기업은 안정적인 직업이죠. 연봉이나 처우도 괜찮고, 특히 여자들이 선망하는 자리라 부러움을 받기도 했어요. 하지만 전 뭔가 답답했어요. 치열함이 없다고 할까? 무언가를 위해 끊임없이 노력하고 그결과물에 만족할 수 있는 일을 원했거든요. 내가 만든 공간, 내가 하는 것들이 다른 사람을 만족시키고 나 스스로도 증명받는 일 말이에요.

대학 때 연극 연기를 전공하고 배우가 되려 했던 것도 그런 이유 때문이었던 것 같아요. 안정적인 직장도 좋지만 내 안에서 끓어오르는 어떤 열정을 억제하려니까 힘들기도 했죠."

더 늦기 전에 자기만의 일을 만나고 싶다고 고민하던 그녀는 그것이 문화·예술 분야와 관련된 일이라는 데 생각이 미쳤다. 처음부터 카페를 열겠다고 마음먹은 것은 아니었다. 회사 다니던 시절에 혼자만의 사색이 필요할 때면 삼청동의 '차 마시는 뜰'과 홍대의 '밀로 커피'를 자주 다녔는데, 어느 날 문득 자신이 원하는 공간이 '카페'라는 것을 깨닫게 되었다. 커피와 커피를 마시는 풍경의 따뜻함 때문이었다. 아늑한 공간에서 커피와 차를 마시며 추억의 한때를 보내고 있는 사람들을 보며 카페란 공간이 굉장히 매력적으로 느껴졌다. 또한 카페에는 그곳을 운영하는 사람 개인의 작은 세계가 담겨 있었다. 인테리어와 음악과 분위기 그리고 메뉴. 어느 하나 주인의 취향이 반영되지 않는 구석이 없었다.

"지상에서 온전히 내 취향이 반영된 공간이 있다는 것, 그리고 그 공간을 사랑해주는 사람들이 있다는 것이 얼마나 매력적인 일인가요."

"때때로 인생이란 커피 한 잔이 가져다주는 따스함에 관한 문제다"라고 리처드 브라우티건이 말했던 것처럼 어느 틈엔가 '커피가 있는 따뜻한 풍경'을 꿈꾸고 있었고 상상하기 시작했다. '밀로 커피' 하면 나비넥타이를 맨 사장님이 정성스럽게 내려준 에스프레소 한 잔이 떠오르듯이, 내 카페에도 나만의 개성이 한껏 담긴 무언가가 있는 곳이었으면 좋겠다는 생각들이 하나둘 늘어갔다. 인테리어는 어떻게 하면 좋을까, 카페에 이런 음식을 내면 어떨까 등등 생각들은 점점 구체화되어갔다. 회사를 다니는 틈틈이 인기 많은 홍대나 가로수길의 카페를 다니면서 장단점을 분석해보기도 했다. 카페 문화가 발달한 일본을 여러 번 다녀오기도 했다. 물론 그녀의 이런 생각을 반겨주는 사람은 없었다. 멀쩡하게 잘 다니던 공기업을 그만두고 경험도 없이 카페를 차리겠다니 걱정이 이만저만이 아니었다.

"너 꼭 그 일을 해야겠니?"

매일 아침 일어나면 부모님이 침대 머리맡에 앉아 걱정스러운 눈빛으로 말씀하시곤 했다.

"전 뭔가를 시작하면 몰입도가 높은 편이에요. 실패나 끝을 생각하지 않고 무조건 밀고 나가죠. 회사를 그만두고 예산을 확보하기 위해 살던 집을 줄여나가고 가게를 계약했어요. 어찌 보면 큰 모험이죠. 카페를 한다고 선언하고 회사를 그만둘 때만 해도 설마 설마 했는데 정말로 일을 저질러버리니 부모님도 남편도 모두 놀랐어요. 하지만 흔들리지는 않았어요. 시작할 때부터 고민하고 몸을 사리면서 일하면 완벽을 추구할 수 없으니까요. 부모님과 남편이 걱정하는 만큼 더 잘하자, 잘해서 걱정 끼치지 말자 생각했어요. 그러자 카페를 성공적으로 운영해야겠다는 마음이 더욱 절실해졌죠."

카페에 대한 콘셉트가 확실해지기 시작한 것은 우연히 일본 아오야마의 갤러리에서 이노우에 아야코의 그림을 만나게 되면서부터였다. 파스텔 톤의 간결하고 위트 있는 그림을 보자 번뜩하고 아이디어가 떠올랐다.

'이렇게 간결하면서도 위트가 있는 파스텔 톤의 따뜻한 카페를 만

들어보자.'

　적지 않은 가격이었지만 이노우에 아야코의 그림을 여러 점 구입했고 그날을 기점으로 본격적인 카페 준비에 들어갔다. 회사를 그만둔 것이었다. 그녀가 하고 싶은 카페에 대한 생각은 분명했다. 홈메이드 메뉴를 선보이는 가정식 카페일 것. 카페 문화가 발달해 있는 일본에 자주 방문하면서 가장 인상적이었던 점은 개성 있는 카페 메뉴들이었다. 인테리어가 그다지 화려하지도 않고 도심에서 동떨어진 위치에 있어도 사람들이 꾸준히 찾는 카페들이 있었는데, 그런 곳들의 공통점은 다름 아닌 오너의 개성이 느껴지는 메뉴와 레시피였다.

　"일본의 지방에 있는 유명한 카페에 가게 됐죠. 홈메이드 빵으로 유명한 곳인데, 밖에서 사람들이 대기를 하고 있는 거예요. 그 카페에서 나오는 빵을 맛보기 위해 한두 시간 기다리는 것은 기본이었어요. 빵이 나올 때까지 사람들은 카페가 보유한 농장을 거닐고 체험하면서 전혀 지루해하거나 불편해하지 않았어요. 맛있는 빵과 커피를 맛보기 위해서라면 이 정도 고생은 아무것도 아니라고 생각하는 듯했죠. 저도 오랜 기다림 끝에 빵을 맛봤는데 기다린 시간이 억울하지 않을 만큼 맛있었어요."

　'나만의 레시피로 나만의 브랜드를 만든다…… 이런 게 일본의 장인 정신이구나.'

　"왠지 가슴이 벅차올랐어요. 한 사람의 노력이 담긴 공간과 음식이 있고, 그것을 사랑해주고 그것으로 행복해하는 사람이 있다는 게 너무나 매력적으로 다가왔거든요. 나 또한 나만의 레시피로 나만의 브랜드를 만들고 싶다는 생각이 강하게 들었어요."

자신만의 공간이 사람들에게 멋진 추억과 그리움의 공간이 될 수 있다는 생각은 그녀에게 큰 설렘을 안겨주었다. 그녀는 이왕이면 이 일을 평생 하고 싶다는 생각이 들었다. 오랫동안 사람들에게 사랑받을 공간을 만들려면 무엇이 필요한가 고민했을 때 가장 먼저 든 생각은 '특별한 레시피'였다. 제아무리 멋진 인테리어라도 시간이 지나면 감동이 퇴색되게 마련이지만 맛에 대한 기억은 더 오래, 강력하게 남기 때문이다.

카페를 시작하기 전부터 그녀의 집 주방은 카페 메뉴 실험장이 되어 매일 전쟁터를 방불케 했다. 바리스타 학원에 등록해 커피를 배우는 것 외에 그녀는 다른 새로운 메뉴를 만들고 싶었다. 매일같이 시장에 나가 재료를 구입해 왔고, 아침부터 저녁까지 메뉴 만들기에 골몰했다. 허리가 뻐근하고 다리가 저려왔지만 재료를 바꿀 때마다 달라지는 맛과 색을 발견할 때마다 짜릿한 즐거움을 느꼈다. 그녀가 운영하는 가게의 메뉴들은 다 이때의 노력을 거쳐 만들어진 것들이다. 특히 홍시 요구르트는 그녀가 내놓은 메뉴 중 가장 야심작이었다. 요거트에 홍시를 갈아서 냉동고에 얼린 샤베트를 친구들에게 가끔 만들어줬는데 반응이 좋아서 카페에 접목시켜보았던 게 홍시 요거트의 시초였다. 조금이라도 떫으면 맛이 변하는 홍시의 일정한 맛을 위해 온 집 안이 홍시 천국이 되도록 직접 홍시를 익혀보는 등 갖은 노력 끝에 만들어 낸 메뉴였다.

주변의 첫 반응은 다소 걱정스러웠다. 그녀가 내놓는 음식들이 맛있긴 하지만 한편으론 너무 생소한 메뉴였고 가격도 비싸지 않느냐는 것이었다. 유기농 재료만 쓰다 보니 단가가 높아질 수밖에 없었던 것이다. 하지만 그녀는 값은 조금 비싸더라도 그만큼의 비용을 치르고 먹을 수밖에 없는 메뉴를 만들고 싶었다. 카페 위치를 가로수길 근처로 정한 이유도 그 때문이었다. 가로수길을 찾는 사람이라면 가격적인 요소보다는 맛과 건강을 더 우선시할 것 같았기 때문이다. 그리고 그 예상은 정확히 맞아떨어졌다. 개업 초반 손님들은 전혀 새로운 메뉴에 낯설어하기도 했지만 한 번 메뉴를 맛보고 꾸준히 찾는 사람들이 점차 많아졌다. 사진을 곁들인 친절한 메뉴 설명도 손님들의 관심을 끄는 데 한몫했다.

한 분, 한 분의
소중한 손님들

'카페 오시정'이 문을 연 지 어느덧 5년여의 세월이 흘렀다. 대부분의 사람들이 그녀의 카페가 오픈하고 바로 유명해진 줄 아는데 그건 아니었다. 오픈 초기엔 그녀도 손님이 없어 고생을 많이 했다.

"나는 이렇게 모든 것을 걸고 하는데 매출이 생각만큼 늘질 않으니 박탈감이 커져만 갔죠. 다달이 돌아오는 대출이자와 월세를 보면서 후회도 조금 했어요. 카페는 입지가 중요하다는 사람들의 조언, 평범한 메뉴를 팔지 왜 생소하면서 비싼 메뉴를 파느냐는 이야기들이 가슴에 콕콕 박혀왔어요. 괜한 짓을 했구나 싶은 자괴감도 들었죠. 손님은 없는데 몸은 왜 그리 피곤한지. 하지만 위기가 곧 기회란 말처럼, 초반의 고전한 시간들 속에서 배운 게 많았어요. 한 분, 한 분의 손님이 정말 소중하다는 걸 깨달은 시간이었거든요."

손님이 없던 초반 한가로운 시간 동안 그녀는 멍하니 앉아 오지 않는 손님을 기다리는 대신 어떻게 하면 손님들이 카페에 앉아 있는 시간 동안 즐거운 시간을 보낼까 연구하곤 했다. 대화를 방해하지 않는 선에서 다가가 필요한 것들도 물어보고, 사진을 찍어 선물하기도 했다. '카페 오시정'의 트레이드마크가 된 테이블 세팅도 이때 탄생한 것이었다. 카페에 오는 손님들이 대부분 여자들인 만큼 작은 인형 하나, 소품 하나하나를 고르는 데 심혈을 기울였다. 그러자 카페를 찾는 손님들 대부분이 예쁘게 차려진 테이블을 보고 미소 지었고 그것만으로 충분했다.

"사실 그때까지 회사를 완전히 퇴직한 건 아니었어요. 저도 그렇고 주위 분들의 조언도 있고 해서 1년 휴직 신청을 해둔 상태였어요. 고전하고 있을 당시, 그냥 정리하고 회사로 돌아가라고, 좋은 경험한 셈 치라고 부모님과 남편이 말했죠. 하지만 오기가 생기더라고요. 어떻게든 살려보고 싶다는 생각. 만약 그때 포기했다면 지금의 '카페 오시정'은 없었겠죠."

어느 순간 그녀는 일을 즐기게 되었다. 하루하루 카페에 나가는 게 재미있어졌다. 오늘은 어떤 메뉴를 만들어볼까, 어떤 서비스를 해볼까 하는 생각에 매일매일 기대감에 들떴다. 막 문을 열었을 때 느껴지는 가게의 차분하고 고요한 분위기도, 하나둘 손님이 찾아와 좌석을 가득 메운 분위기도 좋았다. 정성 들여 만든 메뉴들을 먹으며 즐거워하는 손님들을 보고 있으면 그렇게 행복할 수가 없었다. 결국 그녀가 좋아하고 잘하는 것은 다른 사람들을 행복하게 하는 '서비스직'이라는 걸 깨달았다.

"카페는 내가 가진 능력을 최대한 발휘할 수 있는 최고의 공간이라는 생각이 들기 시작했어요. 인테리어와 문화적 공간에 대한 관심 그리고 음악과 음식. 카페는 이 모든 것들이 적절하게 어울리는 복합 문화 공간이잖아요. 제가 할 수 있는 능력을 최대로 펼칠 수 있는 직업을 만나니 어느 때보다 즐겁게 일할 수 있었고, 그래서 많은 분들에게 인정받는 카페를 만들 수 있게 된 것 같아요."

어느덧 '오시정'이란 이름을 단 여덟 개의 카페가 문을 열었다. 작게 시작한 하나의 카페는 한 사람의 정성스러운 레시피와 개성이 고스란히 담긴 카페로 성장해 어딜 가도 떠오르는 하나의 이미지가 되었다. 갤러리 카페이면서 건강에 좋은 홈메이드 음료를 파는 아기자기한 카페로 말이다.

카페를 시작하는 많은 이들이 그녀를 벤치마킹하고 닮고 싶은 카페 오너로 꼽는 이유는 단순히 여러 개의 분점을 낸 카페의 오너여서가 아니라 자신만의 개성이 담긴 카페를 완성시켰기 때문이 아닐까?

"모두 제 이름을 건 카페라고 생각하니까 엄청난 중압감으로 다가온 적도 있어요. 하나의 분점에서 문제가 생기면 전체 이미지에 영향을 끼칠 테니까요. 하지만 더 좋은 공간을 만들기 위해 노력한다면 오시정에서 즐거워하는 손님들이 배로 늘어난다고 생각하고 더 열심히 노력 중이에요."

그녀는 '카페 오시정'이라는 체인 말고도 다른 이름의 카페를 두 개나 더 냈다. 압구정의 '르퓨어'와 과천의 '코피' 카페다. '르퓨어'는 티끌 하나 없이 깨끗한 화이트 톤의 인테리어가 인상적인 생과일주스 전문 카페이고, 과천의 '코피'는 그야말로 커피 맛으로 승부를 내겠다는 빈티지 콘셉트의 커피 전문점이다. '카페 오시정'으로도 많은 수익을 거뒀지만 새로운 카페를 오픈하느라 그녀는 딸아이의 장래를 위해 묻어두었던 펀드까지 팔았다고 한다. 그녀에게는 사업가적인 대범한 마인드도 느껴진다. 오랫동안 머릿속에서 구상해둔 다양한 모습의 카페를 자신의 손으로 완성시키고 안정적으로 운영하는 데 짜릿함을 느낀다니 말이다.

"물론 그 전보다 두 배는 힘들 거라는 예상은 했어요. 직원 관리, 메뉴 관리, 인테리어 관리……. 하루에도 사무실에서 강남, 과천, 압구정을 몇 번씩 왔다 갔다 해야 하고 작은 카페를 꾸릴 때와 달리 복잡하고 어려운 세무 관리도 해야·하고요. 처음에 비하면 스케일 면에서부터 엄청난 차이가 있었죠. 하지만 어느 정도 자신감은 있었어요. 카페를 처음 시작할 때와 기본적인 정신은 변함없었거든요. '최고의 카페를 만들자'라는 정신. 초심을 잃지 않고 열심히 노력하는 게 가장 중요한 것 같아요."

카페를 로망으로 여기는 사람은 여전하다. 여전히 여성 창업 1순위로 꼽히고 있고 지금도 숱한 카페가 문을 여닫는다. 그리고 대부분의 창업자들은 말한다. 막연하게 꿈꿀 때와 직접 시작했을 때의 차이가 엄청난 분야라고.

하지만 카페 운영을 하다 보면 그 이면에 숨은 고단한 작업을 상쇄할 만한 매력이 분명히 있다. 누군가에게 안락한 공간을 제공함으로써 추억의 한 토막을 선물한다는 보람. 카페는 무엇보다 그 공간을 찾은 사람을 빛나게 해주는 곳이어야 한다. 그리고 카페를 운영하는 주인은 손님들이 맛있게 먹고 편안하고 즐거운 휴식을 누릴 수 있도록 도와주는 조연일 뿐이다.

카페 운영을 꿈꾸는 사람에게 오시정이 말해주고 싶은 것은 딱 한 가지다.

"좋은 공간을 제공하고 정성을 다하는 만큼 손님들은 언젠가 다 알아줘요. 그렇게 될 때까지 시간이 얼마나 걸릴지는 모르죠. 하지만 최선을 다하는 게 중요해요."

절
실
함

　나는 한번 일을 시작하면 몰입도가 상당히 높은 편이다. 대학에서
연극 연기를 전공하고 연극배우를 하던 시절, 배역에 너무 몰입되어
힘겨울 때가 많았다. 일단 뭔가를 시작하면 앞뒤 재지 않고, 주변 반응
을 살펴볼 겨를도 없이 그 일에만 집중한다. 카페를 열겠다고 마음먹
은 뒤엔 온통 카페에 대한 생각뿐이었다. 잡지나 인터넷을 통해 자료
조사를 하고 일본으로 건너가 여러 카페를 둘러봤으며 집에서도 쉬지
않고 온갖 레시피를 개발하는 일에만 매달렸다.
　몰입은 긍정적인 에너지다. 그 일에 집중하다 보면 일이 재미있어
지고 또 최선의 결과가 나올 수 있도록 해주기 때문이다. 시카고대학
의 심리학 교수인 미하이 칙센트미하이 교수는 여가나 놀이처럼 긴장
을 풀 때보다 어떤 어려운 작업, 신체적·정신적 능력의 한계를 끌어내
는 도전적 작업을 이뤄낼 때 몰입이 일어난다고 했다. 노력하고자 하
는 강렬한 의지와 동기가 있으면 몰입할 수 있고, 몰입은 최선의 결과
를 이끌어내는 데 가장 큰 역할을 한다. 결국 어떤 일을 꼭 해내고 말
겠다는 절실함만이 일에 대한 몰입과 최선의 결과를 이뤄내는 것이 아
닐까. 나만의 카페를 만들겠다는 절실함은 결국 일에 대한 몰입을 이

뤄냈고 개인 카페로는 드물게 여러 개의 분점을 거느린 작은 카페 왕
국을 만들어냈다.

　원하는 일에 대한 절실함과 몰입만이 답이다. 하지만 그보다 먼저
해야 할 일은 자신이 절실하게 원하는 것, 몰입할 대상을 찾는 일일 것
이다.

나만의 브랜드를 창조하다

우리 떡 연구가
김희동

  삼청동의 떡 카페 '희동아, 엄마다'의 오너이자 우리 떡 연구가이기도 한 김희동은 '떡 케이크'라는 떡에 대한 새로운 해석으로 잡지와 방송에서 다양한 활동을 하고 있다. 서른도 채 넘지 않은 나이의 그녀가 '떡 연구가'라는 타이틀로 인정받으며 활동하고 있는 이유는 '떡 베이킹'이라는 새로운 분야를 개척했기 때문이다.

  건강에는 좋지만 모양이 그다지 예쁘지도 않고 맛도 투박해 젊은 이들에겐 소외받는 음식인 떡. 그녀는 이 떡을 쌀가루를 이용해 빵처럼 다양한 맛과 모양으로 재창조해냈다. 그 시작은 간단했다. 우리 떡은 음식으로서의 가치가 분명히 있음에도 일본이나 중국의 전통과자에 비해 인기가 없는 것이 안타까웠고, 그래서 자신이 직접 새로운 레시피를 만들어보기로 결심한 것이었다. 누구도 시도해보지도, 시도할 생각조차 하지 않았던 분야. 여기에 도전해 갖은 시행착오를 겪은 그녀는 그 고난을 통해 얻은 하나하나의 레시피에 진심으로 행복해했다. 그리고 자신이 만든 레시피를 블로그에 올려 다른 이들과 소통함으로

써 홍보 효과도 톡톡히 봤다.

음식 만드는 일로 진로를 결심했을 때 누군가를 쫓아가는 길보다는 조금 고생스럽더라도 자기만의 길을 개척하자는 그녀의 선택은 정확히 적중했다. 유행이나 전망을 좇기만 한다면 결국 '내 것'을 찾지 못하고 평생 남의 꽁무니만 따르는 삶이 될 것 같았다. 음식이든 다른 무엇이든 한 우물을 파고 거기서 새로운 것을 만들어내는 것이 그녀의 목표였다. 그녀가 비교적 짧은 시간 내에 성공할 수 있었던 이유도 바로 그것이다.

그리고 아직도 음식에는 무궁무진한 기회가 있다.

새로운 도전이 열리는 순간

한 여자가 뉴욕 5번가 애비뉴 거리를 걷고 있다. 맨해튼 섬을 남북으로 종단하는 5번가는 패션과 문화·예술의 트렌드를 보여주는 뉴욕의 중심가다. 막 컬렉션을 끝낸 명품 브랜드의 화려한 디스플레이를 보는 것도 즐겁지만, 그녀는 거리 곳곳에 자리 잡은 작은 음식점의 쇼윈도를 보는 게 더 즐겁다. 그녀의 관심은 늘 '음식'에 가 있으니까.

영화 〈티파니에서 아침을〉에서 티파니 매장을 행복한 표정으로 바라보던 홀리(오드리 헵번 역)처럼 김희동 또한 시간 날 때마다 5번가의 골목을 찾아 쇼윈도를 바라보고 있었다. 홀리에게 티파니의 진열장이 무의미한 일상적인 관계들을 떠나 잠시 꿈으로 도피하는 창구였다면, 그녀에게 음식점 쇼윈도는 새로운 꿈으로 도전하게 하는 창구였다.

골목 곳곳엔 세계 각국을 대표하는 음식을 파는 작은 식당들이 있었다. 모든 요리에 관심이 있었지만 그녀는 메인 요리보다는 디저트류에 좀 더 관심이 갔다. 메인 요리는 어쩐지 부담스럽지만 디저트는 간편하게 자주 먹을 수 있으면서 모양도 예뻤으니까. 진열장을 가득 메운 디저트는 그 종류도 다양했다. 뉴욕의 대표 명물 치즈케이크, 프랑스에서 온 마카롱, 이탈리아의 크레페, 일본의 화과자까지. 특히 일본의 화과자가 전시된 쇼윈도가 눈길을 끌었다. 고급스러운 종이 상자에 담긴 화려한 색감의 화과자는 한눈에 보기에도 먹음직스러웠다.

평소 일본 여행을 다녀온 사람들이 사 오는 빵이나 과자의 포장을 보면서 감탄한 적이 많았는데, 화과자의 모양이나 포장 용기에선 특별한 느낌을 받았다.

'저걸 선물 받는 사람은 얼마나 기분이 좋을까?'

유리문 건너편에 정성스럽게 포장된 화과자를 들고 만족스러운 얼굴로 계산하는 사람들이 보였다. 순간, 얼마 전 동생과 한인 타운의 떡 방앗간에서 돌덩이처럼 딱딱한 인절미를 사 먹었던 기억이 떠올랐다. 따뜻할 때 쫀득쫀득한 맛으로 먹어야 일품인 인절미가 이도 잘 안 들어갈 만큼 딱딱했는데 가격도 꽤 비쌌다. 문득 안타까운 생각이 들었다.

'우리 떡은 한인 타운의 떡 방앗간 한구석에 볼품없게 놓여 있는데 일본의 화과자는 뉴욕 최고의 쇼핑 거리에 당당하게 진열되어 있다니. 우리 떡을 새롭게 만들어서 뉴욕에 떡 카페를 열어야겠어.'

그녀에게 새로운 도전이 열리는 순간이었다.

삼청동의 숨은 떡 카페

이른 아침부터 외국인 관광객이 분주한 발걸음을 옮기는 삼청동. 그중에서도 정독도서관 사잇길은 좁다란 골목 양쪽으로 아기자기한 한옥과 현대식 건물들이 늘어서 있어 색다른 분위기를 자아내는 곳이다. '커피 방앗간', '커피 팩토리' 등 오래된 커피집들을 지나면 왼편으로 난 작은 골목길이 있는데, 이 작은 골목 초입을 유심히 둘러보면 '희동아 엄마다'라는 작은 입간판을 발견할 수 있다. 호기심을 불러일으키기 딱 좋은 간판이다.

삼청동을 오래 다닌 사람들에게도 이 골목은 조금 낯설 것이다. 정독도서관 옆 사잇길은 대개 삼청동을 가는 통로로서만 이용하게 마련이고, 길 양옆으로 난 예쁜 커피집들도 한둘이 아니니 굳이 작은 골목에까지 관심이 미치지 않는다. 떡 카페 입간판이 안내하는 대로 골목 안으로 들어가면 작은 한옥 한 채와 마주하게 된다. 기와는 그대로지만 벽을 허물어 통유리로 마감한 외관. 그 안쪽으로 주방과 떡 케이크를 넣은 쇼케이스가 보인다. 작지만 아담한 마당 한쪽에는 버드나무가 햇빛을 부드럽게 걸러내고 있고 담벼락엔 푸른 담쟁이가 가득해 상쾌한 느낌을 준다. 작지만 자연을 그대로 품고 있는 모양새다. 알 수 없는 매력에 이끌려 자리에 앉고 보면 기존의 떡 카페와는 다름을 알게 된다.

일단 쇼케이스 안에 전시된 떡 자체가 다르다. 인절미, 경단, 쑥떡, 호박떡 등 평범하면서도 투박한 느낌의 떡이 아니라 타르트나 컵케이크를 볼 때나 나오는 감탄사를 연발하게 만드는 작고 예쁜 떡이 줄 지어 진열되어 있다.

'과연 저게 진짜 떡일까? 커피와 어울릴까?'

잠시 뒤 젊은 오너가 커피와 작은 떡 케이크를 내어 와 떡 케이크의 이름을 상세히 설명해주었다. 한 조각 떼어 입 안에 넣으니 그야말로 신세계다. 식감은 분명 쫄깃한 떡이 분명한데 맛은 케이크를 먹을 때의 달콤함이 물씬 풍기니 말이다. 진한 블랙커피 한 모금과 기막히게 어울리는 맛이었다. 우리 떡도 이렇게 예뻐질 수 있구나, 이런 맛을 낼 수 있구나 하는 감탄과 함께 이런 곳이 외진 골목길에 숨어 있다는 것이 안타깝게 느껴지기도 했다. 사람들의 발길이 많이 닿는 곳에 있었다면 좀 더 많은 관광객들이나 사람들이 맛볼 수 있을 텐데.

떡 카페 '희동아 엄마다'는 블로거 사이에서는 이미 꽤 유명한 곳이다. 벌써 몇 차례 책으로도 소개됐고 방송 출연을 한 적도 있었다. 그녀의 떡들은 기존의 전통 방식으로 만들어진 게 아니라 쌀가루를 이용해 만든 떡 베이킹이다.

그녀를 꼭 한번 만나야겠다고 생각한 것은 그녀가 출연한 〈생활의 달인〉이라는 TV 프로그램 때문이었다. 〈생활의 달인〉은 평범한 소시민들의 직업의식을 보여주는 프로그램이다. '달인'이라고는 하지만 특별한 노하우가 소개된다기보다 그저 오랫동안 같은 일을 하다 보니 자연스럽게 기술을 터득한 출연자가 많다. 머리 위에 밥상을 여러 개씩 올리고도 전혀 흔들림 없이 걸어가는 남대문의 배달 아줌마, 1분에 수십 개의 만두를 빚어내는 아저씨, 한 치의 오차도 없이 옷을 재단하는 아저씨……. 사회적으로 성공한 사람들이 나오는 건 아니지만 내가 이 프로그램을 즐겨 보는 이유는 자신의 일에 열정적으로 임해 그 일에 관한 한 최고가 된 사람들의 모습에 매료됐기 때문이다. 그 많은 출연자 중에서도 그녀는 단연 눈에 띄었다. 출연자들은 대개 30대 후반에서 40대 후반의 사람이 많은데 그녀는 채 서른이 넘지 않은 젊은 나이였다. 어떤 일에 집중하고 노하우를 쌓고 인정받기까지는 적어도 10년 이상이 걸리게 마련인데, 그녀는 떡 베이킹을 시작한 지 불과 3년이 넘지 않은 상태였다. 하지만 그녀를 통해 나는 나이는 하나의 편견일 뿐임을 인정하게 되었다. 얼마나 오랫동안 일을 했느냐가 아니라 얼마나 열정을 갖고 일에 집중했느냐가 더 중요하다는 것을 말이다. 일을 시작한 지 얼마 되지 않았지만 그녀는 누구보다 놀라운 집중력으로 결과물을 만들어냈다. 기존의 떡뿐만 아니라 주어지는 미션에 따라 새로운 모양, 새로운 재료로 다양한 떡을 만들어냈다. 기존 방송에서 보던 달인들의 모습과 별반 다를 게 없었다. 다만 다른 달인과는 달랐던 것은 달인이라는 칭호를 넘어 우리 떡 연구가라는 전문가로서 자신의 입지를 구축했다는 점이었다.

그녀의 카페를 다시 찾았을 때 그녀는 떡 베이킹 스튜디오에서 그날 판매할 설기 떡 케이크를 만들고 있었다. 쌀가루는 수분이 많아 유통기한이 짧기 때문에 매일 오전, 오후 정해진 분량에 맞춰 조금씩 만들어야 했다. 그녀의 작업이 끝나기를 기다리며 작은 설기 떡 케이크와 마주했다. 컵케이크 위로 발린 부드러운 크림, 그 위에 놓인 앙증맞은 꽃 장식까지. 요즘 한창 인기 있는 컵케이크와 견주어도 손색없을 정도로 예뻤다. 떡 하면 떠오르는 이미지는 대개 이런 것들이다. 쫀득쫀득하고 건강에 좋은, 지하철역에서 파는 세 팩에 5천 원짜리 묶음 떡들. 그녀가 운영하는 카페에서 작은 설기 떡 케이크를 마주하면 그런 편견들은 여지없이 무너져 내릴 것이다. 그렇다면 맛은 어떨까? 일단 떡 특유의 쫄깃하고 고소한 맛에 케이크 안에 들어 있는 팥의 달콤함이 더해져 전통적인 떡들과는 사뭇 다른 맛이 난다. 기존의 떡이 갖고 있는 장점은 살리고 단점은 보완한 이 작은 떡 케이크는 그녀가 떡 연구를 처음 시작해서 지금에 이르기까지의 모든 노하우가 집결된 하나의 작품이다.

'떡 베이킹'이라는
블루오션의 개척자

사실 그녀는 떡을 그다지 좋아하지 않았다. 떡보다는 빵을 좋아했고 빵이라면 담백한 쪽보다는 달짝지근한 케이크나 쿠키류를 더 선호했다. 달콤한 맛을 좋아하는 그녀에게 떡은 너무나 밋밋했고 모양 또한 투박했다. 어릴 적부터 요리에 관심이 많아 직접 만들기도 하고 먹으러 다니는 것도 좋아했지만 떡은 늘 관심 밖에 있었다.

"요리를 전공하지는 않았지만 제 관심은 늘 요리에 가 있었어요. 대학 때는 학과 수업보다 외식 동호회 활동을 더 열심히 했을 정도였으니까요. 4학년 때 CJ푸드빌 외식사업부에 취직도 했었죠. 하지만 실제로 요리를 하는 것과 외식 사업은 거리가 있었어요. 본격적으로 요리를 공부해보고 싶어서 인턴 생활 동안 모은 돈으로 뉴욕에 가게 되었죠. 뉴욕은 디저트 문화가 발달된 곳이라 그곳에서 보고 배우면서 확실한 분야를 결정하자는 마음이었거든요. 그런데 아이러니하게도 뉴욕에서 나만의 떡을 만들겠다고 결심하게 됐죠. 아마 제가 한국에 있었다면 떡을 만들겠다는 생각을 하지 못했을 것 같아요. 다른 나라의 디저트를 맛보고 비교해볼 수 있었기 때문에 우리 떡에 가능성이 있겠다는 생각을 하게 된 것 같아요."

이삼십 대 여성들의 취향에 맞게 달콤한 맛을 내고 모양도 예쁘게 꾸미면 외국의 디저트에 견줄 만큼의 가능성을 갖출 수 있을 것 같았다. 아무도 도전해보지 않은 분야라서 더 매력적으로 다가온 점도 있었다. 그녀의 생각에 떡은 블루오션이자 틈새시장이었다. 각종 매체에 블루오션을 개척해 성공한 사람들이 나오곤 한다. 그녀 또한 '떡 베이킹'이라는 블루오션의 개척자라고 할 수 있다. 취업난으로 취직이 어려운 요즘 사람들에겐 블루오션을 개척해 성공한 사람이야말로 가장 주목받는 부러움의 대상이다. 경쟁자가 없으니까 비교적 빠른 시간 내에 성공하고 그만큼 남보다 더 빨리 안정기에 돌입할 수 있다는 장점 때문이다. 하지만 성공한 분야라고 해서 '나도 한번?' 하고 기웃거린다면 그건 이미 늦은 일이다. 블루오션이란 그야말로 금기와 고정관념을 깨뜨리는 대담한 발상 '빅싱크big think', 즉 '발상의 전환'을 말하는데 누군가의 뒤를 쫓아간다면 그건 이미 블루오션이 아니기 때문이다.

발상의 전환을 위해 필요한 것은 우선 해당 분야에 대한 관심이다. 그녀가 떡을 새롭게 만들고자 생각할 수 있었던 것은 오래전부터 요리에 관심을 가져왔기 때문이고, 다양한 요리 분야에 대해 공부해왔기 때문이었다. 어학 연수차 뉴욕에 간 것도 요리에 대한 답을 찾기 위해서였다. 우리 사회에서 요리는 이제 핫 트렌드가 되었다. 요리 관련 전문 채널도 생겼고 꽃미남 셰프를 내세운 프로그램도 인기리에 방영

된다. 그만큼 셰프는 많은 이가 선망하는 인기 직종이 되었다. 특히 디저트, 베이커리 분야의 경쟁은 상당히 치열하다. 뉴욕이나 프랑스에서 공부를 마치고 온 셰프들이 만든 화려하고 맛있는 컵케이크, 타르트, 각종 디저트는 보기에도 훌륭할뿐더러 맛 또한 일품이다. 그녀 또한 컵케이크나 타르트, 키슈, 마카롱처럼 화려한 디저트 분야를 배우고 싶다는 생각을 했었다. 하지만 '떡'이라는 전혀 예상치 못했던 곳에서 답을 얻어 더 큰 성공을 거두었다.

진로에 대해 방황하는 이들에게 그녀는 외국에서 살아보는 것도 좋은 방법이라고 조언한다. 타지에서는 자기 자신을 좀 더 객관화시켜 바라볼 수 있고 좀 더 확장된 시각을 갖게 되기 때문이다. 물론 외국에 나가는 것 자체로 뭔가가 금방 이루어질 거라고 생각하면 오산이다. 뚜렷한 목적의식 없이 외국을 방문한다면 겉멋만 들어 결국 어디에도 적응하지 못하고 겉돌 수도 있다. 세계 어디에서든 열린 자세로 다양한 경험을 하다 보면 자연스럽게 관심 분야가 생기게 되고, 그 관심 분야 내에서 특정 직업에 대한 답을 얻을 수도 있다. 그녀가 요리라는 큰 카테고리 안에서 '떡 연구가'라는 확실한 답을 얻었듯이 말이다.

블로그,
그녀에게 기회를 열어주다

20대의 젊은 나이에 떡 카페의 오너이자 '우리 떡 연구가'라는 타이틀을 얻게 된 데는 블로그의 힘이 컸다. 그녀가 시행착오 끝에 하나둘씩 올리는 레시피들은 많은 사람들의 관심을 끌었고 시간이 흐를수록 이른바 '파워 블로거'로 입지를 굳혔다.

"한국에 돌아와 전통 떡 연구소에 들어갔는데, 제 또래는 하나도 없고 사오십 대 분들이 전부였어요. 떡 방앗간을 창업하기 위해 준비하는 분들이었죠. 떡이 젊은 층에게 이렇게까지 인기가 없나 싶은 생각이 들었어요. 이유가 뭘까 생각하다 제 나름대로 레시피 정보가 부족해서가 아닐까 하는 답을 내렸죠. 떡 만드는 방법은 대개 어른들의 입에서 입으로 전해지니 젊은이들의 관심이 적을 수밖에 없는 것 같았어요. 마침 제가 블로그를 운영하고 있었고 사진 찍어 올리는 걸 좋아해서 떡에 대한 정보를 올리기 시작했죠."

그녀의 레시피는 유독 친절했다. 떡이 만들어지는 과정이 세세하게 담긴 사진과 설명, 모양을 예쁘게 담고 정갈하게 담는 방법까지. 시각적인 면에 끌릴 수밖에 없는 인터넷 문화 속에서 그녀가 만든 떡들은 충분히 인기를 끌 만했다. 음식 동호회 회원으로서 맛집을 다니고 음식 사진을 찍으며 테이블 세팅을 연구한 경험들이 많은 도움이 됐다. 학원에서 배우면 매일같이 집에서 복습하고, 그 과정을 사진과 함께 블로그에 담았다. 이런 과정이 조금 번거롭긴 했지만 두 번의 복습을 할 기회가 됐고 남들보다 더 빨리 습득하고 연구할 계기도 됐다.

"실제로 만들면서 한 번, 블로그에 사진을 올리면서 또 한 번. 사진을 올리면서 천천히 레시피를 살펴보고 있자니 여러 가지 아이디어들이 떠올랐어요. '여기에 다른 재료를 쓰고 모양도 바꾸면 어떨까?' 하는 생각들이요. 아이디어가 떠오르면 바로 실행에 옮겼죠. 쌀가루에 여러 가지 새로운 재료를 넣어보고, 그러다 보니 어느 순간 자연스럽게 저만의 떡 베이킹이 시작된 거예요."

그 후로 그녀의 머릿속은 새로운 맛을 그리는 작업들로 가득 찼다. 화장실에 가서도, 잠자리에 누워서도 새로운 떡을 만드는 방법에 대한 연구를 멈추지 않았다. 친구들과 맛있는 음식을 먹다가도, 영화를 보다가도 아이디어가 떠오르면 그때그때 메모해두고 집으로 돌아와 바로 실행에 옮겼다. 물론 실패하고 버린 레시피도 수두룩했다. 수분이 많은 쌀가루는 다른 속 재료들에 따라 맛과 모양이 크게 변해버리는 특성이 있었다. 실패하고 버리는 음식이 많아질수록 한숨도 쌓여갔다. 먹지도 버리지도 못할 정체불명의 음식들, 잔뜩 어지럽혀진 주방, 한 시간이 멀다 하고 가득 쌓이는 설거지 거리들……. 하지만 그녀는 실패의 경험보다 시행착오를 통해 얻은 하나의 레시피가 더 소중했다.

"수도 없이 실패했고 버리는 재료의 양도 엄청났어요. 하지만 과정이 즐거우면 그 결과에 상처도 덜 받는 것 같아요. 실패든 도전이든 분명 배우는 게 있으니까요. 이 재료를 써서 실패하면 다음번엔 그 재료를 쓰지 않으면 되는 거예요. 실패를 자꾸 하다 보면 다음번에 실패할 가능성이 분명히 줄어들게 되는 것 같아요. 그렇게 쌓인 노하우들은 나중에 어딘가에 분명 쓰이게 마련이고요. 처음엔 힘들었지만 그런 걸 깨달아갈수록 힘든 과정들도 스스로 즐길 줄 알게 됐어요."

매일매일 새로운 레시피가 쌓여가니 마치 통장에 잔고가 쌓이는 것 같은 충만한 기분이 들었다. 지인들 중에는 힘들게 터득한 레시피인데 누구나 볼 수 있는 블로그에 올리면 그녀만의 것을 빼앗기지 않겠냐고 걱정하는 분들도 있었다. 음식에는 특허권이 없는 셈이니 자신의 레시피가 도용될 수 있다는 사실을 그녀도 인지하지 않은 바는 아니었다. 하지만 그녀의 생각은 전혀 달랐다. 혼자만 알고 있는 레시피가 무슨 소용이겠냐는 것이었다. 힘들게 만든 레시피를 공유하고 홍보해야만 진정한 '내 것'이 될 수 있다는 것이 그녀가 내린 결론이었다.

회사 다니면서 모았던 쌈짓돈을 털어 재료를 사고, 새로운 레시피를 만드는 데 골몰하는 사이 어느덧 1년여의 시간이 흘렀다. 전통 떡 연구소 과정은 이미 수료했고 새로운 레시피를 만드는 일도 계속됐지만 특별한 수입이 생긴 것은 아니었다. 블로그에 올린 레시피로 인기는 많이 얻었지만 그것만으로 떡에 관련된 직업이 하늘에서 뚝 떨어지지는 않았다. 학원에서 함께 공부하는 사오십 대 수강생들의 목표는 대부분 떡 방앗간을 차리는 것이었다. 장년층과 노년층 중에는 떡을 선호하는 사람들이 꽤 있었고 생일, 결혼, 회갑 같은 행사에 아직까지 떡을 빼놓지 않기 때문에 안정적인 분야라고들 했다.

떡을 배우기 시작할 때부터 그녀의 머릿속에는 줄곧 '떡 카페'라는 목표가 자리 잡고 있었다. 하지만 기본의 떡 카페 스타일이 아닌 다른 스타일이 필요했다. 떡 카페 특유의 전통적인 인테리어가 아닌 젊은 사람들이 선호할 만한 스타일의 색다른 인테리어가 돋보이고 맛 또한 남다른 카페를 만들고 싶었다. 대강 그려놓은 밑그림은 이런 것이었다.

'모양도 예쁘고 맛도 달콤한 떡 케이크를 판매하자. 선물하고 싶을 만큼 예쁘고 맛있는 떡.'

하지만 백 퍼센트 만족할 만한 떡은 좀처럼 만들어지지 않았고 재료비는 점점 바닥을 드러내고 있었다.

'정말 떡집밖에 답이 없는 건가?'

처음부터 너무 비현실적인 목표를 잡은 게 아닐까 하는 의구심이 들 무렵, 거짓말처럼 지원자가 나타났다. 쌀가루 등 각종 곡물 가루를 파는 쇼핑몰이 오픈되면서 홍보의 일환으로 재료비를 대주겠다는 업체가 생겨난 것이다. 일단 재료비 걱정을 더니 한결 힘이 났다. 아이디어가 떠오르면 떠오르는 대로 마음껏 만들어볼 수 있었으니 말이다. 요리를 새롭게 만든다는 것은 창조적 재능까지 요하는 고난도의 예술행위 같았다. 재료를 조금만 달리 써도 맛이 변하고 형태가 변하고 식감이 달라졌다. 마치 연금술사가 된 것처럼 매일같이 재료를 갈고 빻고 다지고 끓이고 찌는 과정 속에서 그녀는 매일 새로운 레시피들을 만들어냈다. 물론 새로운 레시피가 탄생할 때마다 블로그를 통해 만족도를 검증받는 것도 잊지 않았다. 그렇게 하나둘 올린 레시피들이 사람들의 입소문을 타면서 어느덧 책을 내보자는 제의도 들어왔다. 책을 내고 나니 강의를 해달라는 요청까지 들어왔고 잡지의 푸드 스타일링을 맡게 됐으며 드디어 꿈에 그리던 카페를 열기에 이르렀다.

꿈에 그리던
떡 카페를 열다

카페를 연 건 작은 설기 떡 케이크가 완성되고 난 즈음이었다. 떡 베이킹을 시작했을 때부터 카페에 선보일 만한 떡 케이크를 만들고자 노력해온 그녀는 작은 설기 떡을 완성한 뒤에야 이 정도면 카페에서 선보여도 되겠다는 자신감이 들었다. 작은 떡 케이크는 그녀가 그간의 노하우를 담은 야심작이었다. 우리 재료의 장점을 살리면서 모양, 맛 어느 하나라도 빠지지 않는 떡 케이크를 만들고 싶다는 욕심에 부합한 작품이었다.

"작은 떡을 만들 때 가장 고심했던 것은 떡 안에 들어가는 필링이었어요. 일단 모양은 작은 틀을 맞춰 작게 만들어냈는데 그냥 떡만으로는 젊은 사람들의 입맛을 사로잡기는 어렵다는 생각이 들었죠. 보통 떡 안에 들어가는 고물들은 콩이나 팥, 밤 등 달지 않고 딱딱한 재료가 대부분이었는데 쌀가루 자체에도 수분이 많아서 수분이 많은 재료를 섞으면 질어져 제대로 된 모양이 나오지 않거든요. 서양 케이크 안에 있는 필링처럼 촉촉하고 달콤했으면 하는 생각을 줄곧 하고 있었어요. 한입 베어 물었을 때 입 안에 촉촉하게 퍼져 나오는 달콤함을 좋아했거든요. 수십 번의 실패 끝에 떡 모양을 유지시키면서 촉촉한 필링도 유지시키는 비법을 터득했고, 그다음엔 팥 크림을, 또 그다음에는 팥 크림 위에 올릴 꽃 장식을 완성했어요. 방법을 한 번 터득하고 나니까 속 재료에 따라 무궁무진한 맛을 낼 수 있더라고요."

완성된 작은 떡의 모양과 맛을 보면서 그녀가 느낀 성취감은 이루 말할 수 없을 정도였다. 작은 떡을 일렬로 세워놓고 가만히 보고 있는 것만으로도 배가 저절로 불러왔다. 이 떡을 하루빨리 사람들에게 선보이고 싶다는 마음은 곧장 카페 창업으로 이어졌고, 1년여의 준비 끝에 삼청동의 한옥에 자리 잡게 되었다. 아직 그녀의 카페는 손님이 끊이지 않을 만큼 북적북적하지는 않다. 삼청동 메인 상권에서는 한 발짝 떨어져 있는 골목이라 찾기가 쉽지 않기 때문이다. 가지고 있는 자금에 최대한 맞춰 찾다 보니 지금의 자리에 차리게 됐지만 시간이 지나면서 하나둘 늘어가는 손님을 볼 때의 만족도도 크다는 그녀. 잡지나 블로그를 보고 일부러 찾아온 손님을 보면 더 잘해줘야겠다는 생각도 든다고 한다. 찾는 이가 없어서 걱정했던 초반과 달리 이제는 한국에 올 때마다 그녀의 카페를 찾는 외국인 단골도 많이 생겼고 친구의 소개를 듣고 지도를 들고 찾아오는 일본인 손님들도 많아졌다.

뉴욕으로부터의 다짐 후 4년, 그때의 바람처럼 아직 뉴욕에 자신의 카페를 입성시키지는 못했지만 분명한 건 계획 그대로 순항 중이라는 거다. 여전히 언론과 잡지의 관심을 받고 있으며 일본 편의점으로부터 납품 제안을 받았고, TV 프로그램에 출연한 이후로 부쩍 잡지나 매체의 인터뷰 요청도 많아졌다. 사람들이 그녀에게 갖는 궁금증의 대부분은 젊은 나이에 어떻게 떡에 관심을 갖게 되었는지, 또 어떻게 그렇게 단기간 내에 고수가 되고 자신만의 스타일을 만들어낼 수 있었는지다.

"얼떨결에 〈생활의 달인〉이라는 프로그램의 출연 요청을 받고 덜컥 수락했지만, 막상 수락하고 보니 '내가 과연 달인이라고 불릴 만한 사람인가' 하는 의문이 들었어요. 쑥스럽기도 하고, 왠지 어린 나이라는 데에 스스로 위축되기도 했죠. 결과적으로 말하면 전 〈생활의 달인〉을 찍고 나서 정말 달인이 된 것 같아요. 촬영은 일주일 동안 진행됐는데, 그 촬영 기간 동안 매일 아침 수십 종류의 떡을 만들었거든요. 촬영 팀이 원하는 떡을 저도 모르게 척척 만들고 있더라고요. 촬영을 시작할 때만 해도 '과연 내가 잘할 수 있을까' 하고 불안해했지만 저도 모르는 사이 미션을 척척 수행해내는 걸 보면서 스스로도 '나에게 재능이 있구나' 하고 자신감을 찾는 계기가 됐어요."

　'1만 시간의 법칙'이란 게 있다. 『아웃라이어』의 저자 말콤 글래드웰은 사람들이 성공하는 데는 일정한 시간이 필요하다고 주장하는데, 한 분야에서 성공하기 위해 그가 제시하는 시간은 1만 시간이었다. 즉 1만 시간은 어떤 분야에 숙달되기 위해 필요한 절대 시간이다. 일주일 꼬박 하루 세 시간씩 투자하기를 10년 지속해야 확보되는 시간이다. 1만 시간의 노력을 다할 때 비로소 우리의 뇌는 그 일에 최적화된다. '서당개 3년이면 풍월을 읊는다'는 우리 속담과도 일맥상통하는 말이다. 작곡가, 야구 선수, 소설가, 스케이트 선수, 피아니스트, 그 밖의 어떤 분야에서건 이보다 적은 시간을 투자하고 세계 제일 수준의 전문가가 되는 경우는 없다고 한다. 이는 단순히 물리적인 시간만을 의미하는 것이 아닐 것이다. 열정과 집중력을 쏟아 1만 시간을 노력한다면 나이에 상관없이 그 분야에서 인정받고 성공할 수 있다. 그리고 이 1만 시간의 법칙을 몸소 검증한 사람이 바로 김희동, 그녀가 아닐까 한다. 단시간에 집중된 노력과 열정, 그리고 여기에 새로운 분야에 대한 용기 있는 도전이 맞물렸기에 그녀는 젊은 나이에 이토록 빛나는 결과물을 만들어낼 수 있었다.

　이제 그녀의 연구 과제는 '어떻게 하면 작은 떡 케이크를 보다 오랜 시간 보관할 수 있는가'에 놓여 있다. 빵이나 케이크에 비해 유통기한이 짧은 떡은 가까운 거리가 아니면 선물하기에 애로 사항이 있기 때문이다. 그녀의 작은 떡을 매우 좋아하는 일본 손님은 아내에게 선물하기 위해 귀국 전에 반드시 그녀의 카페에 들르는데, 그 손님이 번

거룹지 않게 유통기한이 긴 케이크를 만드는 게 현재 그녀의 가장 큰 바람이다. 물론 방부제 같은 화학 재료를 쓰지 않고 말이다. 그리고 이것은 그녀가 한 발짝 더 앞으로 나아가기 위해 반드시 해결해야 할 과제이기도 하다. 뉴욕에 떡 카페를 만들겠다는 그녀의 꿈이 계속되는 한 말이다. 그 꿈을 위해 그녀는 오늘도 카페 뒤편의 작업실에서 '오늘보다 내일 더 맛있을 떡'을 만드는 데 정성을 기울이고 있다.

언젠가는 외국인 관광객들이 한국에 가면 꼭 사 가야 할 품목에 그녀의 작은 떡이 포함되지 않을까? 일본에 가면 꼭 사 오는 나가사키 카스테라나 화과자처럼 말이다.

나를 보여줄
창은 언제나
열려 있다

파워 블로거들은 늘 많은 사람들의 관심 속에 있다. 일부 자신의 블로그를 보다 빨리, 쉽게 노출시키기 위해 사건, 사고 기사들로 장식하는 블로거들도 있지만 대부분의 평범한 블로거들은 자신의 취미를 추억하고 공유하고 싶은 의미에서 게시물을 올린다.

'내가 이런 예쁘고 맛있는 음식을 만들었어요. 좀 봐주세요.'

'내가 이번에 방을 리폼했는데, 저렴한 가격으로도 이렇게 멋지게 꾸밀 수 있답니다.'

자신의 솜씨를 자랑하고 싶은 마음, 인정받고 싶은 마음이 담겨 있는 것이다. 이렇게 자신의 작업물을 블로그에 올리는 것은 여러모로 자신에게 도움이 된다. 자기만의 취미에 대한 추억이 담긴 기록이 되기도 하고, 그 작업 과정을 찬찬히 살펴보는 것으로 복습도 된다. 또 다른 블로거들의 작업물을 엿보거나 자기 게시물에 대한 댓글을 보며 새로운 아이디어를 얻는 경우도 있다. 무엇보다 사람들의 칭찬과 호응은 취미를 유지하는 데 커다란 힘이 된다. '내가 이 일에 재능이 있구나. 좀 더 열심히 해봐야지' 하는 의지가 생기게 되는 것이다.

블로그 운영을 부지런히 즐기다 보면 예상 밖의 수확도 생긴다. 다양한 레시피를 소개하다가 책을 출간하고 방송 출연까지 하게 된 내 경우처럼 말이다. 이처럼 어떤 일이 성사되는 데는 전문기관이라든가 특정 자격증 같은 하나의 길만 있는 것은 아니다. 분명 지금의 사회는 몇 년 전에 비해 능력과 재능을 펼쳐 보일 수 있는 창이 훨씬 많아졌다.

뜻이 있는 곳에 길이 있다고들 한다. 꼭 하고 싶은 일이 있다면 조급하게 생각하지 말고 취미 생활을 하듯 블로그와 인터넷 매체를 이용해보는 게 어떨까? 요리, 홈베이킹, 인테리어, 홈패션, 인형 만들기 등 혼자서 할 수 있는 작업들이라면 더더욱 유리할 것이다.

2.
자유로운 영혼을 위한
창조적 직업들

일러스트레이터 권신아
소설가 정수현

• • •

창조적 직업을 가진 사람의 성장 스토리를 들어보면 대개 비슷한 공통점이 있다. 집안 환경으로 인해 자연스럽게 접한 일이든, 어느 날 갑자기 좋아하게 된 일이든 결정적인 깨달음이나 열정을 갖게 된 어떤 매개체(보통 어떤 작품이나 인물)가 있었다는 것이다. 하나의 매개체에 깊은 감동을 받고 모방을 하게 되고, 그 모방을 넘어 자신만의 스타일을 만들어내는 경우도 많다. '모방은 창조의 어머니'라는 말과 일맥상통하는 부분이다.

대개 중·고등학교 시절 이런 경험이 한 번쯤 있을 것이다. 소설에 감명받아 소설가를 꿈꿨다거나, 영화를 보고 영화감독을 꿈꿨다거나, 감명 깊게 들은 음악으로 인해 뮤지션을 꿈꿨다거나 하는 경험 말이다. 창조적 직업을 가진 두 여자, 권신아와 정수현 또한 그랬다. 만화와 영화, 이야기 만들어내기를 좋아했던 그녀들은 자신이 좋아하는 분야를 살려 일을 시작했고 그 속에서 자신만의 스타일을 완성해 세간의 부러움을 한 몸에 받고 있다. 인정받고 자리 잡은 아티스트는 그 누가 봐도 부러움의 대상이다. 시간에 얽매이지 않고 자유로운 데다 부와 유명세까지 얻었으니 이보다 좋은 직업이 또 있을까? 수많은 문화적 혜택 속에 자라온 세대인 만큼 요즘 여성들 가운데는 창조적 직업을 꿈꾸는 사람이 부쩍 많아졌다.

　때로는 남들이 멋지다고 해서 선택한 사람들도 있지만 대개는 진지한 견습생들이다. 하지만 아티스트를 꿈꾸다가 중도에 도태되는 사람들도 수없이 많다. 그 이유는 뭘까? 아마 가장 큰 이유는 과정을 즐기지 못했기 때문일 것이다. 자신만의 스타일을 만들어내는 과정을 즐기지 못하고 결과물에 조급하게 굴기 때문에 싫증도 포기도 쉬워지는 것이다.

　창조적 직업을 갖고 싶다면 철저하게 자신의 일을 가지고 놀 줄 알아야 한다. 밥 먹고 줄곧 그 일만 해도 지루함을 느낄 새도 없이 강력한 집중력으로 작업해야 한다는 뜻이다. 적어도 하루에 두 시간 이상은 엉덩이를 붙이고 되든 안 되든 그 일에 집중하는 노력이 필요하다. 하루 두 시간 이상 책상 앞에 앉아 글을 쓰고, 그림을 그리며 작품을 창조해내는 건 어쩌면 그 일을 좋아하지 않고서는 불가능한 일인지도 모른다.

　중도 탈락자에겐 변명이 많다. 시간이 없어서, 세상이 나를 알아주지 않아서, 한 일에 비해 페이가 너무 적어서 등등. 과정에서 재미를 찾는 것은 오로지 자신의 몫이다. 일러스트레이터 권신아는 허구한 날 남의 만화를 따라 그렸다. 고등학교 때부터 일러스트레이터가 되기까지 그녀가 그린 그림만 해도 수천 장에 달한다. 소설가 정수현은 호기심 많고 놀기 좋아하는 성격이었지만 매일 적어도 두 시간 이상은 컴퓨터 앞에 앉아 이야기를 만드는 데 골몰했다. 이들은 자신의 일에 집중하고 즐길수록 점차 자신만의 스타일이 만들어지는 것이 신기했고 그 과정이 즐거웠기에 결과에 대해 조급해하지 않았다.

기다릴 줄 아는 것이야말로 창조적 직업을 가진 사람들이 가져야 할 가장 큰 미덕이다. 자신의 스타일이 인정받고 세상에 알려지기까지는 얼마만큼의 시간이 걸릴 줄 모르고, 그것이 밥벌이로 이어지기까지 소요되는 시간도 장담할 수 없다. 가고자 하는 길을 가기 위해 자신이 가진 경제적 상황을 조율하는 것은 창조적 직업을 계속해서 해나가는 데 결정적으로 중요한 과제다. 권신아와 정수현 또한 창조적인 일을 하기 위한 중요 요소로 금전 문제를 꼽았다. 직장인에 비해 수입이 불안정한 직업이기 때문에 자기 스스로 수입을 예상하고 그 규모에 맞춰 소비하고 미래를 대비해야 한다는 것이다. 경제적 상황이 얼마든지 뒷받침되는 경우라면 좋겠지만 그렇지 않은 경우엔 다른 직장이나 아르바이트를 병행해 내공을 쌓으면서 본격적인 역량을 펼칠 기회를 기다리는 것도 나쁘지 않다.

"자신의 일을 좋아하려면 두 가지 중 최소한 한 가지 요건은 충족돼야 한다고 생각해요. 노동에 대한 충분한 보상 혹은 하는 일에 대한 성취감이나 만족감."

노동에 대한 충분한 보상이나 안정적인 미래를 보장받지는 못하지만 일하는 과정에서 얻는 성취감이나 만족감 때문에 자신의 일을 놓을 수 없다는 게 이 두 사람의 공통된 의견이었다. 성취감과 만족감이 크다는 것은 스스로 그 일에 집중하고 즐겼다는 뜻이다.

과거와 달리 문화 산업이 다양화되면서 우리 주변에는 창조적 역량을 펼칠 수 있는 직업이 보다 많아졌다. 음악, 출판, 미술, 디자인, 무용 등 문화·예술에 관련된 모든 일들은 일의 스펙트럼도 넓고, 입지가 굳어지면 더 다양한 분야로의 진출이 가능하다는 장점이 있다. 권신아의 일러스트는 문구뿐만 아니라 홈스타일링 제품에서도 만나볼 수 있고, 정수현의 소설은 드라마와 영화화 제작을 계획 중이다. 한 개인이 자신만의 전문성을 갖추고 그것을 대중에게 공개하고 인정받을 뿐만 아니라 돈벌이까지 된다는 건 분명 멋진 일이다. 창조적 직업을 꿈꾸고 있다면 첫 번째로 자신에게 이렇게 물어볼 것을 권한다.

'이 일이 정말 내가 좋아하고 즐길 수 있는 일인가?'

색채 마술사,
원더랜드를 꿈꾸다

일러스트레이터
권신아

섬세한 그림체와 화려한 색감으로 환상적인 세상을 보여주는 일러스트레이터, 권신아. 일러스트에 관심 없는 사람이라도 그녀의 그림 한두 컷쯤은 익히 보았을 것이다. 영화제의 포스터로, 책의 표지로, 음반의 재킷과 싸이월드 스킨 등으로 그녀의 작품은 우리들 일상 속에 상당히 가까이 밀접해 있으니까 말이다. 그녀는 일러스트레이터로서는 드물게 『인디고』, 『이상한 나라의 앨리스』라는 일러스트집을 선보였을 정도로 두터운 마니아층을 확보하고 있다. 그녀의 작품이 이렇게 많이 사랑받는 이유는 아마도 어린 시절 품었던 동심의 세계를 표현한 듯한 반짝이는 상상력과 몽환적인 그림체 때문이 아닐까?

"제 안에는 동심으로 돌아가고 싶은 강한 욕구가 숨 쉬고 있어요. 아이들이 나오는 〈해리포터〉나 〈피터 팬〉 같은 영화를 좋아하고 한 달에 몇 번씩 동화책을 사서 보기도 하죠. 언젠가는 동화 작가가 되고 싶기도 하고요."

그런 그녀에게 일러스트란 자신의 순수한 동심을 마음껏 표현할 기회였다. 결혼은 미뤄두고 일할 때는 열심히 일하고 쉬고 싶을 땐 훌쩍 여행을 떠나거나 다른 취미 생활을 즐기는 삶. 일러스트레이터는 그녀의 동화적 삶을 뒷받침해줄 가장 최적화된 직업이었다. 진로를 결정할 때 그 일에 대한 재능과 열정뿐 아니라 자신의 성격이나 삶의 이상향까지 고려하기란 쉽지 않다. 그런 면에서 그녀는 자기에게 가장 잘 맞는 직업을 선택했다는 점에서 누구보다 행운아다.

그녀는 말한다. 그림 그리는 걸 좋아하다 보니 발전하게 됐고, 발전하다 보니 자연스럽게 일 또한 자신의 삶의 방향에 맞게 자리 잡게 됐다고. 자신에게 가장 잘 맞는 직업은 곧 자신이 가장 좋아하는 일이라는 사실을 명백히 보여주는 산증인이다. 이유 없이 마냥 좋은 일, 해도 해도 질리지 않는 일, 바로 그 일에 주목하는 것이 자신에게 꼭 맞는 직업을 찾는 첫걸음이 아닐까?

나만의 스타일을 구축하다

이상한 나라가 있다. '이상한 나라'라고 명명된 만큼 그곳에서는 현실에선 이루어지지 않을 법한 일이 번번이 일어난다. 갑자기 몸이 커지기도 하고 작아지기도 한다. 이유 없이 쫓기는 토끼, 무조건 복종을 요하는 트럼프 여왕. 온갖 것들이 뒤죽박죽하고 이상하지만 현실적이지 않아서 매력적인 나라. 동화 『이상한 나라의 앨리스』 속 그 이상한 나라의 이름은 바로 '원더랜드'였다.

어느 날 즐겨보던 잡지 『페이퍼』에서 원더랜드를 연상시키는 일러스트 하나를 발견했다. 물고기가 날아다니고 자전거를 탄 소년, 소녀들이 행복한 얼굴로 뭉게구름 위를 달린다. 커다란 양귀비 꽃, 18세기 풍의 옷을 입은 소녀, 귀여운 동물들. 시공간이 모호한 환상의 공간은 이상한 나라 원더랜드와 매우 흡사했다. 동화 속의 원더랜드가 어둡고 그로테스크하다면 그녀의 원더랜드는 좀 더 따뜻하고 아늑했다. 한참을 들여다보고 있으면 나를 그 세계 어딘가로 데려다줄 것 같은 느낌. 마치 한 편의 동화를 읽는 듯한 일러스트였다. 그때부터 권신아라는 이름을 기억했고 잡지를 볼 때마다 그녀의 그림부터 펼쳐보았다. 어떤 달에는 아이스크림을 맛있게 핥고 있는 소녀들이, 어떤 달에는 커다란 회전목마가, 또 어떤 달에는 하늘을 나는 나룻배가 등장했다.

재미있는 상상력도 좋았지만 환상적인 색감과 몽환적인 분위기도 마음에 들었다.

'대체 어떤 사람이기에 이렇게 환상적인 색감과 독특한 그림체를 만들어냈을까?'

그림에 대한 관심은 차츰 그녀에 대한 호기심으로 옮겨 갔다.

내 인생에는 보류된 꿈이 몇 가지 있는데, 그중 하나가 일러스트레이터였다. 영화감독이라는 부푼 꿈을 안고 영화 연출을 전공했지만 소심하고 리더십 없는 성격상 실현 불가능한 꿈이라는 결론을 냈다. 그후 혼자서 이야기를 만들 수 있는 일이 뭐가 있을까 고민했고, 그 최종 후보가 시나리오 작가와 일러스트레이터였다. 혼자서 이야기를 만들고 시놉시스를 짜고 나만의 상상력을 구현해내는 것. 표현 방법이 다를 뿐이지 영화감독과 다를 바 없어 보였다. 그런 생각은 그녀의 그림을 볼 때 더욱 분명해졌다. 누구도 흉내 낼 수 없는 그녀의 독보적인 그림체와 스토리는 완벽한 자기만의 세계를 구현하고 있었다. 직인을 찍지 않아도 누구의 작품인지 알 수 있고 모든 작품이 일정 수준 이상의 퀄리티를 갖고 있다는 점에서 왕가위와 이안 감독의 작품을 보고 가졌던 선망을 그녀를 보며 똑같이 느꼈다. 자신만의 '아우라'를 갖는다는 것, 아마도 모든 예술가들의 꿈이 아닐까?

내가 가슴속의 꿈을 허리 뒤춤에 감추고 눈앞에 산재한 일을 해치우기 급급해하며 덧없는 세월을 보내는 사이, 그녀는 쉬지 않고 꿈을 향한 보폭을 조금씩 넓혀가고 있었다. 목차 옆을 장식하던 작은 일러스트는 두 페이지짜리 인기 연재 코너에 실렸고, 잡지 표지를 장식했던 그녀의 그림이 영화제 포스터에 떡하니 걸리고, 베스트셀러 속 일러스트가 동대문 대형 쇼핑몰의 전면을 채우는 전시물이 됐다. 언젠가 그녀를 만나면 제일 먼저 묻고 싶은 것이 있었다. 일러스트를 가르쳐줄 수 없느냐고. 그런 그녀를 만나서 들은 첫마디는 날 적잖이 당황시켰다.

"사실 저는 그림을 썩 잘 그리지 못해요."

수많은 팬을 거느린 일러스트레이터가 그림을 잘 못 그린다니, 한동안 내 귀를 의심했다. 하지만 이어지는 말을 듣고 그동안 내가 그림에 대해 하나의 편견을 갖고 있었음을 깨달았다.

"일러스트에서 가장 중요한 건 자신만의 스타일을 만드는 거예요. 어떠한 사물을 그린다면 사물과 똑같이 그리는 게 아니라 자신만의 시각으로 개성 있게 그리는 게 중요하죠. 그리고 스타일이라는 건 철저히 자신의 노력이나 가치관, 취향에 의해 결정되는 거잖아요. 누군가에게 배운다면 그건 스타일을 만들 때 보조해줄 수 있는 테크닉인데,

저는 정규교육을 받은 적이 없어서 테크닉을 가르쳐줄 만한 것들이 없어요. 지금도 제가 그림을 잘 그린다고 생각하지는 않거든요."

사람들은 그녀가 그림에 대한 정규교육을 받지 않았다는 사실을 아주 신기해한다. 하지만 그녀는 오히려 그랬기 때문에 더 자유로운 표현이 가능했을 거라고 말한다. '입시미술'이라 명명된 교육에서 학생들은 석고상의 아름다움이나 빛과 어둠을 이해하지 못한 채, 그저 공식 외우듯 구성을 하고 색 조합을 배우고 수채화를 그린다. 그렇게 탄생된 그림들은 얼핏 보기엔 그럴듯하지만 정작 그린 이의 개성을 엿볼 수는 없는 죽은 그림이 되어버린다. 그래서일까, 현재 국내 디자인 계통이나 일러스트, 미술 분야에서 두각을 나타내는 사람들 중에는 정규교육을 받은 사람보다 혼자 취미로 작업해온 비전공자인 경우가 더 많다고 한다. 그들은 색을 쓰거나 구성을 하는 데 자유롭고 대범할 뿐만 아니라 소재를 잡을 때도 그 어떤 것에 구속받지 않고 다양하게 사용한다.

사실 그녀는 처음부터 일러스트레이터가 되겠다는 계획은 아니었다. 그저 만화를 좋아해서 따라 스케치할 때가 많아졌고 자연스럽게 스케치에 색을 입히는 단계로 나아갔다. 그러면서 스케치나 채색 방법을 혼자서 터득해갔다. 누구도 그녀의 그림이 잘못됐다고 말해주는 사람이 없었으니 표현하고 싶은 대로 마음껏 표현하고 칠하고 싶은 대로 자유롭게 칠했다. 형식에 얽매이지 않는 방식은 그녀만의 스타일이 완성되는 데 어마어마한 힘이 됐다.

그녀에게 미술 교본이 있었다면, 그것은 단연 만화책이었다.

"어릴 적부터 그림 그리기를 좋아한 건 아니었어요. 사생 대회에서

상을 타본 적도 없고 그저 교실 뒤편에 그림이 걸릴 정도의 평범한 수준이었죠. 제 그림의 시작은 만화를 보기 시작하면서였어요. 당시 여고생들의 삶에 지대한 영향을 줬던 순정만화. 90년대는 순정만화 전성시대였거든요. 신일숙, 원수연, 이미라, 이은혜, 강경옥 등 유명한 만화가가 많았어요. 특히 좋아했던 건 강경옥 씨의 『별빛 속에』였죠. 너무 너무 좋아해서 머리맡에 두고 수십 번 읽을 정도였어요."

『별빛 속에』는 당시 많은 소녀들이 열광한 순정 만화로, 오프닝부터 서정적이다.

> 별이 많은 밤이면 아빠와 자주 올라가던 언덕이 있었다. 아빠는 별자리 이야기를 자주 해주셨고 어릴 때부터 나는 그 얘기를 듣다가 잠들기 일쑤였다. 그러나 아버지는 곧 집으로 가시지 않았기 때문에 가끔 눈을 뜨면 아직 별이 가득한 밤하늘이 보이고 커다란 느낌의 달이 나의 시야에 들어왔다. 언제나 동경하는 저 우주. 뚜렷이 보이는 달은 나에게 있어 가장 가까운 첫 번째 우주였다. 그러나 언제나 나를 감싸고 있던 것은 저 수많은 별들이었다.

평범하게 살아가는 여고생 유신혜가 사실은 초능력을 가진 외계인이라는 설정에서 이야기는 시작된다. 아름다운 그림체, 신화적 전개, 가슴 설레는 로맨스. 저마다 자신의 정체성을 만들어가던 여고생들에게 『별빛 속에』의 이야기는 특별한 정서를 심어주기에 충분했다.

"그 만화를 너무 좋아하다 보니 똑같이 그려보기 시작했고, 그 작업이 계속되니 어느덧 그녀의 그림과 똑같이 그리는 저를 발견했죠. 틈만 나면 연습장에 그림만 그려대서 아빠에게 뺨을 맞은 적도 있어요. 하라는 공부는 안 하고 만화만 따라 그리는 딸자식이 부모 입장에서는 걱정될 만했죠. 그다음부터는 들킬까 봐 장롱 깊숙이 그림을 숨겨두곤 했어요. 모방은 창조의 어머니라는 말이 정말 맞는 것 같아요. 모사를 하다 보니 어느덧 나만의 스타일로 그림을 그리게 되더라고요. 그러면서 차츰 만화가가 되고 싶다는 생각을 갖게 됐어요. 아마 『별빛 속에』가 없었더라면 지금의 저도 없었을 거예요."

내 인생을 바꾼
8할의 바람

"나를 키운 건 8할이 바람이다."

일찍이 미당 서정주 시인은 「자화상」이란 시를 통해 이런 말을 남겼다. 사람들은 청춘의 한때 마주치는 사건 혹은 풍경, 글귀 등으로 인해 꿈이나 가치관이 달라지는 것을 경험하곤 한다. 무라카미 하루키는 그 순간을 누구보다 구체적으로 명명한다. '1978년 4월 1일 오후 1시 30분 전후'라고. 재즈 카페 사장으로 평범한 일상을 보내던 그가 4월의 어느 날, 경쾌하게 울리는 야구 배트 소리를 듣고는 '아, 나도 이제부터 소설을 써야지' 하는 깨달음을 얻었다는 것이다. 권신아에게도 일러스트레이터로서의 자신을 만든 8할의 바람이 있다. 『별빛 속에』와 '결' 그리고 『페이퍼』가 바로 그것이다.

'결'은 그녀가 대학 때 몸담았던 아마추어 만화 동호회 이름이다. 1년에 한두 번씩 회원들의 작품을 모아 전시회를 하곤 했는데, 회원들의 열의가 대단했다. 서로 만화를 그려 와 돌려 보고 서로의 테크닉에 대한 조언을 주고받곤 했는데 그 속에서 회원들 간의 보이지 않은 경쟁의식도 있었다. 잘하고 못하는 건 확연하게 눈에 보였으니까. 누군가의 작품이 자기 그림보다 뛰어나다고 느끼면 '적어도 나도 저 이상은 해야 한다'는 자극을 받아 더 열심히 그림을 그리곤 했다. 자신에게 부족한 기술도, 클림트나 에곤 실레 같은 유명 화가도 다 이 동호회를 통해 알게 됐다. 말하자면 정규교육을 받지 않은 그녀에겐 이 동호회가 작은 학교였던 셈이다. 간혹 사람들은 그녀에게 일러스트레이터가 되려면 미대에 가야 하느냐고 묻곤 한다. 그녀의 대답은 늘 한결같다. 혼자서도 충분히 발전시켜나갈 수 있다는 것. 천편일률적인 이론 교육보다는 자신과 같은 꿈과 에너지를 가진 사람들과의 소통이 자신만의 스타일을 만들어내는 데 훨씬 도움 된다는 것이 그녀의 생각이다. 그게 학교 혹은 학원이 됐든, 동호회가 됐든, 블로그 같은 매체가 됐든 말이다.

만화가에서 일러스트레이터로 꿈이 바뀐 것도 '결' 활동을 하면서부터였다. 만화가가 되려면 스토리를 만드는 능력이 있어야 하는데 스스로 그 부분에 재능이 약하다는 걸 인지하고 있었기 때문이다. 뭔가 다른 활로를 모색해야겠다고 생각하던 중 당시 발간되던 한 만화 잡지에서 '에스프리'라는 코너를 발견했다. 이야기가 있는 한 장의 그림을 싣는 코너였는데, 그게 바로 일러스트라는 장르인 건 나중에야 알았다.

만화가는 못 되어도 이 정도는 충분히 할 수 있겠다 싶었고, 마침 공모전을 하고 있어 도전했다가 한 번에 당선되는 영예를 누렸다. 1등

상금 100만 원과 함께 잡지에 그림을 연재할 기회가 주어졌다. 엄청나게 큰 상금은 아니었지만 적어도 본격적으로 일러스트 일을 시작할 밑천이 됐다. 작업실은 자신의 방이면 족했고 물감과 종이 값 외에는 따로 들어갈 돈도 없었다. 상금을 아껴 쓰면 최소 서너 달 생활비가 될 거란 생각으로 그녀는 취직한 지 5일 만에 직장을 그만두었다.

꿈을 향해 한 걸음 내딛다

대학에서 불문학을 전공하고 대학원에 진학할 때까지만 해도 그녀는 그림을 직업으로 삼을 줄은 꿈에도 생각 못했다. 취미로 즐기는 것으로 충분히 만족하고 있었기 때문이다. 하지만 대학원 진학 후 공부가 생각만큼 자신과 맞지 않다는 것을 깨달았고, 그즈음 진로에 대한 치열한 고민을 시작했다. 불문학과 수료 후 할 수 있는 직업 리스트를 뽑아보니 도저히 자신과 어울리지 않는 일들뿐이었다. 교사나 번역가, 무역계 쪽의 일은 자신도 없었고 하고 싶은 생각도 들지 않았다. 긴 고민 끝에 내린 결론은 미술 관련 일을 하자는 것이었다.

"대학로에 있는 나래디자인학원에서 컴퓨터 그래픽을 배웠어요. 당시 그쪽이 취업이 잘될 거라고들 했거든요. 전 그게 그림 그리는 일과 별반 다를 게 없다고 생각했어요. 컴퓨터그래픽을 배우고 작은 기획 회사에 취직했는데 5일 만에 그만뒀어요. 그림 그리기와는 전혀 상관없이 작은 식당이나 가게들의 판촉물 디자인을 하는 곳이었거든요. 그림과는 동떨어진 잡다한 업무가 부담스러운 데다 정해진 출퇴근 시간, 직장 내의 위계질서도 조금 버겁게 느껴졌어요."

마침 공모전을 통해 생각지 못한 돈을 마련한 그녀는 상금을 종잣돈 삼아 본격적으로 그림 그리기에 나서보기로 했다. 아직 20대니 얼마든지 도전해도 될 때라는 편안함 마음이었다고 한다.

『나인』이라는 잡지에 일러스트를 싣기 시작함과 동시에 운 좋게 『페이퍼』 연재 의뢰가 들어왔다. 매달 처리해야 하는 고정적인 일이 생겼으니 그녀도 정식 '그림쟁이'가 된 것이다. '결'이 그녀의 스타일을 만들어간 곳이라면『페이퍼』는 그녀의 스타일이 완성된 곳이라 할 수 있다. 그녀의 초반 작품을 보면 어둡고 그로테스크한 면이 많이 보인다. 회색빛이나 푸른빛이 자주 쓰였고 인물들은 무표정한 얼굴이 대부분이었다. 90년대 말, 세기말적인 분위기도 한 영향을 끼쳤고, 치기 어린 20대 시절이었던 만큼 강한 느낌을 주는 그림을 선호하던 때이기도 했다.

"한번은『페이퍼』에 그림을 가져갔는데 이사님이 '이 그림은 너무 어두워서 책에 실을 수 없겠다'고 거절을 하시더라고요. 화장실에서 링거를 맞고 있는 어두운 얼굴을 한 소녀 그림이었는데 지금 생각해봐도 정말 암울한 느낌이었던 것 같아요. 그 후로『페이퍼』의 따뜻하고 아기자기한 분위기에 맞는 그림을 그려야겠다고 생각했고, 연재가 계속되면서 점점 지금의 따뜻한 색감과 몽환적인 느낌의 그림체를 완성하게 됐죠. 제 스타일을 완성하는 데는『페이퍼』에 연재했던「네버 엔딩 스토리」의 영향이 가장 컸어요."

「네버 엔딩 스토리」는 10여 년 가까이 연재한『페이퍼』의 인기 코너였다.『페이퍼』의 기자 정유희가 스토리를 쓰면 그녀가 그림을 그리는 식의 두 페이지짜리 연재였는데, 재기 발랄하고 독특한 감수성이 돋보이는 글과, 꿈속을 유영하는 듯한 그림이 절묘히 어우러져 한 편의 잘 짜인 이야기를 보는 듯한 연재였다.

흔히 쓰지 않는 단어와 표현력으로 일상의 순간순간을 표현하는 작가 정유희는 「네버 엔딩 스토리」에서 소녀적인 감수성과 상상력이 돋보이는 글을 쓰곤 했는데, 그 글에 그림을 입히다 보니 권신아 또한 가슴속에 내재된 공상의 세계를 마음껏 끌어낼 수 있었다. 그리고 언제부터인가는 말하지 않아도 상대의 마음을 척척 읽어내는 경지에까지 갔고, 나중에는 권신아가 먼저 그림을 그리고 정유희가 글을 쓰는 방식으로 작업이 진행됐다. 그녀가 유명세를 얻은 것도 바로 「네버 엔딩 스토리」를 통해서였다. 연재가 계속될수록 기존에 보지 못했던 권신아 그림의 맑고 화려한 색감, 환상적인 그림체를 좋아해주는 독자가 많아졌다. 하지만 생활비라고 할 만한 수입을 얻은 건 그로부터 이삼 년이 지난 후였다.

"일러스트레이터가 되려면 자기만의 스타일을 갖는 것도 중요하지만 그보다 더 중요한 게 있어요. 인내심이죠. 직업적 특성상 프리랜서로 일할 수밖에 없고 일이 들어와야 수입이 생기는데, 처음부터 일이 척척 들어오는 경우는 없거든요. 우선 자신의 존재감이 알려질 때까지 기다리는 시간이 필요해요. 그 시간이 얼마나 걸릴지는 몰라요. 이 단계에서 인내심을 잃으면 앞으로 역량을 펼칠 기회를 영영 날리게 되는 거예요. 제 경우 처음에는 한 달에 한 건, 두 건…… 이런 식으로 늘어가다가 동화나 광고 일러스트 작업을 하고 책 표지 의뢰를 받기 시작했어요. 심지어 유명세를 얻고 난 후에도 몇 달 동안 일이 끊겼던 적도

있어요. 분명한 건 어떤 변수에도 멀리 보고 긴 걸음으로 가야 한다는
거예요."

그녀가 일러스트레이터로 인내심을 가질 수 있었던 이유는 결과에
대한 성취감이 컸기 때문이라고 한다. 매달 내놓는 결과물이 인쇄되어
잡지에 나온다는 것은 그녀에게 큰 만족감을 주었고 독자들에게 여러
가지 피드백을 받을 수 있다는 점 또한 좋았다. 내가 좋아서 하는 일인
데 남에게도 기쁨을 준다는 만족감에 그녀는 수입에 크게 연연하지 않
고 차근차근 작업을 진행할 수 있었다.

끊임없는 색채 연구

하나의 작업을 맡게 되면 그녀는 먼저 주제에 맞게 아이디어와 자
료를 수집한다. 주로 보고 느끼고 경험했던 모든 것들이 그림을 그리
는 밑바탕이 된다. 동화책이나 미술 전시회, 틈틈이 거리에 나가 찍은
사진, 인터넷 검색 중에 스크랩한 사진들이 그녀가 주로 쓰는 재료들
로, 대략의 아웃라인이 정해지면 스케치를 시작한다.

본격적인 그림 작업은 대개 하나의 사물을 그리는 데서 시작된다.
가령 컵을 그렸다면 '컵에서 나오는 수증기가 물고기가 되면 어떨까?',
'물고기 옆에 꽃이 있으면 어떨까?' 하는 식으로 주제에 맞게 상상력을
키우는 것이다. 밑그림이 완성되고 나면 펜션 작업을 하고 다시 채색
작업을 시작하는데 바로 여기서 가장 많은 시간이 소요된다. 원하는
색감이 나올 때까지 색을 여러 번 만들기 때문이다. 그녀의 그림이 유

난히 환상적이고 몽환적으로 느껴지는 이유는 이렇게 고집스럽게 색을 만드는 작업 때문일지도 모른다.

흔히 바다를 표현할 때 단순히 파란색을 쓰지만 24색이나 48색 물감에 있는 몇 가지 파란색 말고도 우리가 직접 만들어낼 수 있는 색은 수십, 수백 가지에 이른다. 디자인학과나 미술 관련 학과에 들어가면 가장 기본적으로 이 색 만들기 과제를 하게 되는데, 보통 5백 개에서 천 개 단위의 색을 만들어 오라고 한다. 처음엔 그게 과연 가능할까 싶지만 막상 시작해보면 무궁무진하게 만들어지는 색의 조합에 놀라게 된다. 물감에 섞는 물의 양을 조금만 달리해도 색이 미묘하게 달라진다.

인간이 표현할 수 있고 구별할 수 있는 색은 5만 가지라고 하니, 색을 다룬다는 건 곧 일러스트레이터의 능력이자 스타일을 완성시키는 결정적인 요소가 되는 셈이다. 때론 화가들이 주로 쓰는 색에 해당 미술가의 이름이 붙기도 한다. '고흐의 크롬 노랑'이나 '몬드리안의 빨강'처럼 말이다. 그녀가 표현하는 깊고 짙은 푸른색에도 '신아 블루'라는 이름을 붙일 만하지 않을까. 그녀가 정성 들여 만들어낸 푸른색은 권신아만이 그려낼 수 있는 몽환적인 세계의 주조 색인 셈이다.

작가로서의 고집과
일에 대한 조율

프리랜서로 일러스트레이터 일을 하고 있지만 그렇다고 그녀가 늘 원하는 그림만 그리는 것은 아니다. 때로는 자기 생각과 맞지 않아도 클라이언트가 원하는 스타일로 그리거나 수정해야 하는 상황도 많이 발생한다. 프리랜서의 특성상 일을 거절하지 못해 작업에 과부하가 걸리면서 공장에서 물건을 찍어내듯 그려야 하는 경우도 있었다. 가장 바빴던 때는 정이현 작가와 함께 〈조선일보〉에 「달콤한 나의 도시」를 연재할 때였다. 매일 연재되는 소설에 맞추어 하루에 하나씩 그림을 그리다 보니 언제부턴가 그림 그리는 일이 버거워지기 시작했다. 신문에 실릴 사이즈에 맞게 작게 그리긴 했지만 원래 그녀는 작업 속도가 빠른 편이 아니어서 하나의 그림을 완성하는 데 보통 2~3주의 시간이 걸렸다.

체력이 남들에 비해 약했던 그녀는 연재를 끝내고 녹다운이 되어버렸다. 정신없는 한때를 보내고 보니 그동안 자신이 내놓은 결과물의 퀄리티에 대한 의구심도 들었다. 거절에 익숙지 못해 들어오는 일 족족 맡기는 했는데 마감에 쫓겨 작업하느라 완성본이 마음에 들지 않는 경우도 속속 있었기 때문이다.

프리랜서 초반에는 커리어 쌓기에 무조건적으로 집중했지만 이제는 일과 삶의 분배에 신경 써야겠다는 생각이 들었다. 잘할 수 있는 일을 우선적으로 하고 거절하는 방법도 배워나가기로 말이다. 그런데 아이러니하게도 「달콤한 나의 도시」 연재가 끝나자 몇 달 동안 일이 들어오지 않았다.

"처음엔 이참에 좀 쉬어야겠다 생각하고 여행도 다녀오고 취미 삼아 한복 짓는 일과 자수를 배우기도 했어요. 그런데 그 기간이 몇 달씩 이어지니까 불안감이 오더라고요. 초반에 의뢰를 거절했던 게 후회되기도 하고요. '이대로 쭉 일이 없으면 어떡하지? 일러스트레이터 때려치우고 한복이나 만들까?' 하고 심각하게 고민한 적도 있었어요. 그러다 그런 생각이 들었어요. '내가 왜 불안해하고 있지? 일이 없으면 평소 내가 꿈꿔왔던 나만의 작업을 하면 되잖아.' 그동안은 다른 사람들이 원하는 작업을 했다면 이제는 오로지 나만을 위한 작업을 해야겠단 생각이 든 거죠."

일러스트레이터로서 필요한 또 다른 덕목이 있다면 작가로서의 고집과 일과 개인 생활을 조율하는 능력이라고 한다. 자신만의 스타일을 완성하고 완성도 높은 그림을 그리기 위해서는 스스로 최선을 다할 수 있는 에너지와 시간이 필요하다. 그리고 그게 가능하려면 적절한 일 배분이 필수다. 쏟아져오는 일에 처음에는 행복한 비명을 지를 수 있다. 통장에 잔고가 쌓이고 유명세를 얻는 재미도 톡톡히 볼 것이다. 하지만 감당할 수 없는 일거리를 짊어지는 건 결국 자기 발등을 찍는 격이다. 부족한 시간 내에 만들어내느라 최선을 다하지 못한 작업물은 나중에 그 작가의 커리어를 무너지게 하는 부메랑이 되어 돌아오기 십상이니까. 또 한 가지 중요한 사실은 끊임없이 작업해야 한다는 것이다. 의뢰가 들어올 때까지 손 놓고 기다리기보다는 쉴 때도 스스로 하고 싶은 작업을 계속하고 그것에 가치를 부여할 줄 알아야 한다.

"요즘은 다시 백 퍼센트 수작업으로 돌아섰어요. 예전에는 그래픽 작업을 하곤 했지만 제가 원하는 색감이 잘 나오지 않아서 다시 수작업을 하고 있죠. 그래서 작업 속도가 많이 느려져 많은 작업을 맡을 수가 없어요. 하지만 천천히 작업하는 요즘이 일에 대한 만족도가 큰 것 같아요. 스스로 만족할 수 있는 일을 할 수 있으니까요. 예전에 비하면 수입은 좀 줄었지만 아무렴 어때요. 작업실이 별도로 있는 것도 아니라 경제적인 면에서 큰 부담도 없어요. 그러다 일이 없어지면 꿈꾸던 동화 작업에 전력투구하면 되고요."

그녀는 앤서니 브라운 같은 일러스트레이터를 꿈꾸고 있다. 『우리는 친구』, 『돼지책』, 『우리 아빠가 최고야』 등의 작품을 쓴 앤서니 브라운은 어린이뿐만 아니라 어른들에게도 따뜻한 감성을 전달하는 세계적인 동화 작가이자 일러스트레이터다. 주로 고릴라를 주인공으로 한 그림을 그리는 그는 세심하고 정교한 그림에 위트 넘치는 스토리를 얹어놓는다. 고릴라의 털 한 올, 한 올도 섬세하게 묘사한 그의 작품을 보면 굳이 이름을 확인하지 않아도 단박에 작가를 알아차릴 수 있다. 권신아 역시 앤서니 브라운처럼 독자들이 그림 한 컷만으로 자신을 떠올리게 하는 동화를 만들고 싶다고 한다.

그녀는 스스로 자신의 성격이나 생활 습관, 취향, 재능 등 모든 것을 통틀어 생각해봤을 때 일러스트레이터라는 직업이 정말로 잘 맞는다고 느낀다고 한다. 여러 사람과 어울리기보다 혼자만의 작업을 좋아한다는 점, 시간을 배분해서 일이 없을 때 홀로 여행을 다녀올 수 있다는 점, 늦은 밤에 작업하는 올빼미 형이라는 점 등. 그중 가장 마음에 드는 것은 나이 들어서도 오랫동안 할 수 있다는 점이다. 『타샤의 정원』으로 유명한 타샤 튜더 또한 죽는 날까지 현역 일러스트레이터로 활동한 작가였고 유명 일러스트 작가 중엔 늦은 나이까지 작품 활동을 한 작가가 많았다. 그녀가 좋아하는 앤서니 브라운 또한 이미 60대가 넘은 작가다. 물론 그러기 위해서 끝까지 지치지 않고 꾸준히 자신의 일을 해나가는 게 우선이라는 것을 그녀는 이미 알고 있고 또 그러기 위해 노력할 것이다.

일러스트레이터의
필수 덕목,
인내심

일러스트레이터에게 자신만의 스타일은 생명력과도 같은 것이다. 주어진 주제를 갖고 자신의 개성과 그림체를 어떻게 녹여내느냐가 자신만의 스타일을 완성시키는 요소다. 그렇다면 그 스타일이라는 것은 한 번에 완성될까? 물론 아니다. 한 사람의 취향이나 가치관이 단번에 결정되는 것이 아니듯 일러스트레이터의 그림체 또한 많은 연습과 경험으로 얻은 노하우를 통해 조금씩 완성된다. 그러므로 자기만의 스타일을 찾고 싶다면 많이 그려보는 것 이외에 다른 왕도는 없다. 적어도 3년간은 매일 하루에 한 장씩 그림을 완성해보라고 조언해주고 싶다. 어떤 대상을 보고 그려도 좋고, 좋아하는 작가의 작품을 모사해도 좋다. (소설가 지망생을 가르치는 많은 스승이 좋아하는 작가의 작품을 필사해보라고 조언한다.) 매일매일 하루 한 장 이상의 그림을 그리다 보면 어느새 모방을 넘어선 자신의 실력을 발견할 것이다.

나는 일단 그림 그리기를 좋아한다면 이미 일러스트레이터로서의 재능이 있다고 본다. 그림은 얼마나 많은 연습을 하느냐에 따라 실력도 늘고 자신만의 스타일을 찾을 수 있는 분야인데, 일단 그리기 자체를 좋아한다면 성장의 가능성이 무한대로 커지기 때문이다. 분명한 것은 일러스트레이터는 그림 그리기를 절대적으로 좋아해야 할 수 있는 직업이란 사실이다. 좋아해야 많이 그리고, 많이 그리다 보면 자신만의 스타일을 갖게 되니까. 결국 인내심을 갖고 꾸준히 그림을 그리는 것이야말로 일러스트레이터 지망생에게 가장 중요한 덕목이 아닐까 한다.

유쾌 발랄
로맨티스트의 글쓰기

소설가
정수현

LOVE

　어릴 적부터 이야기 만드는 것을 좋아했던 정수현은 줄곧 소설가를 꿈꾸었고 대학에서 문예 창작을 전공했다. 하지만 스스로 순수문학과는 어울리지 않다고 판단하고 방송계로 진출해 MBC 〈논스톱 5〉의 작가로 입문했다. 이후 『압구정 다이어리』라는 자신의 이름을 내건 단행본을 내면서 본격적인 작가의 길로 들어섰다.

　인간의 본성을 탐구하고 사회를 비판하는 순수문학보다는 재미있게 읽을 수 있는 글에 더 자신이 있고 그렇기 때문에 자신이 잘하는 분야를 개척했다는 그녀는 스스로 '소설가'나 '작가'보다는 '스토리텔러'로 불리기를 원한다. 구속받기 싫어하는 자유분방한 성격의 그녀는 『압구정 다이어리』를 시작으로 지금까지 재기 발랄한 작품으로 '칙릿의 대표 주자'라는 타이틀을 얻었다. 지금껏 이렇다 할 고생이나 큰 좌절의 경험은 없었지만 자신이 여기까지 올 수 있었던 이유를 그녀는 한마디로 단정한다. 끊임없는 글쓰기. 놀기 좋아하고 체력도 약하지만 정수현은 매일 두 시간씩 거르지 않고 글을 쓴다. 잘 써지든 안 써지든,

기분이 좋든 나쁘든 상관없이 꾸준히 해오고 있는 작업이다. 글은 펜으로 쓰는 것이 아니라 엉덩이로 쓴다는 말이 있듯이 얼마나 꾸준히, 오랜 기간 집중할 수 있느냐가 성공의 중요한 관건이라고 그녀는 말한다.

그녀가 작가가 될 수 있었던 가장 큰 요인도 바로 이 끈기와 결단력이었다. 죽이 되든 밥이 되든 끈질기게 책상머리에 앉아 글쓰기에 몰두하는 끈기, 자신의 작품을 세상에 적극적으로 선보이는 결단력. 그 두 가지로 그녀는 지금까지 여섯 권의 작품을 세상에 내놓았다.

타고난 스토리텔러

여성 작가의 책을 읽을 때마다 반복하는 오랜 습관이 하나 있다. 책을 읽기에 앞서 책날개에 실린 작가의 사진과 프로필을 살피는 일이다. 그리고 나만의 기준으로 저자의 첫인상에 점수를 매긴다. 점수의 척도는 어디까지나 주관적인 기준이다. 작가의 얼굴과 전체적인 분위기가 세련돼 보여야 할 것, 프로필은 적당히 평범하고 또 현실적이어야 할 것. 책의 재미나 작품성과는 상관없이 버릇처럼 작가에게 먼저 주목하는 이유는 그들을 향한 부러움이 때로 자극이 되기 때문이다. '그래, 작가는 멋진 직업이야. 글 쓰는 여자들은 다 멋있어. 그리고 충분히 도전할 수 있는 일이야' 하고 스스로 자기암시를 하는 것이다. 사람들이 롤 모델을 정하는 이유도 그 때문이 아닐까. 나의 경우 단 한 명의 롤 모델이 있는 게 아니라 상황에 따라 시시때때로 바뀐다. 그리고 그들을 바라보며 느끼는 부러움은 언제나 기분 좋은 자극으로 이어진다.

정수현의 첫 작품 『압구정 다이어리』를 읽을 때도 나는 어김없이 책날개부터 살펴봤었다. 내가 본 정수현의 이미지는 미국 드라마 〈섹스 앤 더 시티〉의 주인공 캐리와 닮았다. 캐리는 10대 시절 내가 상상했던 여성 작가의 모습과 가장 가까운 인물이다. 드라마 속 캐리의 직업은 연애 칼럼니스트로, 매일같이 뉴욕의 노천카페에 앉아 노트북으로 글을 쓴다. 그녀에게 글쓰기는 창작의 고통보다 즐거움이 더 많이 실려 있는 듯 보인다. 마음속에 빅이란 남자를 두고 있으면서도 멋진 남자들의 데이트 신청을 마다하는 법이 없는 그녀에겐 이야깃거리가 넘쳐날 테니까. 내가 정수현을 볼 때 캐리를 떠올린 이유는 젊고 예쁘며 트렌디하다는 점도 그렇지만 무엇보다 자기 일상 속의 이야기를 유쾌하게 담아내는 글쓰기 스타일이 닮았기 때문이다. 캐리가 자신과 주변 사람들의 연애사를 통해 현실적인 연애 담론을 담아낸다면 정수현은 자신과 주변 사람들 이야기에 상상력을 담아 새로운 러브 스토리를 만들어낸다. 며칠씩 감지 않은 떡 진 머리에 몸에 밴 담배 냄새, 창작의 고통에 찌든 우중충한 얼굴이 아니라 마치 하고 싶은 이야기가 많아 안달 난 사람처럼 밝은 얼굴로 써 내려가는 글쓰기가 얼마나 즐거운 작업인지, 캐리를 통해 느낀 것과 똑같은 느낌을 그녀에게 받았다. 시대의 트렌드를 읽어내고 여자들의 삶에 그것을 현실적으로 반영한다는 점도 캐리와 정수현의 공통점이다.

"전 글을 쓰는 게 너무 재미있어요. 가만히 앉아 있으면 머릿속에 이야기들이 떠오르는데 그걸 정리해두지 않으면 머릿속이 엄청 복잡해져요. 그러니 곧바로 글로 풀어내는 거죠. 카페나 집에서도, 친구들과의 수다 속에서도 이야깃거리를 떠올려요. 이런 여자와 이런 남자가 만나 사랑을 하면 재미있겠다는 상상을 해보는 거죠."

『해리포터』의 작가 조앤 롤링의 에피소드가 떠오르는 대목이다. 출근길 기차 속에서 매일같이 상상했던 그녀의 이야기들이 『해리포터』의 근간이 됐듯이 일상 속에서 틈틈이 상상했던 이야기들이 그녀의 소설 작업에 튼튼한 뒷받침 역할을 해주었던 것이다. 『압구정 다이어리』, 『블링블링』, 『셀러브리티』 등 이삼십 대 여성에 대한 사랑과 일, 세태를 담은 그녀의 작품은 시종일관 재기 발랄한 어조를 유지하고 있다. 마치 드라마 한 편을 보는 것처럼.

그녀는 이야기를 많이 듣고 자랐다.

"아빠가 정말 재미있는 분이셨어요. 전 대여섯 살까지 엄마가 하늘에서 내려온 선녀인 줄 알았거든요. 아빠는 저에게 '엄마는 하늘에서 내려온 선녀인데 지금 하늘로 올라가면 안 되니 네 동생을 낳을 때까지 선녀 옷을 보관해야 한다'고 말했죠. 전 정말로 그 말을 믿었고요. 이야기꾼 자질을 가진 아빠의 영향 덕분인지 저도 어릴 때부터 이런저런 공상을 하길 좋아했어요. 빨강머리 앤처럼 말도 많고 엉뚱하고 상상하기 좋아하는 그런 소녀였죠. 주로 생각하는 건 사랑 이야기였어요. 생각이 끊임없이 떠오르다 보니 그걸 글로 풀어내고 싶다는 욕구가 가시질 않았어요. 그렇게 글쓰기가 시작됐죠. 저에겐 글쓰기가 하나의 즐거운 놀이였어요. 또래 여자애들이 하는 인형놀이 같은 것 말이에요."

그렇게 늘 무언가를 끄적이며 자란 그녀는 전공도 망설임 없이 문예 창작으로 정했다. 순수문학을 지향하는 문예창작과에서 그녀는 다소 튀는 소녀였다. 청바지에 맨투맨 티셔츠라는 문예창작과 '비공식 교복'이 아닌 미니스커트를 즐겨 입었으며 순수문학을 숭배하는 동기들과 달리 로맨스 소설을 좋아했고 글 또한 남달리 통통 튀었다. 인간의 본성을 탐구하는 심오하고 어려운 주제일수록 칭송받는 문예창작과의 분위기에서 그녀의 재기 발랄한 글쓰기는 '가벼움'으로 치부되기 일쑤였다.

"다들 문학에 대한 열정이 가득한 친구들이었어요. 저와는 추구하는 바가 달랐죠. 저는 제가 생각하는 이야기를 쓰는 데 필요한 체계적인 공부를 위해 선택한 학과였지만, 동기들은 모두 진지한 문학도들이었고 시대를 관통하는 명민하고 예민한 문학을 지향하는 친구들이 많았어요. 추구하는 글쓰기관 자체가 달랐어요. 제 방식이 재미있고 유쾌한 글쓰기라면 그 친구들의 방식은 진중한 글쓰기랄까? 어느 쪽이 맞고 틀렸다고는 말할 수 없는 것 같아요. 각자의 색이 다른 거니까요. 하지만 제 생각과 방식을 무조건 '가벼운 것'으로 취급하는 것엔 조금 속상하기도 했죠."

그녀는 무겁고 심각한 게 싫었다. 가벼운 내용이라도 읽는 동안 독자가 즐거움을 느낀다면 그걸로 족한 게 아닐까 싶었다. 하지만 그런 생각은 동기들의 의견과 전혀 상반되어서 적잖이 상처받기도 했다. 비공식적인 첫 소설 「빨강 수첩의 비밀」로 합평 수업을 할 때 그녀는 소설이 아니라 시놉시스 같다는 혹평을 받기도 했다. 수첩에 적힌 사람이 모두 죽는다는 내용의 소설이었는데, 자신감 있게 내놓은 작품으로 혹평 일색의 평가를 들은 후유증은 컸다. 하지만 그녀는 상처를 오래 안고 있지 않고 가볍게 털어냈다. '순수문학은 나와 맞지 않다'는 결론을 내리고 그녀가 찾은 선택은 방송작가였다.

시행착오 끝에 찾은 길

학교를 휴학하고 방송 아카데미에 다니던 중 우연찮게 당시 최고
의 인기를 누렸던 시트콤 〈논스톱〉의 작가 공모 글을 보았다. 그녀는
엄청난 경쟁률을 뚫고 이 공모에 당당히 합격했다. 당시 담당 PD가 그
녀를 채용했던 이유는 글도 글이지만 사람이 특이해서였다고 말했다.

"제가 좀 수다쟁이 기질이 있어요. 처음 보는 사람에게도 주저리주
저리 이야기를 잘하죠. 제 이야기도 잘 들려주고 물어보는 것에 대한 대
답도 빨리 내놓고. 그래서 만화 캐릭터 같다는 말을 많이 들어요. 〈빨
강머리 앤〉에서 앤이 자신의 느낌이나 기분에 대해 지나칠 정도로 많
이 이야기하잖아요. 딱 제 모습이 그래요. 마음속에 어떤 에너지가 쉬
지 않고 들끓어서 그걸 이야기나 글로 풀어내는 거죠."

예능 프로그램의 작가, 그것도 시트콤 코미디 방송의 작가라면 마
르지 않는 샘처럼 재미있는 이야기를 만들어내는 이야기꾼이 필요했
고 그녀가 딱 적합하게 보였다고 한다. 보조 작가로 들어가자마자 엄
청난 분량의 글쓰기가 시작됐다. 시트콤은 보통 한 작품당 대여섯 명
의 작가가 참여한다. 이들이 매일같이 모여 각자가 낸 시놉시스를 발
표하고 그중 괜찮은 것 두 개를 골라 대본화한다. 그리고 그중에서도
괜찮은 에피소드를 다시 선정해 촬영으로 넘어간다. 보조 작가에게는
매일 주어지는 숙제가 있었다. 바로 다섯 줄 내외의 짤막한 시놉시스

를 열 개 제출하는 것으로, 메인 작가들에게 아이디어를 제공함과 동시에 시트콤의 에피소드를 만들어내는 일종의 트레이닝을 하는 셈이다. 에피소드는 하나의 사건, 사물, 정치, 경제, 사회문화 등 모든 분야에서 아이디어를 얻어야 하기 때문에 방송계에서 살아남으려면 글쓰기뿐만 아니라 다방면에 두루 박식하고 끈기가 있는 사람이어야만 한다. 게다가 매일 정해진 시간 내에 대본을 써내는 건 웬만한 집중력과 끈기가 없으면 불가능한 일이다. 여기에 또 한 가지 조건이 추가된다. 나날이 이어지는 밤샘 작업도 거뜬히 버틸 수 있는 강철 체력이어야 한다는 것. 하나의 시트콤을 촬영하는 3~6개월의 기간 동안은 주말은커녕 하루 여덟 시간의 숙면도 불가능할 만큼 고된 강행군이 계속된다. 일은 재미있었지만 체력이 그리 강하지 않은 정수현으로서는 이 부분에서 가장 많은 한계를 느꼈다. 좀 더 규칙적인 생활을 위해 예능으로 자리를 옮겼지만 상황은 마찬가지였다.

"제가 좀 골골거리는 체력이에요. 그런데 방송 작가는 그 누구보다 막강한 체력을 필요로 하거든요. 게다가 사람들이랑 부딪힐 일도 많고 여러모로 에너지가 많이 소모되는 직업인데 결정적으로 체력이 안 되니까 다른 일을 찾을 수밖에 없더라고요."

방송 작가 일은 담당 PD와 팀 단위로 작업을 한다. 기획 단계에서 전체 포맷, 콘셉트, 세부 구성을 잡는 것은 물론 섭외, 녹화 진행 등 글쓰기 외에도 멀티 플레이어적인 기질이 필요한 일이다. 충분히 멋지고 재미있는 일이었지만 그녀는 좀 즉흥적인 타입이었다. 아이디어가 떠오르면 즉석에서 글 쓰는 걸 좋아하고 기본적으로 사랑이라는 주제를 다루길 좋아했다. 체력적인 한계에다 일의 만족도까지 낮아져가니 결국 '방송 작가 역시 내 길이 아닌가' 하는 생각에 도달했고 일단 학교로 돌아가자는 결정을 내렸다. 좀 쉬면서 앞으로의 진로를 천천히 찾아보자는 것이었다. 글 쓰는 직업을 가져야겠다는 생각은 변함없었지만 순수문학 작가, 방송 작가를 제외하고 나니 별로 할 만한 일이 없어 보였다. 라디오 작가, 카피라이터, 여행 작가, 드라마 작가, 기자, 칼럼니스트, 시나리오 작가······. 수많은 길을 떠올리는 동안에도 그녀는 로맨스 소설을 써보겠다는 생각은 전혀 하지 않았다. 지금이야 『종이 여자』의 기욤 뮈소나 『아주 사적인 시간』의 다나베 세이코처럼 대중적으로 인기 있는 작가들도 많지만 그 시절만 하더라도 연애 소설은 고등학생들이나 읽는 장르로 취급받던 때였다. 가슴속에서는 길을 알고 있는데 현실 속에선 타협점을 찾고 있었던 것이다. 보다 안전하고, 인정받을 수 있고, 안정적인 글쓰기를 찾아서 말이다. 그녀가 가슴속으로만 품고 있던 욕망을 일깨워준 건 그녀의 은사였던 박범신 작가의 한마디였다.

"수현아, 넌 네 이야기를 써. 네 이야기는 재미있어. 굳이 정통 문학이 아니더라도 네가 갈 수 있는 길은 많아."

동기들은 가볍고 유치하다고 평가했지만 박범신 교수만은 그녀가 가진 이야기꾼으로서의 자질을 알아주었다. 그녀가 과제로 냈던 작품들을 이야기하며 그는 긴 장편으로 다시 써볼 것을 권유했다. 일단 이야기를 완성시킨 다음 그것을 어디에 쓸지 생각해봐도 늦지 않다고. 로맨스 소설이 될 수도, 드라마 혹은 시나리오가 될 수도 있고 길은 얼마든지 열려 있다는 것이었다. 일단 이야기가 재미있으면 다양한 매체와 장르로 만들어질 수 있으니 일단 한번 써보라는 교수의 조언은 글쓰기를 향한 그녀의 열정을 지피는 하나의 시발점이 되었다. 그때부터 그녀는 자신만의 이야기를 써보기로 결심했다.

'어떤 이야기를 쓸까?'

소설을 써야겠다고 마음먹으니 이상하게 마음이 편해졌다. 하고 싶은 이야기가 많았다. 그간 상상해왔던 이야기가 차고 넘쳤던 것이다.

"전 에너지가 넘치는 타입이에요. 궁금한 거나 관심 가는 일이 생기면 꼭 알아내고 배워야만 직성이 풀려요. 또 아이디어가 떠오르면 그 즉시 실천에 옮기는 편이죠. 빨리 새로운 것을 만들어내고 싶은 욕구가 크다고 할까요. 저의 첫 번째 작품 『압구정 다이어리』도 그렇게 태어났어요. 친구들과 압구정 카페에서 이야기하다가 '어, 이런 이야기를 쓰면 어떨까?' 하고 아이디어가 떠올랐고 그날 바로 실행에 옮겼죠. 기획서와 시놉시스를 작성한 다음 몇몇 출판사에 메일을 보내고 전화를 했어요. 나는 정수현이란 사람인데, 지금 나와 계약하지 않으면 후회할 거라고 자신만만하게 이야기했죠."

사람들은 그런 그녀를 굉장히 특이한 사람으로 간주했다. 그런 용기가 어디서 나왔느냐고 묻는 사람들도 있었다. 그녀에게 남들이 자신을 어떻게 보느냐는 중요하지 않았다. 나쁜 일만 아니라면 일단 저질러야 그릇이 커진다는 것을 그녀는 이미 경험을 통해서 알고 있었다. 친구들은 그런 무모한 도전에 과연 누가 응해주겠냐고 말했지만 결과는 달랐다. 그녀의 기획서를 보고 여러 출판사에서 연락이 왔고 그중 하나를 골라 계약했던 것이다. 『압구정 다이어리』는 그렇게 탄생했다. '일단 저질러야 그릇이 커진다'는 자신의 주장을 스스로 입증한 것이다. 출판계에 아무 연고도 없이 원고를 투고하고 전화까지 돌린 그녀의 적극적인 도전이 없었다면 아마 그녀의 책은 세상에 나오지 못했을 것이다. 결국 운도 행동하는 사람에게 따른다. 책 한 권을 써내고 말겠다는 도전은 그녀에게 용기와 의무를 동시에 가져다줬고 그녀의 첫 소설은 그렇게 시작됐다.

소설 쓰기에서 가장 중요한 것

작업은 비교적 순조롭게 진행됐다. 『압구정 다이어리』는 압구정을 무대로 한 소설로 재력, 미모, 학벌을 겸비한 여성들의 사랑을 담은 세태 풍속소설이라고 할 수 있다. 압구정은 그녀가 어렸을 때부터 자주 갔던 장소인 데다 주변에 개성 강한 친구들이 많았기 때문에 그것들을 반영해 이야기를 만들어냈다. 소설가의 첫 소설은 자신과 자신의 주변 이야기를 버무린 이야기를 다루는 게 유리하다는 법칙이 그녀에게도 그대로 적용된 것이다. 잘 아는 내용을 쓰다 보니 글을 쓰는 데에도 막힘이 없었다. '이렇게 빨리 써도 되나?'라는 의구심이 들 정도였다. 계약하고 채 6개월이 안 된 시점에 원고를 출판사에 넘겼고 출판사도 별다른 수정 요구 없이 출간을 진행했다.

그녀는 『압구정 다이어리』의 여는 글에 이렇게 썼다.

"커피믹스에서 이탈리아 정통 커피의 깊은 맛을 요구할 수는 없는 법이다. 커피믹스만의 간편함과 부드러움이 있으니까."

먹고사는 문제에 대한 현실적 고민은 저 멀리 던져둔 채 압구정동과 청담동 클럽을 전전하는 여자의 이야기를 담은 『압구정 다이어리』는 그녀의 말처럼 진한 커피믹스 한잔이 주는 즐거움과 여유에 닿아 있었다. '나도 여자 주인공처럼 즐겁게 살고 싶다'는 유쾌한 상상으로 하루 혹은 한나절은 충분히 즐거워지는 소설. 그녀의 첫 소설은 기대 이상의 반응을 낳았다. 당시 미국이나 유럽 등에서 『섹스 앤 더 시티』, 『악마는 프라다를 입는다』 등의 칙릿 소설이 인기를 끌었는데, 압구정을 무대로 트렌디한 여성들의 모습을 보여준 그녀의 소설에 '한국형 칙릿'이라는 수식어가 붙으면서 많은 사람들이 관심을 보였다. 책도 꾸준히 팔렸고 드라마로 만들어보자는 이야기도 오갔다.

첫 소설이 좋은 반응을 얻자 한껏 고무된 그녀는 잇달아 작품을 내놓았다. 연애 칼럼니스트의 이야기를 그린 『블링블링』, 셀러브리티가 되고 싶었지만 그들의 가십을 캐는 잡지 기자가 된 주인공의 판타지 같은 사랑을 그린 『셀러브리티』, 성형외과와 성형외과를 둘러싼 사람들의 이야기를 담은 『페이스 쇼퍼』, 빙의에 관한 내용을 담은 최근작 『그녀가 죽길, 바라다』까지 거의 1년에 한 작품꼴로 써온 것이다.

작업은 주로 새벽에 했다. 밤 12시부터 새벽 5시까지가 가장 몰입이 잘되는 시간이기 때문이다. 그녀가 1년에 한 편씩 쉬지 않고 작품을 낼 수 있었던 까닭은 거의 매일 같은 시간 컴퓨터 앞에 앉아 이야기를 만들어냈기 때문이다. 마감 때는 커피만 있다면 열 시간 정도 꼬박 글만 쓰기도 했다.

"소설 쓰기에서 가장 중요한 것은 어찌 됐든 책상 앞에 앉아 일정한 시간은 글쓰기에 몰입하는 태도인 것 같아요. 어떤 장르의 글을 쓰든 글 쓰는 직업을 갖고 싶다면 몰입하는 연습이 필요하죠. 컨디션에 상관없이 매일같이 자신의 이야기에 살을 보태야 해요. 그렇게 한 편

의 소설을 완성하는 경험이 늘다 보면 그다음부터는 작업이 한결 수월
해져요. 그러다 보면 자신의 스타일도 찾게 되고, 이야기에 살을 보태
는 방법도 스스로 터득하게 돼요. 작가적 상상력과 필력도 중요하지만
글쓰기는 우선 노동인 것 같아요. 끈기를 갖고 작업하지 않으면 완성
자체가 불가능하니까요."

　프랑스 소설가 아멜리 노통브는 하루 평균 세 시간을 글쓰기에 할
애함으로써 평균 1년에 3.5권씩을 써낸다고 한다. 그리고 이 습관은
열일곱 살 때부터 시작됐기 때문에 이미 상당량의 미발표작까지 보유
하고 있다고 전해진다. 그런가 하면 무라카미 하루키는 매일 새벽 4시
에 일어나 소설을 쓰고, 쓰다가 막히면 기행문을 쓰고, 그것도 지겨워
지면 번역을 하다가 다시 에세이를 쓰는 식으로 하루 종일 글쓰기에
매진한다고 한다. "글쓰기야말로 내가 매일같이 복용하는 일정량의 마
약"이라고 아멜리 노통브는 말한다. 결국 규칙적으로 글을 쓰게 해주
는 것은 글 쓰는 행위 자체를 재미있게 여겨야 가능하다는 결론이 나
온다.

　"전 호기심이 많은 편이어서 늘 새로운 것에 관심을 갖고 유심히
살펴봐요. 새로운 것을 배우고 경험하는 것이 가장 재미있어요. 이런
왕성한 호기심이 이야기를 만들어내는 원천이 아닐까 생각돼요. 세상
에 대한 호기심을 갖고, 그 호기심에 상상을 대입하는 거죠. 이야기가
떠오르면 그걸 빨리 쓰지 않고는 못 배겨요. 내 손 안에서 새로운 이야
기가 창조된다는 것 자체가 너무 멋지고 흥분되는 일이거든요."

　어쩌면 호기심 많은 그녀의 성격에 가장 잘 맞아떨어지는 게 소설
가라는 직업이 아닐까 하는 생각이 들었다. 유쾌한 상상력과 끝도 없

는 호기심을 가진 일반적인 성인이라면 변덕스럽고 나잇값 못하는 철부지로 취급되기 십상일 테니까. 하지만 소설가라면 '자료 수집'이라는 명목 아래 세상에 대한 다양한 호기심은 너그러이 이해된다. 『페이스 쇼퍼』를 쓸 때 그녀는 9개월 동안 성형외과에 방문해 다양한 사람들을 만나 이야기를 나누었고, 『그녀가 죽길, 바라다』를 쓰면서는 생전 자신과는 상관없을 일 같았던 법률 공부도 했다. 다음 작품에서는 조선시대 유생들을 배경으로 한 이야기를 다뤄볼 계획이다. 아마 이 작품을 쓰려면 조선시대의 시대상과 사회에 대한 깊은 공부가 필요할 것이다. 물론 사랑 이야기가 바탕이 될 것이고 거기에 미스터리가 첨가될 수도, 해학이나 풍자가 들어간 작품이 될 수도 있다고 한다. 소설 집필을 준비하면서 새롭게 만나는 사람들이나 새롭게 배우는 것들도 그녀에게는 모두 소설 쓰기의 즐거움에 속한다.

숨은 조력자

물론 그녀도 때때로 난관에 봉착한다. 아무리 글쓰기를 즐기는 그녀여도 작가들이 흔히 말하는 '창작의 고통'에서 완전히 벗어난 것은 아니다. 극 속의 인물들의 행로가 더 이상 보이지 않고 막혀버릴 때면 책상 앞에 몇 시간씩 앉아 있어도 답이 안 나오곤 한다. 그럴 때면 과감하게 일을 멈추고 몸과 머리에 휴식을 준다. 그 휴식이란 바로 닥치는 대로 창작물을 접하는 것이다. 오래된 드라마를 본다든가, 만화책을 산더미처럼 쌓아놓고 본다든가, 요리 책, 수필집을 본다든가, 혼자 영화를 보러 간다든가, 전시회장에 간다거나……. 그러다 보면 정말 마법 같은 일이 벌어진다. 그녀가 접한 창작물 속, 혹은 그녀가 경험하고 있는 일상 속에서 주인공의 심리나 행동의 변화를 읽을 수 있기 때문이다.

또 한 가지 그녀만의 해결 방법이 있는데, 바로 동생에게 조언을 구하는 것이다. 두 살 터울의 남동생과 그녀는 서로 아이디어를 주고받는 좋은 파트너이자 사업 동반자다. 그녀의 동생은 '무서운 카메라Scare Camera'라는 스마트폰 인기 어플을 만든 애플리케이션 개발자다. 아이디어를 기반으로 사업하는 동생 역시 이야기꾼의 기질을 가지고 있어 그녀에게 이런저런 조언을 많이 해주는 편이다. 소설 작업이 막혔을 때 결정적인 아이디어를 제공한 적도 많고 브레인스토밍을 하듯 소설에 대해 본격적인 이야기를 나눌 때도 많다. 이런 숨은 조력자가 있기 때문에 그녀는 글이 풀리지 않는다고 해서 크게 스트레스를 받진 않는 편이다.

통속소설. 그녀의 소설들이 그렇게 불린다는 사실을 그녀는 누구보다 잘 알고 있다. 하지만 상관하지 않는다. 글이 반드시 거창한 깨달음을 줘야만 한다고 생각지 않기 때문이다. 기욤 뮈소나 스티븐 킹 같은 소설가들도 통속소설이라는 비판을 받지만 전 세계인들의 시간을 즐겁게 만든다는 사실 하나는 분명하니까. 세상엔 이런저런 글쓰기 방식이 있고, 자신은 단지 그중 하나의 방식을 채택하고 있을 뿐이라고 그녀는 말한다. 즐거운 글쓰기. 그녀는 자신의 글쓰기를 그렇게 명명한다.

한국에서 전업 작가로
산다는 것

〈섹스 앤 더 시티〉의 캐리는 뉴욕에서 글을 쓰면서 살인적인 아파트 임대료를 내고, 명품 구두를 구입하고, 친구들과 근사한 레스토랑에도 자주 간다. 과연 우리나라에서 작가 수입만으로 그녀처럼 살 수 있을까?

언젠가 잡지사에 다니는 친구들과 함께 캐리를 보면서 부러워함과 동시에, 우리나라 현실에선 말도 안 되는 일이라며 허탈한 한숨을 지은 적이 있다. 잡지사 기자의 한 달 월급을 몽땅 투자해야 마놀로 블라닉의 따끈한 신상을 겨우 하나 구입할 수 있을 테니 말이다. 적어도 한국 사회에서 작가라는 직업은 부유함과는 상당한 거리가 있다.

"생계를 잇는 직업으로 소설가는 솔직히 별로죠. 작품의 성공 여부가 전혀 보장되지 않으니까요. 밥벌이하며 안정적인 글을 쓰길 원한다면 기자나 평론가, 칼럼니스트, 방송 작가 같은 직업을 찾을 수도 있겠죠. 그 일들은 활동적이고 다양한 분야의 여러 사람들을 만날 수 있어 무척 재미있는 직업이기도 해요. 하지만 전 온전히 제 이야기를 만들고 싶었고, 자유로운 글쓰기를 하고 싶어 프리랜서를 택한 거죠. 저도 전업 작가로 나서면서 사실 수입은 기대하지 않았어요. 처음엔 부모님에게 도움을 받았죠. 하지만 첫 책이 순조롭게 팔리면서 나쁘지 않은 수입을 얻었어요. 운이 좋았죠. 명품을 사들이며 화려하게 살 정도는 아니어도 직장 생활을 하는 제 또래 여자들보다는 많은 수입이니까요. 영화화, 드라마화 제의가 들어오고 해외에도 판권이 팔리면서 생각지 못한 부가 수입도 생겼고요. 과거엔 소설가 하면 대부분 경제적으로 무능하게 느껴지곤 했는데, 저는 스토리텔러의 전망이 앞으로 더 밝아질 거라고 봐요. 재미있는 이야기는 책뿐만 아니라 영화나 드라마로도 만들어질 수 있고, 게임이나 스마트폰 어플 등 미디어가 다양해질수록 필요한 이야기는 더 많아질 테니까요."

그녀는 작업실을 따로 두고 있지 않다. 신접살림을 차린 아기자기한 신혼집의 작은 방 한 칸이 그녀의 작업실이다. 작업실이라고 해서 특별한 건 없다. 책꽂이에 꽂힌 가지런한 책들과 책상, 흐트러진 정신을 각성시켜줄 진한 에스프레소를 만들기 위한 캡슐 머신이 전부다.

글쓰기의 좋은 점은 시공간의 제약, 나이의 제약이 별로 없다는 것이다. 필요한 자본도 없고 투자비조차 필요없다. 당장 생계 때문에 다른 직업을 갖고 있다고 해도 상관없다. 매일 한두 시간 글쓰기에 집중할 시간만 있다면 1년에 한 작품 정도는 완성할 수 있을 테니까. 그것이 취미생활에서 그치든, 생활에 보탬이 되는 수입원이 되든, 글을 쓰는 행위 자체만으로 스스로의 욕구를 충족시키고 만족감을 높이는 순기능을 한다. 게다가 요즘엔 출판사를 거치지 않아도 자신의 작품을 발표할 창구가 많아졌다.

"전 크게 욕심은 없어요. 글을 써서 버는 돈에 대해서는 그다지 연연하지 않아요. 그저 제가 쓰고 싶은 이야기를 쓸 수 있다는 것에 만족하고 더 잘하려고 노력하죠. 또 즐겁게 일하다 보니 저절로 수입도 높아지더라고요. 무슨 일이든 정말로 즐기면 자연스럽게 운이 따르는 것 같아요. 지금은 즐겁게 글을 쓰고 있지만 앞으로는 또 어떻게 될지 모르죠. 아직은 신혼이지만 얼마 뒤 아이도 낳을 거고, 그럼 육아에 전념

해야 하니까요. 하지만 중요한 건, 전 제게 허락된 시간 동안은 항상 글을 쓸 거라는 거예요."

　　무언가를 쓰지 않고는 참을 수가 없는 그녀의 다음 행보는 드라마 대본 집필이라고 한다. 그간 『압구정 다이어리』, 『셀러브리티』 등 여러 작품이 드라마화와 영화화 제의를 받았지만 번번이 무산됐는데, 이번에는 그녀가 직접 작가로 참여해 그녀의 소설을 드라마화하기로 한 것이다. 소설과 드라마 집필은 다른 면이 많아 새롭게 배워야 할 것도 많고 드라마에 맞게 내용이나 주인공의 캐릭터들도 변화시켜야 한다. 그간 작업해왔던 것과 다르게 시청률과 대본 마감의 압박이라는 제약이 많아지는 것도 사실이다. 하지만 그녀는 분명 설레어하고 있었다. 자신의 이야기를 더 많은 사람들이 보고 공유할 수 있다는 건 즐거운 일이니까. 드라마를 끝내면 구상해뒀던 조선시대 유생을 바탕으로 한 소설을 쓸 계획이고 그 후로도 계속 새로운 소설을 쓸 계획이다. 그녀의 수첩 속 이야기는 아직도 무궁무진하다.

세상사에
끊임없이
귀를
기울여라

사람들은 자주 묻는다.

"대체 그런 이야기를 어떻게 상상해내는 거예요?"

상상. 소설가가 순전히 백 퍼센트 상상으로만 글을 쓴다면 그 사람은 정말 천재일 것이다. 상상은 없는 것을 만들어내는 게 아니다. 일상 속에서, 주변 사람들에게서 아이디어를 얻어내 거기에 상상력을 보태는 것이다. 세상 사는 일에 가만히 귀를 기울여보자. 그 속에 모든 게 들어 있다. 친구들과의 수다, 다른 작가의 창작품들, 가족, 친구들이 바로 이야기의 바탕이 된다. 나의 경우 특히 가족과 친구들의 상상력과 엉뚱한 말에 많은 영감을 받는다. 그들의 이야기에 귀를 기울이다 보면 단어 하나, 문단 하나, 행동 하나에 도움이 될 만한 것들을 찾아내게 된다.

언제부터인지 모르겠지만 생활 속에서 이야기를 수집하는 습관이 생기고, 소설을 쓰기로 마음먹은 후부터 웬만해서는 주변 사람의 말 한 마디, 행동 하나하나도 그냥 넘기지 않게 됐다. 『압구정 다이어리』는 언젠가 후배가 무심코 던진 한마디에서 아이디어를 얻었다.

"압구정에 가기 꺼려져. 여자들도 너무 예쁘고 가방도 비싼 것만 들어야 할 것 같아."

또 『셀러브리티』는 친구들과 수다를 떨던 중에 "난 어릴 적에 내가 공주인 줄 알았어. 우리 아빠, 엄마가 하도 공주님이라 불러서"라는 한 마디 말에서 시작됐다. 한편 『그녀가 죽길, 바라다』는 어디선가 읽은 '세상에 존재하는 모든 다중인격자들은 떠도는 영혼에 의해 자기 몸을 빼앗긴 불쌍한 사람들'이라는 말에 영감을 받아 쓰기 시작한 작품이다.

세상에 귀를 기울이고 섬세하게 관찰한다는 것. 그것은 소설 쓰기뿐만 아니라 모든 창조자들이 갖춰야 할 덕목일 것이다. 세상사의 다양함 속에서 오직 자기만의 것을 찾아내는 직관적인 통찰력을 갖추기 위해선 우선 많은 세상사에 귀를 기울이는 것이 가장 기본이 아닐까.

3.
뒤늦게 발견한 재능,
천직이 되다

여행 작가 **조은정**
플로리스트 **윤숙병**
쇼핑 호스트 **김유리**

여행 작가 조은정은 삶과 자신의 미래에 대해 고민하는 사람이 있으면 잠시 일상에서 멀어져 여행을 떠나보라고 조언한다. 익숙한 것들, 구태의연하게 반복되는 일상, 타성에 젖어 살던 자신의 모습에서 빠져나와 한 걸음 떨어져 있다 보면 자신이 정말로 원하는 게 뭔지 투명하게 보이기 때문이라고 한다.

　　2000년대에 들어서면서 '보케베케'라는 신조어가 탄생했다. '천직'을 뜻하는 'vocation'과 '휴가'라는 뜻의 'vacation'의 합성어로 '천직을 찾아 떠나는 여행'이라는 뜻이다. 2003년 미국에서 처음 등장해 인기를 모은 보케베케 사이트에서 시작된 이 단어는 휴가나 여가를 이용해 평소 꿈꾸어왔던, 혹은 뒤늦게라도 각자가 갖고 있는 재능을 찾는 기회를 만들자는 의미로 지금까지 널리 사용되고 있다. 그만큼 많은 사람들이 자신에게 꼭 맞는 직업을 찾지 못하고 방황하고 있다는 사실을 반증하는 현상이기도 하다.

　　사실 천직을 찾는다는 게 그렇게 쉬운 일은 아니다. 자신의 재능, 성격, 취향, 흥미와 관계없이 주변의 기대와 경제적 상황, 시대의 흐름, 예기치 못한 변수들에 의해 선택은 얼마든지 달라질 수 있기 때문이다. 그런 이유로 첫 직장이 천직이 되는 경우는 그다지 많지 않다. 여러 가지 옷을 입어봐야 자기에게 딱 맞는 옷을 찾을 수 있듯이, 직업 역시 여러 가지 일을 접하고 경험해봐야 그 속에서 자신의 재능과 적성, 흥미와 가치관에 맞는 일을 찾을 수 있기 때문이다. 대개 20대 중후반의 젊은이들이 진로에 대한 고민을 많이 하는 것도 이와 같은 맥락이다. 뒤늦게 발견한 재능 때문에, 오랫동안 꿈꿔왔던 일이어서, 지금 하고 있는 일이 적성에 맞지 않아서, 우연한 계기로 만난 일에 마음을 빼앗겨서 등등 이유는 가지가지지만 그들이 원하는 바는 모두 같다. 용기 내어 도전해보고 싶다는 것.

그럴 때 여행은 좋은 방법이 된다. '보케베케'가 한때의 유행어에 그치지 않고 지금까지 이어져오고 있는 것은 여행을 통해 얻을 수 있는 것 중 가장 큰 선물이 자기 자신을 들여다보는 경험이기 때문일 것이다. 재능이란 자기 자신, 즉 자기의 힘을 믿는 것이라고 막심 고리키는 말했다. 자기가 정말 원하는 게 무엇인지 알아야만 재능을 키울 수 있고, 노력할 에너지가 나오는 것이다. 굳이 여행이 아니더라도 가만히 자신의 내면을 들여다보는 시간을 자주 갖다 보면 어느 순간 번뜩이는 깨달음을 얻게 된다.

'나는 이 일을 좋아하는구나. 나를 빛나게 해줄 일은 바로 이거구나.'

답이 명확해지면 용기 내는 일은 더 쉬워진다.

플로리스트 윤숙병은 좋아하는 일을 하다 보면 초능력이 나온다고 한다. 자신의 정신적, 육체적 한계를 극복하게 하는 고도의 집중력이 나온다고 말이다. 그녀는 스물다섯이라는 뒤늦은 나이에 플로리스트라는 직업을 알게 되었고, 이 직업이 자신이 평생 할 일이라는 것을 직감한 뒤 용기 내어 이 일에 집중했다.

"당신이 잘하고 좋아하는 일, 그것이 바로 당신의 재능이다"라고 스티븐 스필버그는 말했다. 재능이란 어떤 특별한 능력이라기보다는 자신이 잘할 수 있고 좋아하는 무엇인가를 찾는 것이 아닐까? 그것을 찾는 데는 얼마간의 시간이 필요하다. 선생님에서 아나운서로, 이어서 리포트를 거쳐 쇼핑 호스트로 안착하기까지 김유리는 자신의 재능을 찾아가는 데 긴 시간이 걸렸다.

뒤늦게 재능을 발견했다고 해도 망설일 필요는 없다. 재능이란 한때의 화려한 재주가 아니라 나이가 들어서도 스스로를 지켜줄 평생의 업이기 때문이다. 남들보다 조금 늦는다 하더라도, 당장의 밥벌이가 안 된다 하더라도 평생 하고 싶은 일이라고 생각된다면 조급하게 서두를 필요는 없다. 꾸준히 매달리다 보면 언젠가는 높은 경지에 이르게 되고 인생을 끝까지 불태울 천직으로 남을 테니까.

여행은 나를
살아 숨 쉬게 한다

여행 작가
조은정

회사 재직 중 틈틈이 세계 40여 개국 배낭여행을 다녀온 경험을 밑천 삼아 쓰기 시작한 여행 칼럼은 조은정에게 여행 작가라는 또 다른 직업을 안겨주었다. 『일하면서 떠나는 짬짬이 세계여행』은 돈과 시간 때문에 우물쭈물하는 직장인들에게 조금만 발품을 팔면 언제든 떠날 수 있다는 기분 좋은 부추김을 안겨주었고, 그녀가 1년여간 미국, 캐나다, 뉴욕을 머물면서 쓴 글은 초보 여행자를 위한 친절한 여행 안내서가 되었다.

사람들은 여행 작가로서 세계 일주를 해온 그녀를 부러워하지만 정작 그녀가 전업 여행 작가였던 적은 뉴욕에 있던 1년여의 시간뿐이었다. 그 외 대부분은 직장인으로서의 본분에 충실한 가운데 시간과 씀씀이를 조절해 다녀온 여행이었다.

그녀가 세계 일주와 여행 작가라는 꿈을 이룰 수 있었던 것은 마음이 시키는 대로, 열정이 향하는 대로 실천에 옮겼기 때문이었다. 일과 여행 작가를 병행하는 삶이 피곤하지 않느냐는 말에 그녀는 전혀 그렇지 않다고 대답했다. 그녀에게 여행은 오랜 시간에 걸쳐 천천히 경험하고 음미해야 하는 즐거움이기 때문이다. 때문에 언제든 떠날 수 있는 에너지를 비축해두며 살고 있다.

취미 생활의 직업화는 평범한 직장인들이 꿈꾸는 가장 달콤한 일이 아닐까. 그게 반드시 전업이 될 필요는 없다. 지금 살고 있는 그대로, 일과 병행하며 조금 느리게 가도 충분히 목표에 도달할 수 있다고 그녀는 말한다. 세계 일주를 마치고 해외 유명 도시에 1년씩 살아보는 꿈을 품기 시작한 그녀. 『디스 이즈 뉴욕』을 시작으로 앞으로도 세계 여러 나라에 체류하며 현지인들 틈 속에서 배운 다양한 경험을 책에 담아내는 것이 그녀의 꿈이다.

여행이란 삶

여행지에선 길을 잃어도 당황하지 않는다. 그런데 삶 속에선 길을 잃으면 낙담한다. 여행지에서 나는 차창 밖을 지나가는 여인의 뒷모습 하나라도 놓치지 않으려 한다. 그런데 삶 속에선 많은 것에 애써 눈감으려 한다. 여행지에서 나는 외로울 때 하나의 달이나 한 점 불빛과도 친구가 될 수 있다. 그런데 삶 속에서 나는 외로울까 봐 자주 타협을 한다. 여행지에서 나는 쉼 없이 많은 질문을 던진다. 그런데 삶 속에서 나는 곧잘 지루한 답변만 늘어놓는다. 여행지에서 나는 얼마나 자주 설레고 얼마나 자주 탄성을 지르던가? 그런데 삶 속에서 나는 기쁨에도 슬픔에도 고통에도 얼마나 자주 무감각하던가?

_『여행, 혹은 여행처럼』 정혜윤

많은 사람들이 여행을 동경한다. 그건 여행이 주는 모험과 휴식, 낭만 때문이기도 하지만, 자아 성찰의 기회가 되기도 하기 때문이다. 하루키는 마흔을 앞둔 시점에 3년간 유럽에서 생활한 적이 있는데, 그때의 이야기를 담은 책『먼 북소리』에서 일본을 떠난 이유에 대해 이렇게 설명한다.

"나이를 먹는 것은 내 책임이 아니다. 누구나 나이는 먹는다. 그건 어쩔 수 없는 일이다. 내가 두려웠던 것은 어느 한 시기에 달성해야 할 무엇인가를 달성하지 않은 채로 세월을 헛되이 보내는 것이었다. 그건 어쩔 수 없는 일이 아니다. 그것이 바로 내가 외국으로 나가려고 생각한 이유였다. 일본에 있으면 일상에 얽매여 속절없이 나이만 먹어버릴 것 같았다. 그러는 동안에 무엇인가를 잃어버릴 것만 같은 생각이 들었다. 나는 말하자면 정말로 생생하게 살아 있음을 실감할 수 있는 시간을 갖고 싶었지만 그런 생활은 일본에서는 불가능할 것처럼 느껴졌던 것이다."

일본을 떠나 유럽에서 지내는 동안 그는 두 권의 장편소설을 썼다. 하나는 그 유명한『상실의 시대』이고 다른 하나는『댄스 댄스 댄스』다. 여행이 주는 생생한 자아 성찰이 아마 그의 소설 집필에 큰 도움이 됐을 것이다.

여행지에서는 대개 두 번 다시 못 볼 연인을 대하듯 모든 감각을 열어두고 다닌다. 호기심 가득한 얼굴로 낯선 이나 낯선 경험을 두려워하지 않으니 그만큼 더 많은 경험과 선택의 문이 열려 있다. 반면 매일 계속되는 일상 속에서는 모든 것에 둔감해지게 마련이다. 매일 오가는 집과 회사, 매일 만나는 주변 사람들. 그 속에서 타성에 젖어가다 보면 내 몸은 마치 프로그램화된 컴퓨터처럼 반복적으로 움직이고 편안함만 추구하게 된다. 가까이 있음에도 소중함을 모르고, 사랑하고 있음에도 아낄 줄 모른다. 가끔씩은 일상에서 벗어나야만 자신이 갖고 있는 것들의 소중함을 알게 되고, 또 평소 연연했던 것들이 얼마나 부질없는 것들인지도 깨닫게 된다.

조은정 또한 여행이 주는 이 특별한 매력 때문에 인생의 터닝 포인트를 경험했다. 그녀의 삶에서 여행은 인생의 제2막을 열어주는 귀중한 통로가 됐다.

첫 해외여행지인 홍콩에 내려선 순간, 눈앞에 펼쳐진 낯선 풍경을 보며 그녀는 짜릿한 전율을 느꼈다. 도심을 가득 메운 색색의 간판들과 화려한 쇼윈도, 달짝지근한 남국의 공기는 서울과 전혀 다른 느낌이었다. 단지 비행기란 수단을 이용해 몇 시간 이동해 왔을 뿐인데 이렇게 동시대에 전혀 다른 환경과 전혀 다른 모습을 한 사람들이 존재한다는 것이 그녀에게는 새삼 충격이었다. 정신이 맑아지고 가슴은 두근거렸다. 모든 감각들이 생생하게 살아나는 듯한 느낌, 꼭 다시 태어난 것만 같은 짜릿한 설렘. '난 왜 이 좋은 경험을 이제야 했을까?'라는 자책까지 들 정도였다. 한 번 핏속에 아로새겨진 여행의 짜릿함은 그녀의 마음을 들끓게 했다. 하지만 여행을 위해 생계를 완전히 내려놓을 수는 없는 노릇이었다. IT 업계에서 콘텐츠 판매 업무를 했던 그녀는 직장인이 이용할 수 있는 휴일인 주말과 연휴를 이용해 일본, 동남아시아, 유럽, 아메리카대륙 등으로 틈틈이 여행을 다녔다. 누군가와 함께할 때도 있었지만 대부분 혼자 떠나는 여행이었다.

혼자 떠나는 여행에 처음부터 익숙했던 것은 아니다. 위험하거나 심심하지 않을까 두렵기도 했다. 하지만 여행을 즐기는 사람에게는 혼자가 편한 면이 많다. 누군가와 일정을 맞추기도 쉽지 않을뿐더러 동행자가 있으면 아무래도 경험의 폭이 좀 더 줄어들게 마련이다. 혼자하는 여행이 불편한 건 딱 두 가지뿐이다. 공항에 짐을 쌓아두고 화장실을 가야 할 때, 모처럼 마음에 드는 경치를 발견해서 기억에 남을 사진을 찍고 싶은데 찍어줄 사람이 없을 때. 그걸 제외하곤 혼자만의 여행에서 얻는 건 무궁무진하게 많다.

우선 타인에 대한 관심이 좀 더 넓어진다. 혼자 다니다 보면 아무래도 타인이 보이는 관심에 좀 더 관대해지게 마련이다. 이 변화를 통해 자신과는 전혀 다른 세계에 사는 사람들과 더 깊은 소통을 나누고, 그들의 따뜻한 마음을 느낄 수 있다.

그녀가 혼자 하는 여행의 매력을 처음 느낀 건 멕시코의 칸쿤에서였다. 칸쿤은 미국인들이 사랑하는 멕시코의 대표적인 휴양지다. 세계적으로 유명한 에메랄드빛 바다는 이루 말할 수 없이 아름다웠다. 하지만 혼자였던 그녀는 아름다운 풍경을 함께 공유할 사람이 없다는 것에 쓸쓸해하고 있었다. 칸쿤 근처에 있는 '이슬라무헤레스'라는 섬에서 투어를 하던 중 자유시간이 주어져 무얼 할까 생각하고 있는데 중년의 백인 아저씨가 말을 걸어왔다. 섬의 관광객들은 골프카를 타고 다니며 자유롭게 돌아다니고 있었는데, 그 아저씨도 역시 골프카를 타고 있었다.

"이 섬을 돌아보려고 하는데 같이 갈래요?"

그는 두 명의 현지인들과 함께 있었고 모두 인상이 좋아 보였다.

그녀는 잠시 망설였다. 한국에서였다면 아마 이상한 사람 취급하며 황급히 도망쳤을지도 모른다. 그런 그녀의 마음을 읽었는지 중년의 백인 아저씨는 "나 나쁜 사람 아니니 걱정 마세요" 하고 너털웃음을 지었다. 그녀는 잠시간의 고민 뒤에 물었다.

"저는 지금 1일 투어 중이고 오후 2시까지는 여기 돌아와야 하는데 가능할까요?"

그는 자신은 미국인이고 섬에 별장을 지으려고 돌아다니는 중이라며, 자신이 집을 보는 동안 당신은 섬 구경을 하라고 했다. 듣고 보니 꽤 괜찮은 제안이었다. 그녀는 고민 끝에 골프카에 올라탔다.

낯선 여행지에서 나누는 낯선 사람과의 교류. 처음엔 두려웠지만 용기를 낸 덕분에 그녀는 편하게 칸쿤의 아름다운 바다를 구경하고 멋진 풍경 앞에서 사진도 찍을 수 있었다. 여행을 하다 보면 새로운 풍경을 보는 것도 즐겁지만 새로운 만남이 더 즐겁다고 그녀는 말한다. 여행자 특유의 열린 마음가짐으로 이곳저곳을 다니다 보니 모든 일들이 행복하게 느껴진다고. '왜 일상 속에서는 이런 마음이 안 들까?' 하는 의문이 들수록 그녀는 점점 더 여행을 갈구했고, 어느덧 세계 일주라는 꿈을 품게 되었다. 어린 시절 막연히 꿈꾸었던 '세계 일주'라는 목표가 20대 후반에야 구체화된 것이다. 물론 직장 생활과 여행을 계속 병행하다 보니 통장이 두둑했던 적은 단 한 번도 없었다. 직장인의 월급이란 뻔하니까. 그러다 보니 어떡하면 더 적은 경비로 여행할 수 있을까 연구하기 시작했고, 각종 여행 사진 공모전과 여행기 공모전에 죽기 살기로 매달리고는 했다. 그리고 그 결과 세계 일주 항공권이라는 엄청난 행운을 거머쥐기도 했다.

　　여권 도장이 하나둘 늘어갈수록 그녀의 가슴속에는 여행지에서의 특별한 추억들이 가득 채워져갔다. "추억은 미래보다 새롭다"라는 시인 유하의 말처럼, 여행지에서의 추억은 지치고 힘든 일상에서 하나씩 꺼내 들여다볼 수 있는 소중한 에너지원이 된다. 그녀에게는 그에 더해 타인에게 자신의 여행 정보를 전달할 수 있는 힘도 생겼다.

여행 작가가 되다

　　처음 여행을 다니기 시작할 때만 해도 그녀는 자신이 여행 작가가 되리라고는 상상도 못했다. 여행 작가가 될 수 있는 단초가 된 건 그녀의 메모 습관이었다. 문학소녀라고까지는 못해도 어린 시절부터 그녀는 책 읽기를 좋아하고 메모를 즐겨 하곤 했다. 초등학교를 졸업함과 동시에 졸업하게 마련인 일기 쓰기도 20대 내내 계속됐다. 이런 습관들은 여행지에서도 이어졌다. 어딜 가든 끊임없이 카메라 셔터를 눌렀고, 고단한 잠자리에서도 그날그날 떠올린 단상들과 얻은 정보들을 자신만의 노트에 채워나갔다. 이 일기들은 돌아온 후 여행지에서의 경험을 떠올리는 데 매우 큰 도움이 됐다. 생생한 체험이 담긴 정보와 감상들을 친구나 동료들에게 하나하나 전해주다 보니 어느덧 그녀는 여행 칼럼니스트의 면모를 두루 갖추었고 첫 번째 책을 내게 됐다. 그녀의 첫 책『일하면서 떠나는 짬짬이 세계여행』은 여행을 꿈꾸는 직장인들의 필독서가 됐다.

수많은 직장인이 여행을 꿈꾸면서도 시간적인 제약이나 돈 때문에 주저하고 포기한다. 조은정은 그런 사람들에게 한 번쯤 마음먹은 대로 훌쩍 떠날 수 있는 용기와 정보를 주고 싶었다. 20여 년간 직접 발로 뛰어 얻은 노하우를 꾹꾹 눌러 담은 그녀의 책은 정보 면에서도 그렇지만 '발상의 전환'을 선물한다는 점에서 의미가 크다.

우리가 흔히 떠올리는 직장인의 생활은 어떤가. 다람쥐 쳇바퀴 돌듯 반복되는 일상, 피곤한 몸을 이끌고 마지못해 정해진 시간 내에 출근하는 아침……. 이루지 못한 꿈에 대한 미련도 직장인의 발목을 잡는 하나의 애환이다. 생계가 달린 직장을 당장 그만두지 못해 방황하는 사람들에게 조은정은 직장 생활을 하면서도 즐겁게 사는 대안을 제시했다. 자신의 적성에 조금 맞지 않더라도 '이건 생계가 달린 일이야'라는 구체적인 당위성이 있으면 열심히 일할 수밖에 없다. 통장에 잔고가 쌓여가는 게 즐거워서든, 퇴근 후 댄스 교습소에 다니는 게 좋아서든, 혹은 여행 경비를 마련할 수 있어서든 직장 생활을 의미 있게 해주는 무언가가 있다면 지겹기만 하던 직장 생활에도 조금씩 활력이 부여될 것이다.

"직장 때문에 아무것도 할 수 없다는 건 핑계라고 생각해요. 퇴근 후 서너 시간, 주말엔 대략 열두 시간 이상의 여가가 주어지잖아요. 그 시간 동안 할 수 있는 일은 정말 무궁무진해요. 꼭 해외여행같이 거창한 계획이 아니더라도 가까운 근교에서 산책을 한다거나 등산 혹은 자전거를 탄다거나, 사진 찍기, 영화 혹은 연극 관람 등 즐길 취미 생활은 끝도 없어요. 시간도 돈도 한정적일 수밖에 없으니 우선순위를 정해두고 나머지는 포기할 줄도 알아야겠죠. 전 제 삶에서 여행이 제일 중요해서 평소 생활에서는 허리띠를 바짝 졸라매요. 생활비의 군더더기를 줄이고 쇼핑도 최소한으로 즐기죠. 제 관심은 명품 백이나 패션 브랜드가 아닌 새롭고 가슴 뛰는 여행지에 있으니까요."

한정된 돈과 시간을 가진 우리는 하고자 하는 일의 우선순위를 정하고 조율할 수밖에 없다. 그녀는 10여 년간 직장인으로서의, 그리고 여행가로서의 삶을 조율했고 2008년에 여행 작가라는 직업을 평생의 업으로 받아들였다. 직업을 바꾼 결정적인 계기는 세계 일주였다. 세계를 여행하며 그녀는 자신이 왜 그렇게 자주 여행을 떠나는지에 대한 답을 찾았다. 여행을 통해 얻는 다양한 경험과 자신감. 영어도 재미있었고 멋진 풍광, 대도시만의 개성들도 좋았다. 그리고 그중에서도 가장 소중한 것은 '사람'이었다. 여행지에서 마주친 세계 각국의 사람들은 그녀에게 가이드가 되어주었다가 친구가 되어주기도 했고, 인생의 깊은 깨달음을 주는 조언자가 되어주기도 했다. 여행지에서 마주한 따뜻한 마음들, 생생한 정보들을 친구들과 독자들에게 전달하는 것이 얼마나 가슴 뛰는 일인지도 깨달았다.

'내 남은 인생을 여행과 함께 보내야지.'

이 결심을 했던 여행지에서 돌아오고 얼마 뒤 그녀는 10여 년간 몸담았던 직장을 그만두고 곧장 뉴욕행 비행기를 탔다. 직장 생활 사이사이 시간 내어 떠나는 여행이 아니라 머무는 여행을 하기 위해서. 여행을 시작한 이후부터 기회만 닿으면 뉴욕을 갔던 그녀는 돌아오는 비행기 안에서 아쉬움에 눈물을 흘리기도 했었다. 어쩌면 뉴욕에 오래도록 머무르고 싶다는 강한 열망이 10년간의 직장 생활을 훌훌 털어버리게 만든 건지도 모른다. 1년여의 뉴욕 생활은 『디스 이즈 뉴욕』이란 제

목으로 고스란히 책에 담겨 나왔고, 이 책은 뉴욕 여행 정보에 목말라 있던 독자들에 의해 단숨에 베스트셀러로 올랐다.

누군가를 미지의 세계로
이끌어준다는 짜릿함

그녀가 쓴 책들을 살펴보면 각 지역 명소는 물론 주변 볼거리와 맛집, 지도까지 친절하게 설명해준다. '저 많은 곳을 어떻게 일일이 다 돌아다녔을까? 정말 피곤하고 힘든 작업이었겠다' 싶은 생각이 들기도 한다. 매일같이 꼼꼼히 자료를 정리하지 않으면 모든 게 뒤죽박죽이 될 만큼 방대한 양이니까. 자신의 일정에 따라 이야기를 풀어가는 여행서나 여행지에서의 단상을 적어가는 에세이도 좋겠다 싶은데, 그녀는 왜 이런 형식의 소개서를 고집하는 것일까 궁금했다.

"여행 에세이도 좋지만 여행지에서 느끼는 감상은 각자의 몫이라고 생각해요. 실질적으로 여행 초보자에게 가장 절실한 건 관광지에 대한 정보죠. 제가 처음 여행을 시작할 때 그런 책이 없어서 고생을 많이 했거든요. 그동안 발로 뛰며 얻은 정보로 처음 여행을 떠나는 사람들이 여행지에 대한 두려움을 줄이고 더 많은 경험을 할 수 있게 해줘서 좋아요."

『론리 플래닛』의 저자 토니는 이렇게 말했다.

"좋은 여행서는 여행자의 생명을 구할 수도 있다. 가령 '로마에서 뒷골목을 다닐 땐 각별히 조심하라'는 정보가 멋모르고 다니다 노상강도를 만나는 불운을 방지할 수 있기 때문이다."

그녀는 자신의 여행서가 여행자들로 하여금 더 많은 감성과 호기심을 갖게 하는 매개체로 쓰이길 원한다. 호기심 많지만 낯선 이를 두려워하고 의사 표현이 서툰 한국인들을 위한 친절한 여행서, 시간은 넉넉한데 돈이 없거나 돈은 있는데 시간이 없는 사람들을 위해 경비 절감 노하우와 시간 절약에 도움 되는 여행 루트를 짜주는 꼼꼼한 여행서, 문화 · 예술, 각 지역의 트렌드, 과거와 현재가 공존하는 도시 여행을 좋아하는 여성들을 위한 상냥한 여행서……. 그녀는 여전히 사람들에게 여행에 관해 들려주고 싶은 이야기가 무궁무진하다. 물론 작업은 쉽지 않다. 여행을 가서 마음껏 즐기고 감상을 적어 내려가는 에세이 작가가 아닌 그녀인지라 사전 작업과 사후 작업 분량이 만만치 않기 때문이다. 현지인들에게 인기 많은 곳들에 대한 정보를 취합하고 발품 팔아 검증하고 취재까지 해야 하는 사전 작업도 그렇지만 사후 작업에 요구되는 에너지도 엄청나다. 사진과 위치 정보가 맞는지 일일이 체크해야만 독자들이 잘못된 정보 때문에 헛걸음하는 일을 방지할 수 있기 때문이다. 사진 대조 작업을 하느라 수천, 수만 장의 사진을 보고 있노라면 눈이 빠질 지경이란다. 하지만 이런 작업을 거쳐 건져 올린 정보들이 한 권의 책으로 태어나 서점에 진열돼 있을 때의 감동이란 이루 말할 수 없을 정도다. 자신의 글과 사진을 보고 누군가가 미지의 세계로의 여행을 꿈꾸고 계획한다는 짜릿함은 그녀를 계속해서 새로운 여행지로 이끈다.

"여행 작가라는 직업이 고되긴 해도 한번 중독되면 끊을 수가 없어요. 누군가의 삶을 행복으로 이끌어주는 느낌 때문이죠. 독자들이 여행지에서 새로운 감동을 느끼는 데 제가 조금이라도 일조했다는 생각을 하면 가슴이 뛰어요. 그리고 의지가 샘솟죠. 사람들에게 더 많은, 더 좋은 정보를 제공해야겠다는 의지."

평생에 걸쳐
하고 싶은 일

사람들이 여행 작가에게 하는 질문은 늘 비슷하다.

"지금까지 몇 개국에 다녀오셨어요?"

"늘 여행을 한다니 너무 부러워요. 돈이 많이 들 텐데 어떻게 충당하죠?"

"왜 떠나세요?"

항상 꿈에만 그리던 휴가가 1년 365일 계속된다니, 부러울 법도 하다. 혹은 이런 생각을 할지도 모른다. '나도 경제력만 뒷받침된다면 여행 작가의 삶을 살고 싶다'라고. 하지만 처음부터 여행 작가였던 사람은 없다. 대학을 졸업하고 '나는 여행 작가가 돼야지' 하고 결심한 뒤 곧장 여행을 다니며 글을 쓴 사람은 없다는 말이다. 여행 작가로 유명한 한비야나 손미나, 김영주 또한 모두 처음에는 평범한 직장인이었고, 우연한 계기로 여행을 떠났다가 여행의 매력에 푹 빠진 사람들이다. 또 여행 작가로서의 삶만 계속해서 지속하는 사람도 아주 드물다. 대부분 여행에서 돌아온 뒤 이전 직장으로 돌아가거나 다른 밥벌이를 계속 하다가 돈이 모이면 다시 여행을 떠난다.

그녀 또한 여행 작가를 생업으로 삼고 있지는 않다. 말 그대로 생계를 책임져주는 직업은 아니라는 이야기다. 프리랜서 여행 작가로 2년을 지냈지만 책의 인세, 강의료만으로 생활을 유지하기는 어려웠다고 한다. 생계유지는 그럭저럭 해도 다음 여행에 대한 기약이 어려웠기에 그녀는 지금 또 다른 여행을 위해 직장인으로 살고 있다.

"여행 작가는 제 평생의 업 같아요. 그렇기 때문에 지금 잠깐 다른 일을 하고 있다고 해서 슬프거나 괴롭진 않아요. 어차피 평생에 걸쳐 해나갈 일이니까요."

오랫동안 꾸준히 매달리다 보면 언젠가는 본격적으로 뛰어들 수 있는 시기가 올 테고, 그때가 빨리 오지 않는다 해도 슬퍼하거나 조급해할 이유는 없다고 그녀는 말한다. 시간 날 때마다 조각조각 퍼즐을 이어나가도 언젠가는 다 맞춰질 날이 올 거라 믿기 때문이다. 평생에 걸쳐 이루고자 하는 목표, 가슴속에 품은 큰 뜻.『디스 이즈 뉴욕』을 시작으로 그녀는 앞으로도 1년씩 원하는 나라의 도시에 체류하며 현지인들 틈 속에서 살아내고 배운 다양한 경험을 담고자 한다. 과연 다음엔 어떤 도시에서의 삶이 그녀를 기다리고 있을까? 평생에 걸친 꿈을 정하고 하나하나씩 이뤄나가는 것은 어쨌거나 참 멋진 일이다.

부럽다면
실천하라

내가 가장 많이 듣는 소리 중의 하나가 '부럽다'는 말이다. 돈이 많으니 저토록 많은 나라를 여행 다닐 수 있을 거란 오해에서 빚어진 말이다. 말 그대로 오해다. 나는 여행을 다니면서 단 한 번도 금전적으로 여유로웠던 적이 없었다. 직장인의 빤한 월급을 여행비로 충당하려면 다른 모든 지출을 아끼는 수밖에 없었다. 옷, 음식, 친구들을 만나는 경비 등. 돈이 없어서 혹은 시간이 부족해서 여행을 못 간다는 말은 핑계에 불과하다. 단지 우선순위의 차이일 뿐이다.

자기 손에 쥔 것들은 하나도 포기하지 않고 그 밖에 있는 것들을 부러워만 한다면 늘 제자리걸음일 수밖에 없다. 부러움과 질투를 넘어서려면 시도해봐야 한다. 다른 비용을 아끼고 아껴 여행 경비를 만들고, 시간을 쪼개고 쪼개 여행 스케줄을 짜보는 수고를 마다하지 않아야 한다는 것이다.

여행을 떠나고 싶다면 지금부터 하나씩 계획을 짜보자. 여행 자금 통장을 따로 마련하는 것도 좋은 방법이다. 의욕을 불태우기 위해 가고 싶은 여행지도 찾아보고 여행 루트를 짜다 보면 그 자체만으로 일상의 활력이 될 것이다. 지금 당장 떠나지 못한다 하더라도 언젠가 떠날 거란 설렘은 얻을 수 있지 않은가.

꼭 여행이 아니라 다른 일에 대해서도 마찬가지다. 남들을 볼 때 '부럽다'고 느껴지는 게 있다면 일단 도전해보라고 말하고 싶다. 한정된 돈과 시간이 우리의 삶을 조율하도록 내버려두고 싶지 않다면 말이다. 결국 삶을 조율하는 건 각자의 몫이다.

**꽃과
함께하는 기쁨**

플로리스트
윤숙병

플로리스트이자 원예 치료사인 윤숙병은 지금도 꽃과 나무를 공부하는 데 여념이 없다. 플로리스트로서 최고 영예의 자리인 청와대와 호텔 수석 플로리스트를 거쳤음에도 불구하고 그녀는 아직도 일주일에 한 번씩 화훼 수업을 듣고 원예 치료사가 되기 위해 사례 공부를 한다. 그녀에겐 꽃과 나무를 공부하는 것이 세상에서 가장 재미있고 행복한 일이다.

윤숙병에게 꽃과 나무는 마치 뒤늦게 만난 운명의 사랑 같은 존재였다. 20대 중반이 되도록 뭔가가 되고 싶다는 간절한 열망을 가져본 적이 없었던 그녀에게 플로리스트란 직업이 우연히 다가왔다. 조금은 늦은 발견이었지만 그녀는 이 일에 그 누구보다 열심이었다. 원래부터 화분 가꾸기를 좋아했기에 배우는 게 즐겁고 재미있었다.

'바라만 보아도 예쁜 꽃을 내가 직접 꾸며줄 수 있다니!'

그녀에게 꽃은 마치 하나의 인격체처럼 느껴졌다. 마치 사랑하는 사람을 대하듯 꽃을 다루는 그녀의 손길은 그녀가 가꾼 작업 공간에서 금방 빛을 발한다. 각각의 꽃이 가장 아름다울 수 있는 시기와 각도를 연구해 모든 꽃의 아름다움이 극명히 드러나게 만드는 그녀의 솜씨 때문이다.

좋은 플로리스트가 되려면 꽃을 사랑하는 길밖에 없다고 윤숙병은 말한다. 누군가를 진심으로 사랑하게 되면 그 사람의 어떤 모습이 아름다운지, 어떤 옷이 잘 어울리는지, 어떤 색이 잘 어울리는지 세심하게 관찰하고 보살피게 된다. 플로리스트에게 꽃이란 그런 존재다.

나만의 장미를
갖는 기쁨

어린왕자가 소행성 B612호를 떠난 건 자신의 장미 때문이었다. 독야청청 외로웠던 별에 홀연히 자라난 장미를 아끼고 사랑했지만 장미의 까다로움과 변덕스러움을 이겨내지 못하고 별을 떠나게 된 것이다. 장미에게도 그만한 이유가 있었다. 자신의 아름다움은 유한한 것이었다. 꽃잎이 지고 나면 더 이상 사람들이 자신을 아껴주지 않을 거라는 사실을 알기 때문이었다. 자신의 아름다움을 지키기 위해서 예민한 가시를 세우는 장미의 모습은 그래서 더 처연하고 아름답게 느껴진다. 모든 꽃들은 시들기 때문에 더 아름답다.

몇몇 사람들은 그녀에게 묻는다.

"이내 시들어버릴 꽃을 왜 그렇게 열심히 꽂아요?"

그럴 때마다 그녀는 이렇게 반문한다.

"꽃이 시들어버리지 않고 항상 예쁘기만 하다면 플로리스트란 직업이 있었을까요?"

희소가치는 자신의 모든 것을 불태울 때 나타난다. 그건 삶이나 일에서도 마찬가지다.

"플로리스트가 좋은 건 세상에서 가장 아름다운 꽃을 다루는 직업이기도 하지만, 꽃과 함께하다 보면 삶에 대해 배우는 게 많다는 점이에요. 꽃들을 가만히 들여다보고 있으면 꼭 사람 같다는 생각이 들어요. 어릴 적 인형을 가지고 놀 때 그랬던 것처럼요. 꼭 자길 봐달라고 말을 거는 것 같거든요. 처음엔 꽃이 아플까 봐 줄기 자르는 것도 망설일 정도였으니까요. 사람들은 꽃이 잘 시든다고 하는데, 잘 시들지 않게 컨디셔닝 하는 게 바로 플로리스트의 능력이에요. 꽃들이 가장 아름답게 피어나게 하기 위해선 각각의 꽃의 특성을 잘 알아야 하고 그 특성에 맞게 잘 관리해줘야 해요. 사람 간의 관계도 정성이 들어가야 더 특별해지고 빛이 나잖아요. 꽃은 더더욱 그래요."

장미가 만발한 정원을 보고 어린왕자는 울적했다. 유일할 줄 알았던 자신의 장미와 똑같은 장미가 5천 송이나 더 있었기 때문이다. 하지만 이내 왕자는 깨달았다. 자신의 장미가 더 소중하다는 것을. 왜냐하면 자신이 날마다 물을 주고 바람막이를 대주며 보호해왔던, 바로 어린왕자 자신의 장미꽃이니까. 플로리스트의 작업이 특별한 이유도 여기에 숨어 있다. 꽃시장에서 막 사 온 꽃은 그냥 예쁜 꽃에 불과하다. 하지만 플로리스트가 다듬고 데코레이션을 한 순간 그것은 누군가를 위한 특별한 선물이 되고, 특별한 장식이 되고, 특별한 메신저가 된다. 꽃이 가진 아름다움의 한시성과 맞물려 플로리스트의 작업은 언제나 유일무이한 작업이 된다. 바로 그 점이 그녀가 플로리스트란 직업에 강하게 끌렸던 이유였다.

천상의 화원, 새벽 꽃시장

직업에 대한 이야기를 담은 책을 내겠다고 준비하면서 플로리스트를 목록에 올려두고 있었다. 최근에 플로리스트란 직업이 여자들의 선망 직업으로 대두되고 있어서이기도 했지만, 몇 번의 작업을 함께 해보면서 그 직업이 섬세하고 꼼꼼한 성격을 가진 여자들과 참 어울린다는 생각이 들었기 때문이다.

일단 꽃은 아름답다. 예쁜 것을 보는 것만으로도 기분이 좋아지는 여자들에게 이보다 더 좋은 직업이 있을까? 또 혼자만의 작업이기도 하고 꼼꼼하고 세심한 손길이 필요하다는 점에서도 여자에게 유리하다. 인터뷰할 플로리스트도 여럿 떠올랐다. 잘 다니던 잡지사를 그만두고 돌연 영국으로 출국하더니 플로리스트가 돼서 돌아온 지인도 있었고, 가로수길의 인기 카페 겸 꽃집 '블룸 앤 구떼'의 주인도 있었다. 윤숙병을 떠올린 건 맨 나중이었다.

'아, 맞다 그녀가 플로리스트였지.'

이미 수년 전부터 알고 지낸 사이인데 일적인 이야기는 나눈 적이 전혀 없다 보니 그녀가 플로리스트였다는 걸 전혀 인식하지 못하고 있었던 것이다. 친구의 친구로 만나 밥을 먹고 많은 이야기를 나누었지만 화젯거리는 늘 연애, 패션을 비롯한 일상다반사였다. 친구로부터 그녀가 청와대 전속 플로리스트, 신라호텔 수석 플로리스트가 됐다는 소식을 전해 들었음에도 불구하고 그녀를 까맣게 잊고 있었다.

아마도 그건 '여성스럽고 섬세한 여자'라는 플로리스트에 대한 내 고정관념과 달리 아주 소탈하고 대범한 그녀의 성격 때문이었을 것이다. 플로리스트로서 꼼꼼함과 섬세함이 유리한 이점으로 작용하는 건 분명하다. 하지만 그 '여성스러움'에 여리고 연약하다는 의미가 내포돼 있다면 그건 예외라고 윤숙병은 말한다.

"플로리스트는 오히려 체력이 아주 많이 요구되는 직업이에요. 일단 꽃을 사려면 새벽 시장에 가야 하니 새벽잠도 없어야 하고 부지런해야 해요. 보통 양재동이나 고속터미널 꽃시장이 새벽 5시에 열리는데 빨리 가지 않으면 좋은 꽃들은 이미 팔려나가고 없거든요. 부지런한 새가 벌레를 일찍 잡듯이 부지런한 플로리스트가 좋은 꽃을 선점할 수 있죠. 색상, 형태, 길이, 수명, 배합, 이용도 등 이 모든 것을 고려해 골라야 하기 때문에 두 시간여에 걸쳐 꽃을 고르고 나면 체력은 물론 정신적으로도 힘들어요. 꽃을 고르는 동시에 대강의 아우트라인을 잡아나가야 하니까 집중력도 아주 많이 필요하죠. 무거운 건 말할 것도 없고요. 대개 스무 송이에서 서른 송이씩 커다란 묶음으로 사거든요. 하나둘 사다 보면 거의 양팔 가득 꽃을 껴안게 돼요. 손가락이 끊어질 듯한 아픔을 느낄 때도 있고 앞이 안 보여 발끝만 보며 조심조심 걸음을 옮길 때도 많아요. 플로리스트가 예쁜 옷을 입고 얌전히 꽃만 꽂는 직업이라고 생각한다면 정말 오산이에요. 꽃을 꽂는 실력만큼 좋은 재료를 구하는 게 중요하기 때문에 아무리 연차가 오래됐다 해도, 유명한 플로리스트라 해도 새벽 시장을 가는 건 절대 빠뜨릴 수 없어요. 좋은 식재료를 알아볼 줄 아는 게 요리사의 능력인 것처럼 좋은 꽃을 알아보는 게 플로리스트의 능력이니까요. 그걸 누가 대신해줄 수는 없잖아요."

　귀찮을 법도 하지만 오히려 새벽 꽃시장에 가는 건 플로리스트가 갖는 하나의 특권이라고 그녀는 말한다. 이른 새벽의 꽃시장, 그곳은 온 세상의 아름다움을 모아둔 천상의 화원과 같다고. 갖가지 색의 장미, 연보랏빛 리시안셔스, 우아한 자태의 작약과 피오니, 핑크색의 라넌큘루스, 소담스러운 수국 그리고 은은한 꽃향기까지. 바라보는 것만으로도 행복해지는 공간이지만 꽃시장이 갖는 최고의 매력은 단연 '생동감'이다. 가장 싱그러운 날, 가장 아름다운 모습으로 진열되어 있는 꽃들을 볼 때면 그녀는 자신이 살아 있음을 생생히 느낀다. 밤잠을 설치고 이른 새벽부터 집을 나서느라 늘어진 몸과 마음의 피로는 꽃시장에 들어선 순간 저만치 달아난다. 정신이 번쩍 들고 온몸의 세포가 하나하나 깨어나는 듯한 느낌. 마치 짝사랑하는 상대를 발견한 것처럼 심장박동마저 빨라진다.

　'오늘은 어떤 꽃이 싱싱할까?'
　'꽃잎 끝에만 살짝 분홍빛이 도는 라넌큘러스가 있으면 좋겠는데.'
　'어떤 꽃들로 베리에이션을 할까?'

　머릿속에는 여러 가지 생각과 아이디어들이 끝도 없이 스쳐 지나간다. 불과 한 시간 전, 이불 속에서 '제발 5분만 더 잤으면' 하고 꼼지락대던 그녀는 온데간데없이 사라진다. 꽃을 다루는 일을 직업으로 삼은 지 벌써 여러 해가 지났지만 그녀에게 새벽 꽃시장은 여전히 설레고 즐거운 공간이다.

운명처럼 만난 직업

플로리스트란 직업은 그녀가 태어나 처음으로 설렘을 가진 대상이었다. 그 전까지는 딱히 하고 싶은 일도, 되고 싶은 것도 없는 20대 초반의 직장인일 뿐이었다. 남들은 중·고등학생쯤 되면 하고 싶은 일도 생기고 꿈을 기반으로 진로를 결정하기도 하는데 그녀는 도통 꿈이 없었다. 성적에 맞춰 대학에 가고 싶지도 않았고 가고 싶은 대학도 없었기에 취직을 택했지만 직장 생활 또한 무기력하기는 마찬가지였다.

"한창 열정적으로 살아야 할 시기에 전 참 무기력했어요. 인간이 왜 꿈이 있어야 하는지 알 것 같았어요. 희망이 있어야 미래가 있고 미래가 있어야 현재가 즐겁잖아요. 그런데 저는 꿈이 없으니까 현재가 마냥 지루하기만 했어요. 제가 하는 일은 고급 공무원의 비서직으로 문서 수발이나 스케줄 체크를 하는 일이었는데 이 일을 평생 할 것을 생각하니 숨이 탁 막혀오더라고요. 모시는 상사를 보면서 '나도 저런 전문적인 직업을 갖고 싶다'는 생각은 했지만 문제는 그 전문적인 일이 딱히 떠오르지 않았다는 거예요. 긴 방황의 연속이었죠. 그땐 전망이 밝다는 직업이란 직업은 모조리 다 기웃거려봤어요."

그러던 그녀는 전문가가 제시하는 유망 직종 중 그나마 관심이 갔던 웹디자인을 배우고 취직까지 했지만 생각만큼 적성에 맞지 않았다. 고만고만한 실력의 웹디자이너들이 취직해 하는 일이라곤 동네 슈퍼 전단지나 야식 배달 정보지 같은 광고 전단지를 만드는 일이 대부분이었는데 그녀로서는 별다른 성취감이 느껴지지 않는 일이었다. 게다가 보수는 그 전 직장에 비해 형편없이 낮았다.

일을 그만두고 한동안 백수로 집 안에서 빈둥거리며 지내던 어느 날, 그녀의 고민은 의외로 쉽게 풀렸다. 뒤늦게 대학에 입학한 이모가 가져온 대학 안내 팸플릿에서 조경학과라는 학과를 발견했을 때였다. 조경학과라는 학과가 있는 줄은 그때 처음 알았다. 어릴 적 그녀가 살던 집은 마당이 넓었다. 어린 그녀는 마당 한구석에 앉아 화단에 피어 있는 꽃들을 들여다보길 좋아했다. 봄이면 수선화와 금잔화, 여름이면 채송화와 장미, 가을이면 코스모스와 국화……. 계절마다 새롭게 피어나는 꽃들과 이름 모를 풀들을 가만히 보고만 있어도 시간 가는 줄 모르곤 했다. 그 관심이 공부로 발전될 수 있다는 생각은 한 번도 해본 적이 없었다. 나무와 꽃에 대해 배우는 학과라면 당장 공부해보고 싶다는 마음이 강하게 일었다.

"어릴 적엔 마당에서 시간 보내는 일을 가장 좋아했어요. 엄마가 뒷마당 작은 뜰 안에 이것저것 꽃을 많이 심으셨거든요. 그 꽃들을 가만히 바라보고 있으면 그렇게 예쁠 수가 없었어요. 지금 생각해보면 계절마다 꽃을 볼 수 있도록 꽃씨를 심어둔 엄마도 꽃을 상당히 좋아했고 소녀 감성을 갖고 계셨던 것 같아요. 바라만 봐도 좋은 꽃과 나무들을 공부할 생각을 하니 가슴이 콩닥콩닥 뛰더라고요. 스물다섯 살, 남들에 비하면 다소 뒤늦은 나이에 학교에 입학했지만 공부가 너무 재밌었어요. 고등학교 때도 그때만큼 공부한 적이 없었던 거 같아요. 강의 시간마다 늘 앞에 앉아 눈을 반짝이며 수업을 들었고, 성적도 전 과목 'A' 학점을 받았어요. 학교 수업만으로는 성에 안 차 따로 플로리스트 학원까지 다닐 정도로 열성적이었어요. 그렇게 재미있게 공부하니 남들의 인정도 저절로 따라오더군요. 잘하는 것 하나 없이 평범하게만 살아왔던 제가 이제 남들보다 더 잘하는 걸 갖게 됐다는 사실만으로 가슴이 떨렸어요."

몰입의 즐거움

꽃과 나무 중에 고르라면 그녀는 꽃에 더 많은 애착을 갖고 있다. 아무래도 체력적으로 약한 여자에게 나무를 다루는 건 힘에 부치는 일일 수밖에 없다. 게다가 접할 수 있는 장소 또한 한정되어 있다. 그에 반해 꽃은 늘 우리 생활 가까이에 있고, 할 수 있는 일이 더 많을 거라는 생각이 들었다. 플로리스트 수업은 일종의 문화적 충격이었다. 부직포나 투명 비닐이 전부였던 일반 꽃집의 포장 방식과는 전혀 다른 방식이 다양하게 존재했다. 꽃보다 더 화려한 종이로 과대 포장된 꽃다발을 볼 때마다 그녀는 꽃의 아름다움을 죽이는 행위라고 생각돼 꽃을 선물할 때면 포장지 없이 리본만 묶어 주고는 했다. 플로리스트 강사가 만든 플라워링은 꽃이 가진 자연미를 훼손하지 않고 더 돋보이게 해주었다. 플로리스트마다 자신만의 고유한 플라워링이 있다는 것도 그때 알았다. 자신만의 꽃과 색, 재료들로 아름다움을 창출해내기에 학생들끼리는 플라워링만 봐도 누구의 작품인지 대강 짐작한다. 꽃으로 그런 자기만의 고유 세계를 연출할 수 있다니, 정말 근사한 일이 아닌가. 좀 더 다양한 플라워링 방식이 궁금해진 그녀는 서점에 가서 외국의 플라워링 관련서까지 찾아 읽곤 했다. 서너 시간 동안 이 책, 저 책을 꼼꼼히 살펴본 다음 책을 사 와 구입한 책들을 마르고 닳도록 읽고 또 읽었다.

그녀가 가장 좋아한 플로리스트는 영국의 폴라 프라이크다. 영국 왕실의 플로리스트인 폴라 프라이크는 꽃뿐만 아니라 과일, 채소, 나무껍질 등 다양한 재료를 이용해 플라워링을 한다. 수박 껍질을 수반 삼아 꽃을 꽂고, 오렌지를 잘라 화병에 채워 꽃의 아름다움을 극대화시키는 등 그녀의 실력은 가히 '색채의 마술사'라 불릴 만하다.

"꽃은 존재하는 그대로 충분히 아름다운 존재잖아요. 그런 꽃을 지나치게 가꾸고 다듬어 인위적으로 만들기보다 본래의 아름다움을 충분히 살려주는 그녀의 스타일링이 참 마음에 들었어요. 역사 교사로 평범하게 지내다가 어느 날 갑자기 꽃에 빠진 점도 저랑 비슷하고요. 그녀를 보며 저도 저만의 스타일이 살아나는 플라워링을 하고 싶다는 욕심이 생겼어요."

뒤늦게 시작했지만 누구보다 열심히 공부한 덕에 취업도 순조롭게 풀렸다. 교수와 선배, 고객의 소개를 통해, 혹은 스스로 도전해나가며 그녀는 청와대 플로리스트와 신라호텔 수석 플로리스트를 거쳐 라이프 스타일 디자이너 양성 전문 교육기관 '까사스쿨'의 강사로 당당히 섰다. 쉼 없이 일해오던 10년간 단 한 번도 즐겁지 않은 순간이 없었다. 물론 육체적으로 힘든 순간은 많았다. 어시스트 시절도 그렇고 독립 후 초기엔 거의 몸을 쓰는 일이 많았으니까. 무거운 꽃을 나르고 물을 주고 뒤처리하는 일은 거의 어시스트의 몫이었다. 불평하는 친구들도 있었고 힘들다며 어느 날 홀연히 자취를 감춘 친구도 많았다. 친구들은 '대체 꽃에 대한 건 언제 가르쳐주느냐'고 불평했지만 그녀는 즐겁기만 했다. 매일매일 다루는 꽃도 달랐고 포장하는 방법, 꽂는 방법도 조금씩 달랐다. 특히 매일매일 물 주는 일을 반복하면서 여러 가지 꽃들의 특성을 깨닫는 등 예상 밖의 수확도 있었다.

『몰입의 즐거움』의 저자 미하이 칙센트미하이는 "삶의 질을 끌어올리려면 우리가 매일 하는 일을 세심하게 관찰하고 어떤 활동, 어떤 공간, 어떤 시간, 어떤 사람 옆에서 어떤 감정을 느끼는가를 포착해야 한다"라고 말했다. 그처럼 그녀는 자신이 매일 하는 일에 특별한 의미를 부여하고 그것을 세심하게 관찰함으로써 온전히 자신만의 것으로 만들었다. 그렇게 어느 정도의 경지에 이르자 강사가 일일이 말로 설명하지 않아도 보는 것만으로 공부가 됐다. 그날그날 본 작품을 잘 기억해두었다가 집에 오면 반드시 책을 보거나 복습을 했다. 그날 작업했던 꽃 모양을 그림으로 그려보기도 했는데, 이 작업을 통해 꽃을 어떻게 만져야 더 아름다워지는지 저절로 터득하게 됐다.

"독립 후에도 육체적으로 힘들긴 마찬가지였어요. 대가가 적어도 불러주는 데가 있으면 어디든지 달려갔거든요. 2박 3일간 꼬박 밤새워 일한 적도 있어요. 정원 모양의 행사 답례품을 만드는 일이었는데, 밤을 새우고 새워도 끝이 안 보이더라고요. 잠깐 작업장을 벗어나 택시를 타고 이동할 때나 밥을 먹을 때면 1초 만에 까무룩 잠들곤 했어요. 사실 전 몰입을 하면 에너지가 많이 나오는 편이에요. 주로 밤샘 작업이 많은 행사, 디스플레이 위주의 일을 해왔던 제게 몰입은 아주 좋은 에너지가 돼줬어요. 피곤에 지쳐 있어도 꽃을 만지기 시작하면 정신이 말짱해지고 막 기운이 나요."

연구 결과에 따르면 인간은 자기 뇌의 20퍼센트도 채 쓰지 못하고 죽는다고 한다. 일반 블루컬러 노동자의 경우 5퍼센트, 학생이나 사무

직에서 종사하는 사람들은 10퍼센트도 못 쓴다고 하는데, 아인슈타인은 25퍼센트를 썼다. 왜일까? 자신이 잘하고 좋아하는 일을 하다 보니 능력이 최대치로 증폭됐기 때문이다. 좋아하는 일을 하는 사람은 그렇지 않은 사람보다 훨씬 많은 노력을 투입할 수 있고 그만큼 생산성이 높아지는 것은 당연한 사실이다.

기쁨의 순간을 함께하는 감동

플로리스트가 되려면 적어도 3년 정도는 체계적인 수업을 받아야 하는데, 이렇게 말하면 사람들은 대개 깜짝 놀란다고 한다.

"플로리스트 과정이 그렇게 길고 복잡한가요? 그냥 꽃을 예쁘게 꽂는 법만 배우면 되는 거 아닌가요?"

꽃은 그 자체로 예쁘기 때문에 조금만 신경 쓰면 예쁘게 꽂는 건 어렵지 않다. 한두 가지의 신선한 꽃을 모아 묶는 것만으로 아름다운 꽃다발이 완성된다. 사람들 중에는 플로리스트를 문화센터 강의 몇 시간만 들으면 얼마든지 할 수 있는 직업으로 보는 이도 많고, 실제로 몇 개월간의 단기 코스를 이수한 후 플로리스트라며 명함을 내미는 사람도 많다. 플로리스트라는 직업이 어려운 점도 바로 이것 때문이다. 단순히 예쁘게 장식하기만 해서는 평이하다는 평만 받기 십상이다. '예쁘다'는 감상 이상의 감동을 주어야 하고, 그 감동을 오래도록 간직할 만한 플라워링을 해야만 이 직업으로 당당히 성공할 수 있다. 그렇기 때문에 무엇보다 기초를 탄탄하게 쌓아야 하는 직업이다.

갖가지 색깔과 모양의 꽃들을 조화롭게 구성하기 위해 미적 감각을 키우고 창의적인 디자인을 하는 것도 중요하지만, 플로리스트의 가장 기초는 '꽃의 표정'을 공부하는 것이다. 생장 조건이나 개화 시기, 꽃마다 지니고 있는 특성들을 빠삭하게 알고 있어야 한다. 사람마다 각자 개성이 다르듯 꽃도 마찬가지다. 물을 많이 줘야 하는 꽃이 있는가 하면 아주 소량의 물만 줘야 살아남는 꽃도 있다. 꽃을 다듬는 방법도 중요하다. 꽃의 특성을 무시하고 아무렇게나 다듬었다가는 줄기로 물이 오르지 않아 금방 시들어버리고 만다. 이 모든 지식은 식물도감만 달달 외운다고 해서 습득되는 것이 아니다. 꽃시장에 나가 직접 좋은 꽃을 골라보는 것은 물론, 가시에 수없이 찔리고 손끝에 풀물이 들 정도로 식물을 다뤄봐야 꽃을 다루는 방법을 알 수 있게 된다. 그러지 않고 이미 좋은 재료로 선별된 꽃으로 강좌를 받는 건 다 차려진 밥상에 숟가락만 얹는 셈인데, 6개월에서 1년여의 단기 수업만 믿고 플로리스트 공부를 다 했다고 여기는 지망생들을 볼 때 그녀는 못내 안타깝다고 한다.

"플로리스트를 꿈꾸는 사람들이 곧잘 갖는 착각 중의 하나가 식물 관리는 자기 일이 아니라고 여기는 거예요. 그저 예쁜 꽃다발과 꽃바구니만 만들 줄 알면 된다고 생각하고 다른 일에는 관심을 두지 않죠. 하지만 현장에 나가서 가장 선행되어야 할 것은, 예쁜 플라워링 이전에 구입해둔 꽃을 잘 관리하는 일이에요. 관리를 못하면 결국 비싸게 사 온 꽃들이 시들어 팔지 못하게 될 테니까요."

꽃을 꽂는 것 이외의 일에는 어느 것에도 관심이 없거나 귀찮게만 여길 거라면 이 일에 적성이 맞는지 다시금 재고해볼 필요가 있다. 편하고 안정적인 일을 찾는다면 플로리스트는 맞지 않을 거라고 그녀는 단언한다. 끊임없는 공부와 연습이 필요한 분야이기 때문이다.

식물 관리에서 또 한 가지 중요한 게 있다면 무조건 예쁘게 만들 것이 아니라 시간과 장소, 상황에 맞는 플라워링을 하는 것이다. 해외 유학파들이 우대받는 플로리스트 업계에서 그녀가 아무 뒷배경 없이 청와대 플로리스트와 신라호텔 수석 플로리스트로 우뚝 선 것도 훌륭한 미적 감각과 시간과 장소, 상황에 맞는 플라워링 실력 덕분이었다. 청와대 전속 플로리스트는 일종의 경연을 거쳐 뽑는데, 그녀가 뽑혔던 이유는 고 노무현 전 대통령에 대한 공부를 사전에 해뒀기 때문이었다. 자료 조사를 하다 보니 그가 화려하고 아름다운 것들보다는 소박하고 담백한 맛이 나는 것들을 좋아한다는 사실을 알게 됐고 그의 이미지에 맞게 대나무와 난을 이용한 플라워링을 선보였는데 그걸 마음에 들어 했던 담당자가 채용을 한 것이었다.

"제 꽃을 보고 하루는 어떤 손님이 전화를 주셨어요. 국내 굴지의 대기업 웃어른이셨지요. 생일을 맞아 지금까지 이렇게 행복해 보이는 꽃은 처음 받았다며, 좋은 자리에서 좋은 만남을 가질 수 있었다고 감사하다는 말씀을 하시더라고요. 순간 왈칵 눈물이 쏟아졌어요. 내가 좋아 한 일이었는데, 다른 누군가가 내 꽃을 통해 이렇게 감동을 받을 수 있다는 것이 벅찼거든요. 어떤 꽃이 제일 예쁘다고는 말할 수 없는 거 같아요. 아름다움의 기준은 저마다 다르잖아요. 나는 장미가 제일 예쁜데 또 다른 어떤 사람은 맨드라미나 채송화가 더 예쁘다고 느낄 수 있죠. 추억이 담긴 꽃일 수도 있고요. 좋은 플로리스트라면 고객의 취향을 최대한 맞춰줘야 한다고 생각해요. 고객이 원하는 한도 내에서 자신의 역량을 마음껏 펼쳐 보이는 것, 그게 바로 프로 플로리스트의 자세죠."

　생일, 졸업, 입학, 결혼식이나 파티 같은 행사, 사교 모임의 자리에서 플로리스트의 작품은 기쁘고 행복한 자리를 빛내주는 소품으로 사용되기 때문에 보기와 달리 어려운 작업들이 많다. 결혼식이나 연말 행사 같은 큰 행사에는 며칠간 날을 새기도 일쑤다. 결국 플로리스트 또한 무대 뒤쪽의 사람들이기 때문이다. 하지만 기쁨의 순간에 늘 함께한다는 것 때문에 일의 만족도도 큰 게 바로 플로리스트라는 직업의 매력이다.

　상기된 표정의 신부의 손에 들린 부케, 사랑하는 이에게 고백하기 위해 준비한 빨간 장미꽃 바구니, 취직한 친구를 위해 준비한 꽃 한 다발. 누군가의 커다란 행복을 보조해준다는 것, 그건 상상만으로도 기분 좋은 일이다.

　꽃과 함께하는 것만으로도 행복하다면, 꽃이 만들어내는 기쁨의 순간 때문에 일의 만족도도 덩달아 커질 수밖에 없다.

　"많은 돈을 벌지는 못해도 일한 만큼 수입을 얻을 수 있는 직업이 플로리스트죠. 제가 지난 10년 동안 큰 고비 없이 일할 수 있었던 것은 꽃과 함께한다는 자체만으로 즐거웠기 때문이었어요. 결국 자신에게 맞는 일을 찾는다는 건, 좋아하는 일을 찾는 게 아닌가 싶어요. 그래야 집중해서 열심히 배울 수 있을 뿐만 아니라 일의 효율도 높아질 테니까요."

슬럼프를 딛고 일어나
새로운 도전에 나서다

플로리스트 10년차. 그녀는 이제 또 다른 작업을 준비하고 있다.
이 일을 시작할 때 선망했던 폴라 프라이크처럼 유명한 플로리스트가
된 것은 아니지만, 어느 순간부터 꽃에 관해 자신이 알고 있는 것을 후
배들에게 가르치는 것에 보람을 느끼기 때문이다. 몇 년 전부터는 강
사로서 사람들에게 꽃과 함께하는 법을 가르쳐주는 일에 점점 더 비중
을 두게 됐는데, 이 일을 하면서 꽃이 갖는 또 다른 매력을 알게 됐다.
그건 바로 치유의 힘이다. 꽃을 매만지면서 자신의 감정을 정리하고
아름다운 대상을 바라봄으로써 마음이 정화되는 치유의 힘. 일반 강좌
에 오는 사람들은 단순히 꽃을 좋아하는 사람도 많았지만 꽃을 매만지
면서 마음의 안정과 평화를 얻는다는 사람도 많았다.
　사실 그녀는 지난 1년간 극도의 침체기를 보냈다. 10년 동안 너무
앞만 보고 달려오다 보니 정신적, 육체적 피로가 쌓여 있다가 한꺼번
에 터져버린 것이다. 마치 배터리가 불시에 방전된 것처럼 손가락 하
나 까딱하기 싫은 날들이 이어졌다. 꽃대가 무겁게 느껴진 것도 그때
가 처음이었다. '잠시만 쉬어보자'는 생각으로 강좌도 정리하고 휴식
기를 가졌다.
　"보통 3년, 6년, 10년 단위로 자기 일에 대한 과도기가 온다고 하는
데 제가 10년차 징크스에 딱 걸린 거죠."
　새로운 일을 시작한 지 3년이 되면 일에 대해 어느 정도 다 파악했
다는 자만감 때문에, 6년이면 전문가로서 바쁜 생활 때문에, 10년이면

일에 대한 정점을 찍고 난 뒤 생기는 매너리즘 때문에 대개 이즈음에 권태기에 빠진다고들 말한다. 열심히 일을 배우고 해나갈 땐 몰랐던 피로감이 긴장이 풀리면 몰려오듯이 말이다. 어느 정도 목표를 이룬 시점에서 자신을 채찍질할 필요성이 안 보이면 몸과 마음이 더 피로해지게 마련이다. 이럴 때 필요한 것이 두 가지 있다. 잠시 자신의 일에서 떠나 있는 것과 목표를 수정하고 다시 나아가는 것이다. 여행을 떠났을 때 비로소 안락한 집과 가족의 소중함을 깨닫듯이, 늘 해오던 일에서 한 발짝 떨어진 시간을 가져보면 그 일이 자신에게 어떤 의미인지 알 수 있게 된다. 어린왕자가 별을 떠난 뒤 자신의 장미꽃이 얼마나 소중한지 깨달은 것처럼 말이다.

"일에서 잠시 떨어져 지내보려고 했는데 그게 잘 안 되더라고요. 저에게 일은 당연한 일상이고 생활이었던 거예요. 그때 꽃을 보며 위안받는 것은 나만 그런 것이 아니니 이참에 후배들에게 꽃과 나무에 관한 다양한 지식을 전하는 게 어떨까 생각하게 됐고, 그러다 원예 치료를 떠올렸어요. 초보자의 마음으로 수업을 듣는데 너무 새롭고 재미있더라고요. 그때 알았죠. 내가 정말 이 일을 좋아했구나, 그리고 평생 해야겠구나."

작은 식물을 키우고 매만지고 돌보면서 하는 원예 치료는 플라워링과는 또 다른 매력이 있었다. 한층 더 전문적으로 배웠으면 좋겠다는 바람으로 그녀는 지금 원예 치료 전문가 과정을 수료 중이다. 이 공부를 하면서 그녀는 비로소 정신없이 달려온 지난 10년의 의미를 찬찬히 되돌아보고 정리할 시간을 갖게 되었다고 한다. 그리고 목표는 더 크고 넓게 수정됐다. 그녀의 최종 목표는 꽃과 나무로 사람들에게 행복을 주는 공간을 만드는 것이다. 그 공간은 자신의 이름을 딴 플라워 스쿨이 될 수도 있고 힐링의 공간이 될 수도 있다.

　그녀와 이야기를 나누면서 한 가지 사실을 명쾌하게 깨달았다. 직업적으로 하나의 일을 충실히 해나가다 보면 또 다른 일로도 자연스럽게 연결될 수 있다는 것이다. 의상 디자이너가 구두나 액세서리 디자이너가 될 수도 있고, 제과 제빵사가 쇼콜라티에나 이탈리안 요리사가 될 수도 있다. 결국 하나의 큰 범주에서 파생되는 일이고, 일의 맥락은 크게 다르지 않기 때문이다. 그녀는 이제 플로리스트이면서 플라워링을 가르치는 강사 그리고 누군가의 마음을 치유하는 원예 치료사가 될 것이다. 자신이 받은 것을 그대로 돌려주면서 행복을 느끼는 것, 바로 그녀가 꽃과 나무에게서 배운 삶의 자세다.

부지런함만이
답이다

플로리스트가 되기 위해선 기본적으로 부지런해야 한다. 무거운 꽃을 옮기고 꽃 하나하나의 특성에 맞게 물을 줘야 하고, 플라워링 감각을 계속적으로 배우고 익혀나가야 하기 때문이다. 앉아서만 일하는 것도 불가능하다. 최대한 많이 보고 많이 다니고 꽃을 많이 만져봐야 한다.

내 경우 일주일에 한두 번은 서점에 들러 관련 서적을 찾아 읽곤 했다. 꽃뿐만 아니라 꽃이 놓인 공간에 대한 공부도 필요하다. 많은 공간을 보다 보면 그 공간을 어떻게 활용할지에 대한 감이 생긴다. 또 꽃을 많이 만져봐야 갖가지 꽃의 특성을 자연스럽게 알게 되고, 어떤 꽃과 어떤 꽃이 서로 어울리는지도 알게 된다. 특히 초보 때 선배의 노하우를 빨리 흡수하고 프로로 나서려면 몸을 부지런히 놀리는 수밖에 없다. 아무리 작은 경험과 지식이라도 하나하나 모아두면 언젠가는 활용할 기회가 온다. 경험은 지식을 견고하게 만든다는 진리는 어디에서도 통하는 법이니까.

말하기의
재능을 갖다

쇼핑 호스트
김유리

all
about
shopping

시간당 수십 억 원의 매출을 올리는 설득의 여왕

학창 시절 내내 피해갈 수 없는 질문이 한 가지 있다. 바로 장래희망에 관한 질문이다. 대개 어릴수록 장래희망은 포부가 크다. 대통령, 과학자, 외교관 등등. 그중 여자아이들의 인기 직종은 단연 아나운서였다. 예쁘고 똑똑한 아나운서의 이미지 때문이기도 하고 TV로 쉽게 접하는 아나운서들에 대한 동경 때문이기도 했다. 하지만 어느 정도 자아 성찰을 거친 중·고등학생 시기에 장래희망을 아나운서라고 말하는 학생은 거의 없어진다. 그리고 이 시기에 아나운서가 꿈이라고 친구들에게 말했다가는 심판과 의문의 눈빛을 한 몸에 받기 십상이다. 마치 '과연 네가 아나운서를 할 만큼 예쁘고 똑똑한지 확인해보겠다'는 식의 눈빛. 아나운서가 꿈이었던 김유리 또한 대학 시절 그런 눈빛과 질문을 종종 받곤 했다.

지인으로부터 허영심 덩어리라는 비난을 산 적도 있다.

"자기 스스로 예쁘고 똑똑하다고 생각하는 애들은 보통 세 가지 직업 중의 하나를 골라. 방송 아나운서와 비서 그리고 스튜어디스. 이 중 가장 자만심 강하고 허영심 강한 애들이 방송 쪽을 지망하지."

하지만 그녀가 아나운서를 꿈꾼 이유는 스스로 예쁘고 똑똑하다고 생각해서가 아니라 방송 일이라면 잘할 자신이 있기 때문이었다.

순도 높은 사람

드라마나 만화를 보면 이런 캐릭터가 곧잘 나온다. 얼굴은 예쁜데 자기가 예쁜 줄도 모르고, 아무 옷이나 대충 꿰어 입고 다니고, 누군가가 자길 미워하는지도 좋아하는지도 모르는 순진하고 눈치 없는 캐릭터. 저렇게 세상물정 모르고 맹한 사람이 험한 세상을 잘 헤쳐나갈 수 있을까 싶지만 의외로 일도 사랑도 씩씩하게 척척 해낸다. 맹하기로는 따라갈 자 없는 절대 지존 백설공주는 일곱 난장이가 그렇게 신신당부를 했음에도 마녀에게 두 번이나 속아 넘어가 죽음의 위기까지 가지만 결국은 왕자를 만나 결혼해 행복하게 산다. 신데렐라 역시 그렇다. 돌아가신 아버지 재산으로 못된 새엄마와 언니들은 호위호식하면서 자기를 구박하는데도 늘 밝게 살아가다 결국 왕자와 결혼한다.

우리나라 드라마로 치자면 배우 공효진이 맹한 캐릭터 전담 배우다. 〈파스타〉, 〈최고의 사랑〉에서 맡은 배역 또한 남들이 자기를 미워하건 말건, 귀찮아하건 말건 눈치 보지 않고 자기 일에 최선을 다하며 씩씩하게 살다가 결국 일과 사랑을 쟁취한다.

나는 왜 이런 여자들이 눈치가 빠르고 약은 경쟁자들을 제치고 최후의 승리를 맛보는지 늘 궁금했다. 그런데 쇼핑 호스트 김유리를 만나고 나서야 그 이유를 알 것 같았다. 아마도 그건 그녀들이 눈앞에 놓인 일이나 사랑을 세상의 잣대로 재지 않고 어떤 일이든 긍정적인 자세로 받아들이고 맡은 바에 최선을 다하기 때문이 아닐까. 그들은 얕은 꾀를 낼 줄도 모르고 거짓말을 할 줄도 모른다. 있는 그대로 드러내는 솔직함 때문에 사람들의 눈총을 사기도 하지만 오히려 그런 솔직함이 매력으로 다가오는 경우가 많다.

김유리의 맹하고도 맹랑한 구석은 삶에서 플러스 요소가 되기도 하고, 마이너스 요소가 되기도 했다. 전자의 경우는 이런 경우다. 쇼핑 호스트가 되기 위해 면접시험을 보던 날, 저마다 회사에 들어갈 수만 있다면 몸 바쳐 뼈를 묻겠다고 할 때 그녀만은 거침없이 솔직하게 대답했다. 홈쇼핑 방송의 단점을 묻는 질문에서도 그녀의 솔직한 화법은 어김없이 발휘됐다.

"화면이 촌스러워요. 그리고 다 너무 똑같아서 돌리는 채널마다 거기서 거기예요. 캐릭터 있는 진행자가 나와서 차별화를 둔다면 어떨까 싶어요."

그런 그녀를 의미심장하게 바라보던 나이 지긋한 심사위원이 다시 물었다.

"그럼 김유리 씨는 어떤 사람이 좋습니까?"

"점점 나이가 드니 이제는 술이든 사람이든 순도가 높은 사람이 좋습니다."

그녀의 재치 있는 대답에 사방에서 웃음이 터져 나왔다. 결과는 합격이었다. 일반적으로 쇼핑 호스트에 어울릴 것 같은 단아한 이미지의 경쟁자들을 제치고 그녀가 합격점을 받은 것은 맹랑한 입사 지원자에 대한 호기심 때문이었던 것 같다고 그녀는 말한다. 하지만 내 느낌엔 그녀가 자신이 말한 대로 '순도 높은 사람'이어서가 아니었을까 생각된다. 순도가 높다는 것은 말 그대로 어떤 첨가물도 없이 본연의 성질 그대로 순수하다는 것이다.

처음 그녀를 알게 된 것은 한 여행 잡지의 '싱글녀들의 아지트'라는 기사 취재를 통해서였다. 잘나가는 싱글 여성들이 자주 찾는 서울의 '핫 스폿'을 소개하는 것이 기획 의도였다. 여기서 '잘나가는 싱글 여성'이라 함은 오늘날의 여성들이 주로 선망하는 직업을 가진 여성들을 가리킨다. 지인들의 소개와 나름의 인맥을 동원해 다섯 명의 싱글 여성을 선정했는데, 그중 한 명이 GS홈쇼핑의 쇼핑 호스트 김유리였다. 그녀를 소개해준 지인의 표현대로라면 '젊고 예쁜 신세대 쇼핑 호스트'라고 했다. 그 말만 들었을 때 나는 막연히 아주 세련되고 자기 일에 당당한 여자를 상상했다. 하지만 직접 만난 그녀는 생각했던 것보다 매우 소탈하고 솔직했다.

"제가 사실은 아직 그리 잘나가지 않는데 이런 기사에 소개된다니 쑥스럽네요."

"특별히 돌아다니는 걸 별로 좋아하지 않아서 핫 스폿을 많이 알지는 못해요. 압구정에 자주 가는 곳이 있긴 한데……."

사진 촬영 내내 쑥스러워하는 모습도 인상적이었다. 포즈를 바꿔달라는 말에 시종 어색한 웃음을 짓다가 사진기자로부터 "매일 카메라 앞에 서는데 왜 이렇게 쑥스러워하세요?"라는 말을 듣기도 했다. 대개 잘나가는 커리어우먼의 경우 자신을 포장하는 데도 적극적인데 그녀는 아직 그런 것들이 어색하다고 했다. 말투도 나지막하고 차분했다.

으레 쇼핑 호스트 하면 똑 부러지게 말 잘하는 사람, 언어의 마술사를 떠올리게 마련인데 과연 그녀가 방송을 잘할까 의문스럽기도 했다. 그리고 얼마 후 우연히 그녀가 진행하는 방송을 보게 됐다. 내 걱정은 역시나 기우였다. 쇼핑 호스트라는 직업에 걸맞게 그녀는 그날 판매하는 상품을 아주 조리 있게 잘 설명했다. 다만 다른 방송과 다른 점이 있다면 과대포장이나 '매진', '마감 임박' 같은 자극적인 멘트를 사용하지 않고 비교적 담백하게 진행한다는 점이었다.

그녀는 말하는 기술을 알고 있었다. 상대방의 마음을 얻을 수 있도록 솔직 담백하게 말하는 법을 말이다. 수다스럽고 긴 말 대신 결정적인 순간 상대의 마음을 움직이는 그녀는 말 그대로 '설득의 달인'이었다. 『말하기의 기술』의 저자 오쿠시 아유미는 3분 안에 상대방의 마음을 얻어야 한다고 말한다. 정말 그렇다. 흔히 TV 프로그램을 볼 때 3분 안에 진행자나 패널이 마음을 끄는 말을 하지 않으면 채널은 여지없이 돌아가버린다. 오쿠시 아유미의 표현처럼 그녀는 3분 동안 홈쇼핑에서 판매하고 있는 상품에서 눈을 떼지 않고 집중할 수 있도록 자신만의 솔직하고 담백한 어조로 상품을 설명한다. 시청자의 관심이 판매로 이어지든 아니든, 그녀는 일상생활과 연관 지어 해당 상품에 대한 이야기를 풀어내는 훌륭한 이야기꾼이었다. 그녀는 분명 말하기의 재능을 타고난 듯 보였다. 소통을 중시하는 요즘 같은 시대에 뛰어난 화술은 그 어떤 재능보다 큰 힘을 발휘한다. 말이란 타인에게 마음을 전하고 인정받는 소통의 수단이니까. 그렇기 때문에 꼭 말하기에 관련된 직종이 아니더라도 모든 사람에게 화술의 능력이 필요하게 마련인데, 그 중요성이 가장 크게 부각되는 곳이 바로 직장이다. 면접, 프레젠테이션, 브리핑, 회의, 미팅, 세일즈, 홍보 마케팅……. 그뿐만 아니라 직장 선후배 관계에도 영향을 주고, 이에 따른 득과 실은 아주 현실적으로 나타난다. 말을 잘하면 자신의 능력을 높이 평가받을 수 있음은 물론이고 신뢰감을 줄 수 있으며 나아가 일에서도 주도권을 쥘 수 있다.

좋아하는 일과
잘하는 일

사범대학을 졸업한 그녀는 당연히 선생님이 될 거라 생각하고 있었다. 그녀의 표현을 빌리자면 초등학교, 중학교, 고등학교까지 부모님 말씀 잘 듣는 순진하고 맹한 모범생이었던 그녀는 부모의 권유에 따라 사범대학에 입학했다. 물론 고등학교 때의 꿈은 따로 있었다. 고등학교 시절 문학소녀였던 그녀는 막연히 작가가 되고 싶다는 생각을 했지만 수능 논술 점수가 형편없자 적잖은 충격을 받았다. 입속에 맴도는 말들을 글로 풀어내지 못하는 자신의 모습에 재능이 없다고 결론 짓고 선생님이 되기 위해 사범대학에 입학한 것이었다.

그녀가 별 저항 없이 사범대학에 입학한 것은 누군가가 자신의 이야기에 귀 기울여주는 모습이 좋았기 때문이다. 그녀는 줄곧 말을 잘한다는 말을 듣고 자랐다. 발표는 물론 무언가에 대한 설명이나 설득이 필요할 때도 그녀가 나서면 이해하기 쉽다는 반응이 많았다.

그런 자신의 재능에 선생님은 딱 맞는 직업처럼 보였다.

"선생님이 된다면 아이들에게 제가 가진 지식이나 생각을 잘 전달할 수 있을 거라고 생각했어요. 재미있게 잘 가르칠 자신도 있었고요. 그런데 대학 3학년 때 나간 교생 실습에서 새로운 난관에 부딪혔어요. 삼사십 명의 학생들이 전부 저를 보고 있는 상황이 너무 떨리는 거예요. 스스로가 설득력 있게 말을 잘한다고 생각해왔는데 오히려 말을 버벅거리는 저를 보며 심히 좌절했죠. 난 선생님이 될 수 없겠다는 생각에 허탈해졌어요. 그런데 이상한 건 방송 카메라 앞에선 전혀 떨리지 않고 막힘이 없다는 점이었어요. 대학 시절 내내 대학 방송국의 리포터를 했었거든요. 다른 사람들은 카메라만 봐도 떨린다는데 말이에요. 방송이 저한테 맞겠다는 생각이 들었죠."

그렇게 목표는 아나운서로 바뀌었다. 아나운서가 언론고시라 불릴 정도로 어려운 것도, 엄청난 노력과 투자를 해야 한다는 것도 나중에야 알았다.

"1년 동안 방송 3사 시험을 다 치렀는데 결과는 모두 보기 좋게 낙방이었어요. 처음엔 방송 경험을 쌓으면서 재도전하자는 생각이었는데 그것도 여의치 않았어요. 작은 방송국 리포터나 MC 자리는 쉽게 잡을 수 있을 거라 생각했는데 대단한 착각이었던 거예요. 근거 없는 자신감만 가득했던 저에겐 나름의 상처가 되었지만 결과적으로 지금의 저를 있게 한 밑거름이 됐어요. 냉정하게 말하면 내 자신을 알게 된 기회가 됐거든요. 처음부터 다시 고민했죠. '어떤 일을 하면 좋을까?' 하지만 결론은 하나더라고요. 내가 유일하게 잘할 수 있는 일은 방송뿐이라는. 어떻게든 기회를 잡아보리라는 결심이 섰어요."

그 후 그녀는 모든 인터넷 취업 사이트에 있는 방송인 모집에 모조리 지원했다. 신입 자리든 경력 자리든, 잘 모르는 분야더라도 일단 공고만 뜨면 닥치는 대로 지원했다. 어디 한 군데만이라도 걸려라 하는 심정이었다. 그때 보여준 불쌍한(?) 열정이 통했는지, 방송국에서 한 번쯤 기회를 주는 일이 생기곤 했다. 우리나라 프로야구 구단이 몇 개인지도 모르는 채로 야구 방송을 시작했다가 스텝들에게 욕을 먹기도 했고, 일하고 보수를 못 받는 일도 허다했다. 하지만 일단 경력이 쌓이는 것에 만족했다. 서투른 실력에 욕을 먹기도 했지만 그럴 때마다 '처음부터 잘하는 사람이 어디 있겠어?' 하고 생각하며 자꾸 기회를 잡았고, 그러다 보니 방송은 차츰 안정되어갔다. 2002년 월드컵 때는 축구와 관련해서 유럽까지 날아가 박지성이나 이천수 같은 선수를 만나기도 했다. 프리랜서로서 수입도 안정되었고 점차 그녀를 찾아주는 프로그램도 많아졌지만, 다시 고민이 시작되었다. 일은 재미있고 적성에도 잘 맞았지만 평생 하고 싶다는 생각은 안 들었기 때문이다. 자기 주도적으로 방송을 끌고 갈 수 없다는 점과 소속된 곳 없이 불규칙적으로 일한다는 점 등이 다소 불안하게 느껴졌다. 같은 방송 일이라도 좀 더 자신에게 맞는 일을 찾고 싶었고, 그때 그녀의 눈에 들어온 게 바로 홈쇼핑 방송이었다.

그녀의 이야기를 듣다 보니 어쩌면 직업을 찾는 일도 퍼즐 맞추기와 비슷하지 않나 하는 생각이 들었다. 일단 자신이 잘하는 재능을 찾는 것도 어렵지만, 그 재능에 맞는 일을 단번에 찾는 것도 쉽지 않다. 테두리를 다 맞췄다고, 큰 그림 하나를 완성했다고 해서 나머지 자리마저 척척 들어맞지는 않는 것처럼 말이다. 현대사회는 직업이 세분화되어 있고 세분화된 직업에 따라 일의 특성이 각각 다르기 때문에 그속에서 무엇을 결정할지는 각자의 몫에 달려 있다. 말하기에 재능이 있다고 판단한 그녀도 선생님, 아나운서, 리포터 등 모든 퍼즐이 딱 들어맞지는 않았다.

"공무원 집안에서 자라온 탓인지 보다 안정된 직장을 갖고 싶다는 생각이 들었어요. 방송 일도 계속 하고 싶었고요. 그러던 어느 날 홈쇼핑이라는 채널이 눈에 확 들어왔죠. 안정된 기업, 생방송이라는 매력 그리고 결혼 후에도 커리어를 계속 인정받으며 일할 수 있겠다는 생각이 들었죠. 어찌 보면 차선책으로 선택했지만 결과적으로 쇼핑 호스트가 저랑 더 잘 맞았던 거 같아요. 아나운서는 방송을 스스로 컨트롤할 수 없지만 홈쇼핑은 순전히 쇼핑 호스트의 역량에 따라 방송이 완성되거든요. 개인의 능력이 어디보다 유감없이 발휘되는 분야죠."

위기의 순간에 찾아온
절호의 기회

아나운서, 리포터 그리고 쇼핑 호스트. 과연 홈쇼핑의 쇼핑 호스트는 그녀가 애타게 찾던 마지막 조각이었을까? 그렇지 않았다. 아직도 맞춰야 할 퍼즐은 더 남아 있었다. 홈쇼핑이라는 분야도 세분화하면서로 전혀 다른 분야들이 존재했다. 패션, 식생활, 이·미용, 유·아동, 가전, 여행, 보험. 생활 전반에 걸쳐 홈쇼핑에서 다루는 상품만 해도 아주 다양한 분야가 있었고 각 쇼핑 호스트들마다 각자 잘하는 분야가 따로 있었다.

막힘없이 유창한 말솜씨로 생방송을 진행하는 선배들을 볼 때마다 그녀는 자신에게 어떤 분야가 가장 잘 맞을지 생각하곤 했지만 갓 들어온 신입에겐 모든 게 그림의 떡이었다. 아직 검증되지 않은 신입이었기에 그녀가 관심 있고 잘하는 분야에 상관없이 일단은 선배들의 보조 역할로 나서야 했다. 메인 호스트가 하는 말에 맞장구쳐주거나 뒷받침하면서 도움을 주는 보조 역할은 호스트로서의 재능을 평가받는 자리이기도 했다. 해당 분야에 관심이 많고 잘 아는 분야라면 일을 배우는 것도, 능력을 인정받는 것도 한결 쉬웠을 텐데 그녀는 외모에서 보이는 이미지 때문에 이·미용, 즉 여성을 대상으로 한 상품군으로 주로 배정됐다. 그녀의 관심사는 바둑, 게임, 독서, 야구 경기 관람이었고 방송 스타일도 수다스럽거나 분위기를 띄우는 편보다는 논리적인 편이라 미용 제품을 방송할 때는 딱딱한 느낌이 많았다. 모니터를 해봐도 혼자 겉도는 분위기가 역력하게 느껴졌다. 마음은 점점 초조해져갔다. 같이 입사한 동료들은 벌써 자신에게 어울리는 옷을 찾아 입고, 쇼핑 호스트로서 자신의 자리를 굳히고 있었다. 그에 반해 어울리는 분야도 찾지 못하고 방황하는 자신이 초라하게만 느껴졌다.

GS홈쇼핑의 경우 인턴십 기간이 3년으로, 이 기간을 순조롭게 넘기지 못하면 퇴사시키는 게 관례였다. 주어진 기한의 막바지가 다가오고, '이제 다시 백수가 되는 걸까' 낙담하고 있던 어느 날 갑자기 기회가 찾아왔다. 선배가 갑자기 방송을 펑크 내는 바람에 대타가 필요했고 마침 그날 스케줄이 없던 그녀가 방송을 책임지게 된 것이었다. 이게 마지막 기회라는 생각이 들었다. 그런데 판매 상품이 하필 가전제품 중에서도 컴퓨터였다. 컴퓨터의 '컴' 자도 모르는 그녀가 컴퓨터 하드웨어를 설명해야 했으니 당황스러울 수밖에 없었다. 게다가 방송 날

짜는 바로 다음 날이었다. 급한 대로 컴퓨터 프로그래머로 일하는 친구를 붙잡고 하나하나 설명을 듣기 시작했다. 거의 밤을 새우다시피 해서 기초적인 지식을 외웠고 방송에 들어갔다. 그런데 이상한 건, 떨리기보다 오히려 할 이야기가 계속 떠올랐다는 것이다. 그동안 컴퓨터 방송을 보면 너무 어렵게 설명해 알아듣기가 쉽지 않았다는 점이 떠올랐다.

'쉽게 설명해보자. 컴맹으로서 어려웠던 경험도 얘기해보는 거야.'

결과적으로 말하면 그날 방송은 대박이었다. 컴퓨터에 문외한이었던 그녀의 초보자적 마인드가 긍정적인 작용을 한 것이었다. 여성 고객들 역시 그녀처럼 컴퓨터 전문 용어에 취약했기 때문에 단순하고 쉬운 설명이 오히려 설득력이 강했다고 평했다.

쇼핑 호스트로서의 감을 최초로 찾은 순간이었다. 소비자들의 눈높이에 맞게 최대한 쉽게 설명하고 자신의 경험을 적절히 담아내면 되겠다고 말이다. 그 후로 그녀의 전문 분야는 가전제품이 됐다. 주로 핸드폰, 디지털카메라 등 젊은 사람들이 선호하는 전자 제품군이었다. 방송을 배정받으면 우선 해당 제품에 대한 공부에 매달렸다. 해당 제품에 대한 정보가 없으면 30분에서 한 시간 정도 진행되는 방송에서 할 이야기가 없기 때문이다.

방송에 재미가 붙다

홈쇼핑 방송에는 대본이 없다. 그러므로 어디까지나 쇼핑 호스트

개인의 역량으로 방송을 이끌어나가야 한다. 그녀 역시 처음에는 그 사실이 무척 부담스러웠다. 어떻게 대본도 없이 정해진 방송 시간을 채워나가는지 선배들이 신기하게만 보였다. 처음 몇 번은 운 좋게 성공할 수 있을지 몰라도 해당 상품에 대해 아는 것이 없으면 실력은 금세 바닥나버리고 만다. 그러므로 이 일을 잘하려면 방법은 하나다. 많이 공부하고 많이 경험하는 것.

일단 판매할 상품에 대한 해박한 지식이 있어야 하고, 어떻게 사용하는지, 그리고 어떻게 사용하면 더 좋은지에 대한 연구도 필요하다. 또한 소비자에게 이해하기 쉽게 설명하기 위해서는 자신의 소소한 경험에 대입해서 잘 풀어낼 줄 알아야 한다. 그야말로 지식과 경험, 가치관을 모두 녹여내야 한다는 말이다. 삶의 경험과 지식의 다양성 면에서 사실 그녀는 약자였다. 고등학교, 대학교까지 집에서 얌전히 공부만 하느라 별다른 사회 경험이 많지 않았기 때문이다. 집안일에 대해서도 잘 몰랐고, 그 흔한 아르바이트도 해본 적 없었다. 하지만 그녀는 자신의 취약점에 굴하지 않았다. 지금부터라도 배우면 된다고 생각했기 때문이다.

일단 모르는 분야가 있으면 각종 인터넷 자료는 물론 관련 서적을 찾아보고, 정말 생초보인 분야를 공부할 땐 어린이 책까지 찾아 읽었다. 종교, 역사, 컴퓨터 등 아동 도서가 다루지 않는 분야는 없었다. 인맥을 최대한 활용하는 것도 좋은 방법이었다. 『논어』에 이르기를 세 사람이 길을 같이 걸어가면 그중 반드시 스승이 있다고 했다. 주변의 지인들만 살펴봐도 자신이 관심 갖는 분야에 대해 많이 아는 사람이 있게 마련이고, 그들을 통해 무료 강습은 물론 또 다른 전문가를 소개받을 수도 있다.

노력하면 할수록 그녀는 방송 일에 점차 자신감이 붙었고 쇼핑 호스트의 능력을 판가름하는 척도라고 할 수 있는 매출 또한 높아졌다. 홈쇼핑 방송 스튜디오 안에는 쇼핑 호스트와 진행자들만이 볼 수 있는 매출 현황판이 있다. 콜 수가 얼마나 많은지, 얼마만큼 판매되고 있는지 진행 중에 바로바로 볼 수 있는데, 자신의 한마디, 한마디로 인해 빨간색 숫자들이 가파르게 올라가는 것을 보고 있으면 얼마나 짜릿한지 모른다고 한다.

"쇼핑 호스트가 매력적인 건, 상품에 자신의 가치관을 투영시켜 사람의 마음을 움직인다는 점 때문이에요. 하나의 상품일 뿐이지만 쇼핑 호스트가 어떤 식으로 이야기를 풀어내느냐에 따라 고객들은 공감대를 형성하고, 그건 바로 판매로 이어지죠. 어떻게 보면 참 감성적이면서도 동시에 논리적인 일이에요. 일상의 소소한 감정을 끌어내고 또 논리적으로 제품의 장점들을 설명하는 것, 그게 바로 쇼핑 호스트의 능력이죠. 단순히 판매의 여왕이라고 생각할 수도 있지만 쇼핑 호스트는 감성을 파는 일종의 크리에이티브 디렉터 같아요."

초심 잃지 않기

어느덧 김유리는 쇼핑 호스트 7년차가 됐다. 쇼핑 호스트가 되어 좋은 점이 있다면 매번 생방송에서 상품을 통해 자신의 이야기와 생각을 풀어낼 수 있다는 점이고, 전혀 예상치 못한 단점이 있다면 불규칙한 생활 리듬이다. 쇼핑 호스트들은 방송 스케줄에 맞춰 일할 수밖에 없는데 그 스케줄이 편성에 따라 매번 다르기 때문이다. 따라서 당장 다음 날 자기 스케줄이 어떻게 될지조차 예측할 수 없을 때가 많다. 그건 홈쇼핑 방송이 날씨에 따라 변수가 많은 분야이기 때문이다. 날씨가 추운지, 더운지, 비가 오는지, 흐린지에 따라 고객들의 관심 품목은 달라지니까. 새벽 2, 3시에 퇴근할 때도 많고 가전 주력 분야가 주로 온 가족이 함께하는 주말이다 보니 주말에는 쉬지 못할 때도 많다. 그렇다 보니 얼마 전부터 그녀는 '내가 왜 이렇게 힘들게 일하고 있지' 하는 마음이 불쑥불쑥 들었다고 한다. 열심히 일해서 빨리 메인 호스트가 되었으면 하고 바랄 때의 그녀는 사라지고 어느덧 슬슬 일에 대한 단점들에 눈뜨기 시작한 것이다.

"몇 달 전 어느 고등학교로 특강을 하러 간 적이 있어요. 학생들이 선망하는 직업 순위 5순위 안에 쇼핑 호스트가 속해 해당 직업인으로서 이런저런 조언을 해주러 나간 자리였죠. 그런데 전 그 자리에서 쇼핑 호스트가 얼마나 힘든 직업인지를 구구절절 얘기하고 있더라고요. '이렇게 힘든 일인데 그래도 할래?' 하고 묻는 식이었죠. 그런데 마지막 질의응답 시간에 한 여학생이 물었어요. '선생님이 나중에 딸을 낳았는데, 그 딸이 커서 이 직업을 택하겠다고 하면 뭐라고 하실 거예요?'라고요. 순간 아차 싶었어요. 누군가에게는 간절한 꿈일 수도 있고, 또 나 역시 최고의 쇼핑 호스트가 되기를 꿈꾸었으면서 왜 어린 학생들 앞에서 이런 말을 하고 있었나 싶어서요."

그동안은 인정받기 위해, 자신의 자리를 찾기 위해 애써왔다면 이제는 방전된 배터리를 채워야 할 시간이 왔다고 말하는 그녀. 최근 몇 년 전부터 가진 것이 바닥나고 있다는 생각이 들어 새로운 공부를 준비하고 있다고 한다. 매너리즘은 직장인을 도태시키는 가장 큰 적이 아닐까. 젊음과 열정으로 무장된 젊은 인력은 계속 투입되는데, 상대적으로 외모나 신체 조건이 달리는 선임자가 도태되지 않으려면 내공을 더 쌓는 수밖에 없다. 열정의 부피가 줄어든 자리에 채워나갈 것은 열정을 지속시켜줄 '새로운 목표'일 것이다.

그녀는 쇼핑 호스트로서 마스터의 경지에 이르러보고 싶다고 했다. 홈쇼핑 1세대 호스트 유난희처럼 자신의 이름을 내건 방송을 진행하는 것이다. 자신의 이름을 걸고 하는 방송을 통해 소비자가 제품을 믿고 구입한다는 것은 정말 매력적인 일이 아닌가. 당장은 불가능해도 앞으로 올 그때를 위해 최선을 다하는 것이 최상의 선택임을 믿고 그녀는 계속해서 꾸준히 전진할 계획이다.

개인 능력
못지않게
직장 생활도
중요하다

　회사에 입사하고 거의 3년 동안 나는 정말 힘들었다. 개인의 능력
을 키우는 것도 중요했지만 회사 내의 인간관계 또한 그 못지않게 만
만찮았기 때문이다. 솔직 발랄한 모습은 채용 여부가 결정되는 면접
자리에서는 장점으로 작용됐지만 본격적인 직장 생활에서는 튀어나
온 못으로 각인되어 오히려 걸림돌이 됐다. 거짓말을 하기 싫어 한 솔
직한 말들로 인해 태도 불량으로 낙인 찍혔고, 한 번 굳어진 이미지를
회복시키는 데는 두 배의 시간이 걸렸다.

　한때는 '나도 나름 열심히 하고 있는데 왜 날 미워할까' 하는 생각
에 사로잡힌 것도 사실이다. 하지만 직장 생활을 하다 보니 회사란 나
혼자 열심히 일한다고 잘되는 게 아님을 깨달았다. 회사는 개인이 아
니라 다른 구성원들과 함께 일하는 시스템이고, 결국 자신의 능력을
인정받고 역량을 펼치기 위해서는 다른 구성원과 잘 융합하고 효율적
으로 의견을 전달하는 능력 또한 중요했다. 우선 맡은 일을 충실히 다
하면서 선배들에게 한 발짝씩 다가가고 노력하는 모습을 보이니 차츰
윗사람들도 나를 좋게 봐주기 시작했다. 그러면서 기회도 하나둘 늘어

갔다.

'난 잘해낼 수 있는데 왜 기회를 안 줄까?'

직장 생활 1, 2년차들의 가장 큰 고민이 바로 이 문제일 것이다. 그러나 불평불만만 품고 있어서는 곤란하다. 윗사람들이 보기에 그들은 아직 검증되지 않은 신참내기일 뿐이다. 가만히 앉아 기회만 기다릴 것이 아니라 아무리 하찮고 소소한 일이라도 성실히 이행하는 자세가 중요하다. 기회는 스스로 만드는 것임을 잊지 말자.

4.
삶의 태도가
직업을 만든다

공예 작가 **박민정**
수의사 **노진희**

．．．

　'슬로푸드', '슬로 라이프' 같은 단어들이 어느새 우리 삶 속 깊숙이 들어왔다. 욕심 내고 서두르지 않고 단순하게 살자는 것인데, 빠름과 바쁨을 미덕으로 하는 도시의 삶과는 어쩐지 어울리지 않고 욕망, 소비, 열정과 같은 단어와 대치를 이루는 느낌마저 든다. 하지만 대부분의 사람들이 생각하듯 슬로 라이프는 전원 속에서 유유자적 살아가는 일부의 삶을 말하는 게 아니다. 살아가는 일에 점점 서툴러지는 사람들을 위해 '내일의 삶이 아니라 오늘의 삶을 살자'라고 말하고 있는 것이다. 단순한 삶이란 능력 이상의 것을 욕심내지 않고 필요 이상의 소비를 하지 않는 삶이다. 더 나은 내일을 욕망하며 살지 않으니 지금 당장 주어진 하루하루에 충실할 수 있다. 이런 삶의 태도를 가지고 있는 사람은 직업이나 꿈에 대해서도 결코 빨리 이루고자 조바심 내지 않는다. 빠르지는 않지만 천천히 자신의 꿈과 일을 찾아간다. 즉 운명에 순응하며 소박하게 자신의 꿈을 만들어가는 것이다.

　19세기 미술사에 소박파naive art라는 그룹이 있었다. 환상적인 그림체로 유명한 루소가 소박파의 대표 화가로, 흔치 않지만 당시 정규교육을 받지 않았거나 다른 직업을 가진 채로 취미 생활로서 꾸준히 활동하다가 자신만의 빛나는 예술 세계를 이끌어낸 화가들을 칭하는 말이다. 그야말로 욕심을 내거나 조급해하지 않고 그림을 그리는 것으로 삶의 소박한 기쁨을 누리던 그들. 한순간 뜨겁게 끓어오르기보다 자신의 꿈이 은근히 오래 지속될 수 있도록 삶을 컨트롤할 수 있었던 그들의 능력은 가히 높이 평가할 만하다.

공예 작가인 박민정과 수의사인 노진희 또한 현재 자신의 일로 소박한 기쁨을 누리고 있는 사람이다. 박민정은 부암동 산 아래에서 작은 카페를 운영하며 사람들에게 바느질이 주는 행복을 전파하는 기쁨으로 살아가고 있고, 이제 막 자신의 동물 병원을 연 수의사 노진희는 작고 아담한 동물 병원에서 자기만의 방식으로 동물 사랑을 실천하고 있다. 그들이 자신의 일에 이런 소박한 기쁨을 누리기까지 우여곡절이 없었던 것은 아니다. 가질 수 없는 것, 능력 밖의 일에 대한 욕망과 열정으로 스스로를 괴롭힌 많은 시간들을 통해 그들은 소중한 삶의 철학을 얻을 수 있었다. 어릴 적부터 줄곧 미술만 보고 살아왔던 박민정은 그토록 꿈꾸던 독일 유학길에서 예기치 못한 변수를 만나 꿈을 포기하고 돌아와야 했고, 의대만 바라보던 노진희는 20대 후반이 되어서야 의대 대신 수의대를 선택했다. 간절했던 꿈의 좌절 앞에서 괴로워했지만 그들 모두 운명에 순응하며 소박한 삶을 살기로 했다. 그리고 끊임없이 욕망하던 그때보다 지금 그들은 훨씬 더 행복한 삶을 살고 있다.

삶의 태도가 직업적인 성공이나 부와 명예를 즉각적으로 가져다주지는 않는다. 그리고 어떤 삶이 옳고 그른지를 섣불리 판단하는 것은 무리다. 하지만 박민정과 노진희가 살아온 삶을 듣고 있으면, 때론 흐르는 물에 몸을 싣듯 어쩔 수 없는 운명에 자신을 맡기고 천천히 여유를 즐기며 살아가는 것도 나쁘지 않다는 것을 느끼게 된다. 초조함, 열

등감, 원망과 불안, 남들과의 비교의식 속에서 불행한 삶을 살지 않고 주어진 조건 속에서 최선을 다하는 '오늘'을 살아가는 그들이 참으로 행복해 보이기 때문이다.

핸드메이드란
따뜻한 세계를 품다

공예 작가
박민정

핸드메이드 공예 작가인 박민정은 부암동에서 '스탐티쉬'란 핸드메이드 공방 겸 카페를 운영하고 있다. '스탐티쉬'는 주인의 손맛이 물씬 느껴지는 카페다. 목조로 이루어진 아늑한 카페를 채운 따뜻한 느낌의 천 조각들과 인형들은 카페 안에서 커피도 내리고 바느질 작업도 하는 그녀의 모습을 더욱더 여유롭고 낭만적으로 보이게 한다. 여유로움. 그것은 단지 시간적으로 한가한 상태가 아니라 치열하고 바쁜 생활 속에서도 자신의 생활을 즐기고 일상 속의 여유를 추구하는 삶의 태도이기도 하다. 그녀의 삶은 아인슈타인의 인생 성공 법칙인 'S=X+V+Z'를 연상케 한다.

S: 성공
X: 말을 많이 하지 말 것
Y: 생활을 즐길 것
Z: 한가한 시간을 가질 것

즉, 삶에 대한 여유로운 태도가 성공을 부른다는 것이다. 그녀의 여유로운 삶의 태도의 근원에는 바느질이 있었다. 어릴 적부터 꿈꾸던 설치 작가의 꿈이 문턱에서 좌절되고 갑자기 삶의 무게가 너무 커져버려 감당이 안됐을 때, 바느질은 그녀를 치유하게 했고 밥벌이가 돼주었으며 새로운 꿈을 심어주었다. 미술계의 신성이 되고 싶다는 오랜 꿈, 남들보다 잘나가고 잘살고 싶다는 욕심. 여유로움은 그녀가 이 욕심들을 버리는 데서 왔다. 여유로운 직장을 꿈꾼다면 삶의 태도부터 바꿔야 한다.

스탐티쉬,
까레닌을 닮다

인터넷 아이디나 닉네임에는 한 사람의 취향이나 가치관이 담기게 마련이다. 어쩌면 부모나 조부모가 지어준 법적 이름보다 자신의 생각과 가치관이 훨씬 더 많이 투영되는 이름이기도 하다. 공예 작가 박민정은 '스탐티쉬'와 '까레닌'이라는 닉네임을 주로 사용한다. '스탐티쉬'는 독일어로 '단골을 위한 자리'라는 뜻이다. 또 '까레닌'은 인형 작가로 활동하는 그녀의 필명이기도 하고 인터넷상에서 주로 사용하는 닉네임이기도 하다. '까레닌'은 밀란 쿤데라의 소설 『참을 수 없는 존재의 가벼움』의 주인공 토마스와 테레사가 자식처럼 사랑했던 개의 이름에서 따온 것이다. 격변의 시대에 만나 사랑과 배신, 만남을 계속해온 두 주인공이 유일하게 사랑했던 존재, 까레닌. 아마도 인형 작가 박민정은 빠름보다는 여유로움에, 디지털보다는 아날로그에, 미래보다는 현재의 행복에 더 가치를 두는 사람인 듯하다.

바느질 공예를 기본으로 한 인형, 퀼트 등의 작업과 더불어 패브릭 카페를 운영 중인 작가 박민정이 살아가는 모습은 일반적인 현대인들이 살아가는 방식과 조금 다르다. 나이가 들어감에 따라 집 평수가 넓어지고 재산이 많아지기를 바라기보다는 자신의 일과 삶을 천천히, 여유롭게 누리기 위해 삶의 군더더기는 버리고 단출하게 살기로 했단다. 남들보다 더 잘하고 싶은 욕심, 더 많이 가졌으면 하는 욕심을 버리니 공예 작가라는 직업에, 한 사람의 아내, 엄마로서의 삶에 더 충실해질 수 있었다고 한다. 그리고 그것이 특별하거나 유난스러운 선택은 아니라고 한다. 오늘을 행복하게 살기 위해 내일의 다른 것들에 대한 욕심을 비워냈을 뿐이라고.

부암동에 위치한 패브릭 카페 '스탐티쉬'에 가본다면 금세 그녀의 인생철학을 느낄 수 있을지도 모른다. 백 년 된 홍송(紅松)과 고제 나무로 만든 테이블, 책을 읽다가 까무룩 잠이 들 만한 크고 널찍한 소파, 삐거덕거리는 나무 바닥은 도심의 카페와 달리 한적하고 여유로운 느낌이 물씬 풍긴다. 『빨강머리 앤』의 초록색 지붕 아래 다락방에 가면 이런 느낌이 들지 않을까 싶은 공간. 에스프레소머신만 빼면 가구나 소품은 모두 『빨강머리 앤』이나 『허클베리 핀의 모험』에서 보았을 법한 오래된 목조 주택의 모습이다. 고스트 체어나 에펠 체어 같은 요즘 카페 트렌드에 맞는 소품도 찾아볼 수 없다. 세련되지는 않지만 카페를 채운 나무, 패브릭같이 손때 묻은 아이템들은 묘하게 마음을 안정시킨다.

테이블 간격을 좁히고 불편한 의자를 배치해서 테이블 회전율을 높이는 대신, 잠시 머물더라도 카페에 있는 시간만큼은 오로지 자신과 자신을 둘러싼 세계와 조용히 마주할 수 있는 느낌. 그 모든 것은 손때 묻은 물건들이 주는 따뜻한 매력 때문이 아닐까. '스탐티쉬'의 매력은 인테리어뿐만이 아니다. 그 공간을 따뜻하게 하고 편안한 분위기를 만들어주는 주인과 손님들이 있기에 지상에서 가장 안락한 분위기가 완성된다.

이곳에선 매주 화요일과 목요일마다 바느질 공예나 퀼트 같은 핸드메이드 공예 강좌가 열린다. 교통편이 여의치 않은 먼 부암동까지 찾아온 사람들의 사연도 저마다 다르다. 바느질을 좋아해서 취미 생활 삼아 찾아온 사람도 있고, 누군가에 선물할 인형이나 생활 소품을 만들기 위해 찾아온 이도 있다. 바느질을 좋아하는 사람들이 모여 도란도란 이야기를 나누며 한 땀, 한 땀 수를 놓는 풍경은 언제나 따뜻하다. 그녀가 패브릭 카페를 시작한 건 바느질이란 같은 취미를 가진 사람들끼리 정보를 공유하기 위해서이기도 했고 사람들에게 바느질이 주는 매력을 알리고 싶어서이기도 했다. 그녀에게 바느질이란 단순한 행위는 지금의 삶의 자세와 가치관을 심는 데 가장 중요한 역할을 했기 때문이다. 단순한 취미가 아니라 마음을 다스리는 역할로서의 바느질, 그 매력을 보다 많은 이들에게 전하고 싶었던 것이다.

"핸드메이드는 제 종교이자 전부죠. 바느질로 아픈 마음을 치유했고, 사람들과 소통을 시작했어요. 게다가 밥벌이가 됐고 꿈을 연장시켜줬죠. 가장 어려운 시절에 저를 치유시킨 게 바로 바느질이랍니다."

그녀의 말에 언젠가 인상 깊게 봤던 〈아메리칸 퀼트〉라는 영화가 떠올랐다. 미국 배우 위노나 라이더가 주인공 핀으로 등장한 이 영화에선 '퀼트 비Quilt bee'라는 소모임이 나온다. 핀의 할머니가 핀의 결혼식에 선물한 커다란 퀼트 이불을 만들기 위해서 지인들과 만든 소모임으로, 각자가 하나의 퀼트 조각을 만들어 커다랗게 이어나가는 작업을 한다. 하지만 정성 어린 결혼 선물이 만들어지는 과정을 보는 핀의 마음은 편치 않다. 왜냐하면 핀은 약혼자인 샘과 미래에 대한 의견 차이로 크게 다투었기 때문이다. 번민하는 핀에게 퀼트 모임의 친구들은 자신들의 삶을 이루어온 사랑에 대한 꿈, 기쁨, 절망과 고통의 이야기들을 알려준다. 그녀들이 들려주는 그 사랑의 조각들이 핀에게 전해줄 퀼트에 새겨지고, 그들의 이야기를 들으며 핀은 진정한 사랑의 의미를 깨달아간다.

"삶을 하나의 무늬로 바라보라. 행복과 고통은 다른 세세한 사건들과 섞여들어 정교한 무늬를 이루고 시련도 그 무늬를 더해주는 재료가 된다. 그리하여 최후가 다가왔을 때 우리는 그 무늬의 완성을 기뻐하게 되는 것이다."

퀼트라는 매개체를 통해 인생에 대해 이야기하는 영화의 전체적인 스토리도 좋았지만 '퀼트 비'라는 따스한 모임과, 그 속에서 다정한 사람들끼리 모여 누군가를 위한 커다란 선물을 만들며 각자의 삶을 공유하는 모습이 더욱 인상적이었다. 그녀들은 바느질을 통해 삶을 위로받고, 또 자신의 삶을 표현해내고 있었다. 영화 속 주인공들이 하나하나의 조각들을 이어나가며 자신의 삶을 돌아보고 위로받았던 것처럼 그녀 또한 그랬을까? 영화 속 주인공들이 하나하나의 조각들을 이어나가며 자신의 삶을 돌아보고 위안을 얻었다면, 그녀는 바느질을 통해 자포자기하고 있던 미술가의 꿈을 이어나갈 희망을 발견했고 남들보다 더 잘하고 싶은 욕심을 버리면 편안하게 살 수 있다는 깨달음을 얻었다.

바느질, 알면 알수록
매력 넘치는 세계

한때 그녀는 전도유망한 미술학도였다. 미술 관련 일을 빼놓고는 미래를 생각해본 적이 없을 정도로 아주 어렸을 적부터 그림을 그려왔고 당연한 듯 미대에 입학했다. 미대를 졸업하고 미대 입시학원 강사로 일하면서 설치미술 작가의 꿈을 위해 돈을 모았고, 함께 미술을 공부하던 남편과 어렵게 독일 유학을 떠났다. 부유하진 않아도 꿈을 위해 공부를 계속할 수 있다는 것에 감사했고, 열심히 배워 언젠가는 유명 작가가 되리라 다짐한 패기 넘치는 시절이었다. 하지만 채 꿈을 펼치기도 전에 모든 것을 정리하고 한국으로 돌아와야 했다. 갑작스럽게 남편이 병을 얻은 것이다.

"처음 귀국했을 땐 다른 건 생각할 여유가 없었어요. 우선은 남편의 치료가 우선이었으니까요. 그런데 남편의 병세가 완화되고 생활에 안정이 찾아오기 시작하니까 급격하게 우울증이 왔어요. 수십 년간 차근차근 준비해왔던 꿈이 눈앞에서 사라진 기분이 들었으니까요. 청춘을 바쳐온 꿈을 놓쳤으니 어디서 보상받아야 하느냐는 생각도 들고, 정말 우울한 시기였죠."

그러다 우연히 일본의 바느질 책을 보게 됐다. 사실 그녀는 고등학교 때도 바느질을 잘 못했다. 가정 시간에 과제물로 내놓는 바느질 작업물도 삐뚤빼뚤하고 바늘땀 간격도 일정치 않았다. 썩 꼼꼼한 솜씨는 아니었지만 이상하게 바느질을 하면 마음이 편안해짐을 느꼈다.

"어디선가 봤는데, 손을 많이 움직이면 움직일수록 마음이 안정된다고 하더라고요. 바느질하는 손놀림이 심장박동과 비슷하기 때문일까요? 차분히 앉아 바느질을 하다 보면 어느새 마음이 동글동글해지는 느낌이었죠. 그렇게 한 땀, 한 땀 수를 놓으며 손을 움직이다 보면 어느새 컵받침이나 테이블보 같은 소품들이 뚝딱하고 만들어졌어요. 그러다 문득 바느질을 통해 미술 작업을 계속할 수 있겠다는 생각이 들었어요. 시간 날 때마다 조각조각 만든 조각들로 퀼트 작품이 탄생하는 것처럼, 바느질 작업이라면 따로 작업실이 필요하지도 않고 틈틈이 내 작품을 만들 수 있다는 데 생각이 미쳤죠."

바느질을 통해 미술 작업을 하는 작가들도 많다. 실을 꿰어 만든 오브제를 벽에 붙이거나 매달아서 작품을 만드는 설치미술가도 있고, 자신만의 개성이 담긴 인형을 만드는 인형 작가도 있고, 조각조각 이어 모은 퀼트를 통해 자신만의 메시지를 만들어내는 퀼트 작가도 있다. 자수, 조각보 등 알면 알수록 핸드메이드의 세계는 무궁무진했고 매력이 넘쳤다. 미술 작업들 또한 생활 속에서도 충분히 해나갈 수 있는데 꼭 근사한 작업실이나 직함, 형식을 거쳐야 한다고 생각하고 있었다니, 생각만 조금 달리해도 이렇게 많은 가능성이 열려 있는데 그간 왜 그리 마음고생을 했나 싶었다.

바느질을 이용한 여러 가지 작업 중 그녀는 특히 인형 만들기를 가장 좋아한다.

"인형의 좋은 점은 교감할 수 있다는 거예요. 아무래도 사람과 비슷한 모습이다 보니 말도 걸게 되고, 이름을 붙여주게 되고, 마치 내 아이나 친구처럼 교감을 하게 돼요. 똑같이 오랜 시간 공들여 만들었어도 다른 오브제들은 인형처럼 교감되지는 않거든요. 또 눈의 위치나 사용하는 재료에 따라 느낌이 확연히 달라지기 때문에 만드는 기쁨이나 보람이 더 커요. 마치 개성이 다른 아이들을 세상에 내놓는 느낌이랄까요. 직접 디자인하고 바느질해서 만들기 때문에 더욱 그럴 거라고 생각돼요."

그녀의 인형 작업은 추억 속 사람들 혹은 현재의 가족, 지인들의 모습을 기반으로 이루어진다. 그녀가 만든 인형 중엔 매일 밤 카페 앞을 어슬렁거리는 고양이도 있고, 일곱 살 난 아들이 그린 그림 속의 동물도 있다. 인형 만드는 일은 그녀에게 추억을 기록하는 작업이기도 하다. 추억이 쌓여갈수록 바느질 작업도 함께 늘어간다. 다루는 재료도 가지가지다. 맞지 않는 헌 옷이나 내복, 스웨터 등 주위에 있는 수많은 물건들이 모두 작품 재료가 된다. 헌 옷에는 따뜻한 온기가 서려 있어 인형으로 만들면 더욱 포근해지는 느낌이란다. 인형을 만들기에 앞서 그녀는 우선 스케치부터 한다. 어떤 모양을 만들지, 어떤 표정이나 동작을 만들지 드로잉 한 후 그에 맞춰 제작을 시작하는 것이다. 그녀가 손으로 쓱싹쓱싹 스케치한 후 만드는 인형에는 공장에서 대량으로 찍어내는 인형들과는 사뭇 다른 자연스러움과 친숙함이 묻어 있다. 하나하나의 인형은 모두 존재 그대로 작품이 되지만 그것들을 모아 설치 작품을 만들어낼 수 있다는 점도 좋았다. 미술 작가로서의 꿈은 이제 끝났다고 생각했는데 전혀 생각지 못한 곳에 그녀의 꿈을 이룰 길이 있었던 것이다.

요즘은 인형을 소재로 설치미술 작업을 하고 있는데, 다른 오브제를 사용했을 때보다 관객들에게 한결 더 친근한 느낌을 줄 수 있어서 만족스럽다고 한다. 그녀가 바느질을 종교라고 칭했던 이유를 조금은 알 것도 같았다.

부암동 모퉁이 카페

카페 개업을 준비하는 데는 1년 정도의 시간이 걸렸다. 핸드메이드 공예는 시공간의 구애 없이 짬짬이 작업할 수 있었지만 그녀에게는 안정적인 수입을 얻을 수 있는 일이 필요했다. 그래서 처음 생각해낸 건 카페가 아닌 패브릭 전문점이었다. 패브릭 천과 실을 판매하고 강좌를 여는 작은 가게를 열려고 했던 것이다. 하지만 그런 가게로 과연 안정적인 수익을 벌 수 있을지도 의문이었고 일반인들이 접근하기엔 다소 한계가 있을 것 같았다. 기존의 패브릭 전문점들은 주부나 장년층만 찾는다는 다소 고루한 인식이 들었던 것도 사실이다. 좀 더 다양한 연령층의 사람들이 찾을 수 있는 곳이었으면 좋겠다고 생각했고, 그래서 생각해낸 게 카페였다. 하루 예닐곱 잔의 커피를 마실 정도로 평소 커피를 좋아했던 것도 이유가 됐다. 카페라면 꼭 바느질에 관심이 없더라도 부담 없이 찾아올 수 있고, 우연히 찾아왔다가 바느질에 매력을 느낄 수도 있을 거라는 계산이었다. 부암동이라는 동네는 참으로 적합

했다. 집 근처라는 이유로 선택의 여지없이 결정됐지만 서울의 중심부이면서도 도심에서 멀리 떨어져 있어 마치 한적한 시골 동네를 연상시킨다는 점에서 좋았다. 경복궁역에서 버스를 타고 오르막길에 오르면서부터 펼쳐지는 울창한 나무들, 공기, 햇살. 어쩐지 다른 곳보다 시간이 느리게 흘러갈 것만 같은 동네는 조용히 바느질에 열중하기에 안성맞춤일 테니까.

카페를 열어 그녀가 가장 해보고 싶었던 건 바느질에 대한 매력을 제대로 알리는 것이었다. 그동안 우리나라에서 핸드메이드 공예가 오랫동안 답보 단계에 머물러 있었던 것은 '디자인'이 배제돼 있기 때문이라고 한다. 강사가 가르쳐주는 대로 기술만 배워서 같은 디자인을 반복해 만들다 보면 배우는 입장에서는 지겨울 수밖에 없다. 처음에는 자기 손으로 직접 만든 것이라는 데 자부심이 들지 몰라도 계속해서 같은 디자인만 만들면 결국 재미를 잃게 된다. 한때 선풍적인 인기를 끌었던 십자수 열풍이 한순간에 가라앉은 것도 그 이유가 클 것이다.

"홈질만 알면 인형도 만들 수 있고 지갑이나 가방 같은 생활 소품도 얼마든지 만들 수 있어요. 중요한 건 기술보다는 디자인 감각이죠. 디자인 감각이 없으면 핸드메이드는 생명력을 잃어버려요. 같은 바느질이라도 어떤 재료를 쓰고 어떤 모양을 만드느냐에 따라 확연히 달라지는 게 핸드메이드 작품이거든요. 바느질에 자신의 개성과 디자인을 담으면 세상에서 하나밖에 없는 작품이 되죠. 그리고 한 번 그렇게 자기만의 독특한 작품을 만들고 나면 어느새 자기도 모르게 바느질에 열정이 생겨요."

사실 바느질 작업은 지나치리만큼 단순하다. 완성품을 보기 전까지는 꿰매는 작업만 무수히 반복하는 게 바느질이니까, 천 조각들을 이어 제법 큰 작품을 만들 때는 수개월이 걸리기도 한다. 끝도 보이지 않는 지루한 작업을 계속하다 보면 '내가 이 짓을 왜 하고 있나' 싶지만 실패에 감긴 실이 조금씩 줄어들 때마다 느끼는 희열, 작품이 완성됐을 때 느끼는 성취감은 이루 말할 수 없이 크다. 대개 바느질은 뒤집어서 작업을 하므로 작업이 완전히 끝난 다음에야 완성품에 대한 느낌을 알 수 있다. 이때의 희열은 바느질을 해본 사람만이 알 것이다.

"바느질은 정말 정직한 작업이에요. 한 땀, 한 땀 꿰어나가는 것 말고는 다른 수가 있을 수 없죠. 딱 노력한 그만큼의 결과물이 나타나고 그 결과물로 사람들의 인정을 받고……. 그래서 바느질을 하다 보면 이상하게 욕심이 없어져요. 현재에 충실하다 보면 언젠가는 작품이 완성되는 걸, 모든 일은 자신이 뿌린 대로 거둔다는 것을 알게 되니까요. 조급해할 필요가 없죠. 한 사람의 가치관은 자신이 하는 일에 영향을 많이 받는다고 하는데 저도 그런 것 같아요. 바느질을 통해 미래보다는 현재에 가치를 둘 수 있게 됐고, 나 자신을 괴롭혔던 욕심들을 버리게 됐으니까요."

카페에서 열리는 핸드메이드 강의는 일주일에 두 번 진행되는데 수업의 테마는 그때그때 다르다. 그녀가 직접 하는 경우도 있지만 외부 강사가 진행하는 경우가 많다. 강의를 원하는 사람에게 언제든 장소를 제공해주는 것이 원래 그녀가 카페를 연 목적이니까.

강좌와 카페 운영은 외부 강사와 스텝이 주로 책임지고 그녀는 전체적인 조율과 인형 작업에 몰두하고 있다. 사실 처음엔 주부, 오너, 공예 작가로서 일의 균형을 맞추는 게 쉽지 않았다. 하지만 지금은 시간을 융통성 있게 조절하는 법을 배웠는데 주로 아이들이 학교에 가는 평일 오후 4시까지는 작업에 몰두하고 그 이후와 주말에는 아르바이트생이 카페를 운영한다. 아이들이 자라 엄마의 손이 덜 필요로 하는 시간이 되면 더 본격적으로 인형 작업과 핸드메이드 공예 작업에 시간을 할애하고 싶다고 한다. 또 그때가 되면 핸드메이드 시장은 더 넓어져 있을 거라고 단언한다.

"디지털이 발달하면 할수록 사람들은 아날로그를 그리워할 수밖에 없을 거예요. 편리한 디지털 환경으로 인해 사람과 사람이 만나서 직접 교감하고 서로의 따뜻한 온기를 나눌 시간을 빼앗기게 될 테니까요. 때문에 사람들은 그에 대한 반작용으로 손때 묻은 핸드메이드 제품, 즉 아날로그적 감성이 담긴 물건을 더 찾게 되는 거죠."

그녀의 말을 증명이라도 하듯 요즘은 핸드메이드 제품이 각광을 받는다. 손으로 직접 만든 상품이라면 다소 비싸도 선뜻 지갑을 연다. 대량생산으로 공장에서 찍어낸 싸고 예쁜 물건이 도처에 널려 있어도 사람의 손때가 묻어 있는 물건을 더 그리워하는 것이다. 실제로 요즘엔 손바느질로 만든 각종 생활 소품들이 온·오프라인상에서 꾸준히 팔려나가고 있다. 손바느질로 만든 이불과 쿠션, 담요, 인형이나 동전지갑 등을 구입해 선물하거나 자신의 집을 꾸며놓기도 한다. 그건 아마도 손때 묻은 물건에는 만든 사람의 개성과 영혼이 담겨 있기 때문이 아닐까? 인터넷 쇼핑만으로 수천 가지의 물건들을 구매할 수 있지만 대량생산으로 찍어낸 물건에게서는 직접 만든 물건에 깃든 따뜻한 감성을 찾아볼 수 없으니까.

그녀는 자신의 일이 타인의 마음을 편안하게 만드는 일이라는 것

에, 그리고 자신이 만든 물건이 누군가에게 위안이 될 수 있다는 사실
에 기뻐한다. 그것이 비록 부와 명성을 가져다주지는 않는다고 해도
말이다. 그녀는 나아가 한국 최초의 패브릭 전문 갤러리를 차리는 꿈
을 갖고 있다.

"정말 원하는 일 그리고 직장을 꿈꾸는 사람이 있다면 바느질하듯
이 거기에 임하라고 말해주고 싶어요. 빨리 무언가를 이뤄내기 위해
조급해하지 않고 바느질을 하듯 차근차근 시간과 정성을 들여 해나가
다 보면 언젠가는 원하는 결과를 얻을 테니까요."

요즘엔 핸드메이드 공예 작가를 원하는 사람들도 많아졌다. 어딘
가에 속하지 않고 편안하게 작업하는 모습이 멋져 보이기도 할 것이
다. 만약 핸드메이드 작가가 되고 싶다면 그녀는 '일상'에 주목하라고
말한다. 일상 속에서 디자인에 필요한 아이디어를 얼마든지 얻을 수
있다고. 아이들의 천진한 모습은 인형을 만들 때 결정적인 아이디어
를 제공하고, 스마트폰에 관심을 기울여보면 색다른 스마트폰 케이스
를 만들 수 있다. 기존에 핸드메이드 작품으로 곧잘 판매됐던 열쇠고
리, 쿠션, 핸드폰 줄에서 나아가 스마트폰 케이스, 손난로 인형 등 현재
일상생활에서 잘 쓰는 소품들을 활용하고 사람들의 감성을 자극하는
것이 핸드메이드 작가로서 사랑받는 비결이다. 또 한 가지 중요한 것
은 수입에 초연한 자세다. 대량생산이 아닌 만큼 작품을 방대하게 만
들 수도 없을뿐더러 다소 비싼 가격의 제품 앞에서 지갑을 열게 하려
면 상품 가치를 높여야 하는데, 그것을 한순간에 이루어내기는 힘들기
때문이다. 그러므로 결코 조급해해서는 안 되며 반드시 이 일을 전업

으로 삼을 필요도 없다. 짬짬이 시간 날 때마다 작품을 만들고, 그 작품으로 소통할 수 있는 창구를 충분히 이용하면 된다. 블로그나 인터넷 카페, 홍대의 프리마켓이나 인터넷 사이트에 입점하는 것도 한 방법이다. 하지만 이 모든 것보다 가장 우선시되어야 할 것은 바느질을 시작하는 일이다. 바느질을 해보고 싶은데 어떻게 해야 할지, 어떤 소재를 써야 할지 막막하다면 시간을 내어 부암동을 찾아가보는 게 어떨까? 당신을 위해 언제든 활짝 열린 공간, '스탐티쉬'로 말이다.

천천히
꾸준히
나아갈 것

흔히 성공을 위해 열정을 다하고 바쁘게 살아가야 한다고 말한다. 자신이 좋아하는 일을 위해 열정을 쏟아 붓는 것, 그건 분명 성공을 위한 필요조건이다. 하지만 문제는 열정의 불씨는 금방 사그라진다는 데 있다. 자신이 투자한 시간만큼 빨리 결과물을 보려는 조급함 때문이다. 고작 1, 2년의 시간 동안 노력하고 원하는 결과가 나오지 않으면 금세 포기하는 사람이 많다. 성공을 위해선 무슨 일이든 꾸준한 노력이 뒤따라야 한다. 결국 한순간의 열정이 아니라 끊임없는 열정을 쏟아 부을 일을 찾는 것이 관건이다. 하루빨리 성공하겠다는 욕심보다는 오래도록 즐기고 좋아할 만한 일을 찾아 한 발짝, 한 발짝 나아가는 것이 더 중요하지 않을까?

"열정은 강 하나를 사이에 두고 건넌 자와 건너지 않은 자로 비유되고 구분되는 것이 아니라, 강물에 몸을 던져 물살을 타고 먼 길을 떠난 자와 아직 채 강물에 발을 담그지 않은 자, 그 둘로 비유된다."

이병률 시인의 말처럼 몸을 맡겨 흐르다 보면 결국은 당신이 원해온 아름다운 바다에 닿을 것이다.

어느 날, 고양이가
내게로 **왔다**

수의사
노진희

　『나는 행복한 고양이 집사』의 저자이자 북악 동물 병원의 원장 노진희. 불과 얼마 전까지 개와 고양이는 물론 모든 동물과 소통하는 행복한 동물 병원을 꿈꾸었던 그녀는 최근에 동물 병원 원장이 됐다. 급작스럽게 병원을 그만두게 된 지인의 병원을 넘겨받으면서 그야말로 번갯불에 콩 볶아 먹듯이 개업의가 된 것이다.

　스무 평 남짓 되는 그녀의 병원은 그녀가 키우는 고양이 밍크와 얼마 전부터 같이 살게 된 길고양이 그리고 입원한 동물들로 활기가 가득하다. 작지만 동물들로 복작대는 이곳에는 매일매일 따뜻한 온기가 스며 있다. 오랫동안 일할 수 있는 전문직을 찾다 보니 수의사를 선택했던 그녀는 자신이 선택한 일에 최선을 다하기 위해 개와 고양이를 기르기 시작하면서 자연스럽게 동물을 사랑하게 됐다. 그리고 그렇게 동물을 이해하게 되면서 수의사라는 직업이 더욱 소중해졌다고 한다. 어쩌면 행복한 직업을 찾는 행운은 그것을 찾기 위해 방황하고 갈등하고 부단히 연구한 사람들에게 허락되는 일이 아닌가 싶다. 그녀는 긴

방황 끝에 자신의 진짜 직업을 찾았고, 나아가 글 쓰는 수의사가 되어
오늘도 동물들과 함께 부대끼며 살아가고 있다.

사랑에서 비롯된
의사로서의 신념

　내게 동물은 단 한 번도 사랑스러운 존재인 적이 없었다. 어릴 적
살던 시골집 마당에서 주인집 할머니가 기르던 수탉에게 종아리를 쪼
이고 광견병에 걸린 개가 어느 날 갑자기 안방을 침입했던 이후로 줄
곧 동물에 대한 트라우마를 안고 살았다. 이런 나와는 달리 주변에는
동물을 좋아하는 사람이 점점 많아졌다. 강아지나 고양이를 기르는 친
구들도 많고 심지어 집 안이 동물 왕국인 친구도 있다. 그들의 애완동
물 예찬 속에서 소외감을 느끼며 '어떡하면 나도 동물들에게 친근감을
느낄 수 있을까?' 생각하던 차에 수의사 노진희의 칼럼을 만났다. 스
스로를 '행복한 집사'라고 칭하며 고양이의 시종을 자처하는 그녀에게
관심이 간 건 그녀 또한 나처럼 동물을 무서워했던 사람이었기 때문
이다. 그랬던 그녀가 강아지와 고양이를 좋아하게 되고 수의사가 됐다
니, 정말이지 드라마 같은 일이 아닌가. 그때부터 고양이에 관한 팁이
담긴 그녀의 칼럼을 눈여겨보곤 했다.
　어떤 날은 고양이의 목욕 방법에 대해서, 또 어떤 날은 고양이의 습
성에 대해 설명했다. 그런데 한 가지 이상한 점이 있었다. 고양이를 표
현할 때 보호하고 보살펴야 할 대상이 아니라 친구나 그 이상의 존재

로 표현한다는 것이었다. 그건 만화가 이우일의 『고양이 카프카의 고백』을 읽었을 때나 권윤주의 『스노우캣 다이어리』를 읽을 때도 마찬가지였다. '고양이는 고양일 뿐이다', '고양이에게 아무것도 기대해서 안 된다'. 집주인이 집사를 자처하게 할 정도로 도도한 매력을 풍기는 고양이. 평소에는 냉담하면서 애교를 부릴 때는 치명적인 매력을 부리는 고양이라면 정말 기르는 재미가 있겠다 싶었다. 오죽하면 마크 트웨인은 "신의 창조물 중 끈의 노예로 만들 수 없는 것이 딱 한 가지 있다. 그것은 고양이다"라고 말했을까. 텍스트로나마 고양이의 습성을 이해하고 나자 고양이가 이전만큼은 무섭게 느껴지지 않았다. 길 가다가 사람을 빤히 쳐다보는 건 공격하려는 게 아니라 자신보다 덩치가 큰 사람에 대한 두려움 때문에 오히려 눈치 보는 것이란 걸 알게 됐기 때문이다. 그러다 보니 길 가다 만나는 고양이에게 말을 걸기도 했다.

평생 고양이와는 담을 쌓고 지낼 줄 알았던 내가 고양이에게 호감을 가진 것처럼, 동물을 무서워하던 그녀가 수의사가 된 것에도 예기치 못한 계기가 있지 않았을까 싶었다. 줄곧 의대와 의사를 지망했던 그녀는 '만약에 안 된다면 수의사라도'라는 마음이 자리 잡고 있었다고 한다. 딱히 의사라는 직업에 대한 사명감이 있었던 건 아니었다. 여자로서 당당하게 일하고 경제력도 확보할 수 있는 전문직을 원했고, 거기에 의사가 부합했을 뿐이었다. 그런 그녀에게 어느 날 고양이가 다가오면서 그녀의 삶도 직업관도 달라졌다. 그녀는 그것을 간단하게 '운명'이라고 말한다.

그녀를 만나기 위해 약속 잡은 카페 안. 역시나 그녀는 제일 먼저 고양이를 주시했다. 카페 안에는 세 마리의 고양이가 있었다. 회색 고양이와 회색 얼룩 고양이, 흰색 얼룩 고양이. 두 마리는 햇살이 비치는 테이블 아래 소파에서 늘어지게 잠을 자고 있었고, 또 한 마리는 잠을 잘 곳을 찾아 우리가 앉은 테이블 밑을 아무렇지도 않은 듯 지나가더니 창가 소파에 자리 잡았다. 오후의 따사로운 햇살이 비치는 아늑한 카페 안. 손님이 오건 말건 한 자리씩 떡하니 차지하고 있는 녀석들을 스텝도 손님도 전혀 방해하지 않았다.

"고양이는 저런 도도한 점이 매력이죠. 전혀 길들여지지 않아요. 키우다 보면 오히려 내가 고양이한테 길들어가는 게 아닌가 싶을 정도로."

문득 그녀의 책 제목이 떠올랐다.

"그래서 집사란 말을 쓰신 거였군요? 책 제목에서요."

"고양이를 키우는 사람들은 그런 말을 많이 해요. 내가 고양이를 키우는 게 아니라 고양이가 나를 키우는 것 같다는 말. 어느 순간 모든 것을 고양이에게 맞춰주는 자신을 발견하게 되죠. 하나부터 열까지 주인을 보좌하는 집사처럼요. 저도 어느 순간 집사가 되어 있더라고요. 제 자신이나 남자 친구한테도 그렇게는 못해주는데 고양이한테만큼은 살신성인하는 거죠. 주인의 애달픈 노력에 비해 도도한 고양이의 반응은 시큰둥하죠. 덜 사랑하는 사람이 관계에서 우위를 가진다고 알랭드 보통이 말했는데, 그 말이 정말 맞는 것 같아요."

고양이를 향한 사랑스러운 눈빛을 거둔 그녀는 카페 안을 유심히 둘러봤다. 약속 장소를 이곳 카페로 정하자 수화기 너머의 그녀는 꼭 가보고 싶었던 곳이라며 반가워했었다. 카페는 '제너럴 닥터'라는 카페 겸 대안 병원이었다. 소독약 냄새가 풍기는 딱딱한 병원이 아니라 분위기 있는 음악과 커피 향이 나는 공간에서 편안하게 자기 할 일을 하며 기다릴 수 있는, 홍대 일대에서는 꽤나 유명한 명소였다. 주문한 음료를 기다리는 사이 함께 위층 진료실로 올라가봤다. 그녀는 나중에 동물 병원을 차린다면 이렇게 따뜻한 분위기의 병원을 만들고 싶다고 했다. 진료실은 역시나 편안하면서 세련된 분위기로 꾸며져 있었다. 친구들과 수다 떠는 일반 손님들 사이사이로 테이블에서 커피를 마시며 대기 중인 손님도 보였다. 음악이 있고 커피가 있는 자유로운 분위기 속에 있는 것만으로 몸이 아파 진찰받으러 온 사람들의 마음을 한결 편안하게 만들어주는 듯했다. 병원 안 이곳저곳을 유심히 살펴보는 그녀의 모습은 사뭇 진지해 보였다.

"여기 참 좋네요. 인터넷에서 보고 관심이 생겨 와보고 싶어 했던 곳이에요. 저도 대안 병원, 진료에 관심이 많거든요. 사람들은 대안 병원이라고 하면 아주 특별한 곳이라고 생각하는데, 사실 사람들에게 편안하고 자유로운 분위기를 주는 것만으로도 기존 병원과 커다란 차별화를 둘 수 있다고 생각해요. 하지만 동물 병원의 현실을 보면 아직 갈 길이 멀죠."

자리로 돌아와 앉은 그녀는 동물 병원의 현실을 이야기하며 안타까운 표정을 지었다. 수의사가 되고 보니 우리나라 사람들의 동물에 대한 인식이 아직은 많이 부족해 속상한 일이 많다는 것이었다. 초보 열혈 의사로서 그런 관행들을 고쳐나가고 싶다고 말하는 그녀를 보며 드라마 〈골든 타임〉의 응급실 인턴들이 떠올랐다. 생명보다 돈을 중시하는 풍조, 생존 가능성이 있음에도 불구하고 위험부담에 대한 책임을 떠안기 싫어 치료를 포기하는 상황에서 오는 고뇌는 동물 병원에서 더 많이, 더 자주 일어날 수밖에 없다. 이런 상황 속에서 어떤 이는 현실과 타협하며 적당히 살아가고, 또 어떤 이는 자신의 신념을 지키며 홀로 묵묵히 싸워나간다. 드라마 속 최인혁 교수처럼 말이다. 그녀 또한 후자가 되고 싶었다. 모든 생명은 소중하고 모든 동물은 평등하다는 신념을 묵묵히 지켜나가는 그런 의사.

모든 것은
운명

그녀에게 수의사라는 직업은 차선책이었다. 의사가 되고 싶었지만 성적이 안 되니 수의사라도 해볼 요량이었던 것이다. 다소 김빠지는 선택이었지만 지금 생각해보면 처음부터 동물을 아주 많이 사랑해서 택한 길이었다면 대학 생활을 견뎌내지 못했을 거라고 한다. 본과 1학년부터 계속되는 동물 실험, 수의학과 학생이라면 피해갈 수 없는 안락사에 대한 고민들 때문에 중도에 포기했을지도 모른다고 말이다. '모아니면 도다'라는 심정으로 수의학과를 선택한 그녀가 '수의사'라는 구체적인 목표를 갖게 된 건 '밍키'라는 고양이를 기르면서부터였다.

"어릴 때부터 의대에 가야 한다고 생각했어요. 아버지께서 무조건 의대를 고집하셨고, 저도 어느 틈에 세뇌되어 의대가 아닌 다른 선택은 생각도 못 했죠. 하지만 의대에 가기에는 성적이 부족했어요. 아예 꿈도 못 꿀 성적이었으면 차라리 나았겠지만 조금만 노력하면 손에 잡힐 듯한 애매한 성적이었거든요. 하지만 아무리 노력해도 의대에 합격

할 수 있는 수준까지는 오르지 못했어요. 재수를 하고 삼수를 해도 결국은 낙방. 엄청난 스트레스로 다가왔죠. 스스로 의지 부족, 노력 부족 때문이라는 자책에 괴로웠거든요. 결국 밥도 못 먹고 위장 장애까지 오니까 보다 못한 아버지가 포기하셨죠. '그래 너 하고 싶은 거 해라.'"

자신을 짓누르던 압박에서는 벗어났지만, 의대란 꿈에 길들어져온 탓인지 딱히 하고 싶은 전공과목이 떠오르지 않았고 그냥 성적에 맞춰 대학에 들어갔다. 선택한 학과는 생명공학과였다. 전혀 관심도 없고 재미도 없는 전공 때문에 그녀는 대학 생활 내내 놀기만 했다. 의대란 목표를 향해 그 길만 보고 달려왔는데 목표를 잃어버리고 나니 길 잃은 어린아이처럼 무기력해졌던 것이다. 그렇다고 달리 그녀를 설레게 하는 다른 일도 목표도 없었다. 그렇게 4학년이 되니, 인생이 막막해졌다. 전공 공부에 매달리지 않았으니 학점은 당연히 나빴고 취업도 쉽지 않을 것 같았다. 당시 사귀는 남자 친구가 있어 결혼이나 할까 생각도 해봤지만 남편이 벌어다 주는 돈으로 눈치 보며 사는 삶이 내키지 않았다. 뭔가 주체적인 삶을 살고 싶었고, 그렇다면 전문직이 필요하겠다는 데 생각이 미쳤다. 바로 그때 생각난 게 수의사였다. 수의사라면 전문직 여성으로 살아가기에 썩 괜찮은 직업 같았다.

1년간의 재수 생활 끝에 그녀는 겨우 턱걸이로 수의학과에 입학했다. 입학 후 제일 먼저 든 생각은 '동물과 친해지자'였다. 심드렁한 얼굴로 환자에게 어디가 아픈지 묻고는 차트에 몇 줄 알아보지도 못할 영어를 휘갈기고 "다음 분"을 외치는 의사의 모습이 떠오르면서 '적어도 나는 그런 의사가 되지 말아야지' 생각했다.

'어차피 선택한 일이라면 운명에 당당하게 맞서리라.'

　맨 처음 그녀에게 온 동물은 작은 강아지, '마리'였다. 안을 때 느껴지는 뭉클한 느낌이 싫어 동물을 좋아하지 않았는데 키우다 보니 정이 들었고 어느새 관심은 강아지를 넘어 고양이에게 미치게 되었다. 솔직히 처음엔 고양이의 외모에 관심이 갔던 게 사실이다. 웹 서핑하다 만난 고양이들의 다양한 표정을 보느라 밤을 지새울 정도였다. 급기야 강아지에 이어 고양이까지 키울 수 있다는 마음이 들었고, 대전에까지 내려가 아기 고양이었던 '밍키'를 입양해 왔다. 그녀가 동물을 이해하고 동물의 눈높이로 세상을 보게 해주는 데 결정적인 역할을 한 밍키. 밍키는 페르시안 세 자매 중 가장 막내였지만 성질이 까다롭고 도도해 하필이면(?) 가장 늦게 가난한 수의학과 학생에게 입양됐다.

　밍키와의 첫 만남에 대해 말하자면 '첫눈에 반했다'라는 말이 딱 맞을 것이다. 데려온 순간부터 그녀는 고양이의 모든 것에 빠져버렸다. 그녀에게 고양이는 '세상에서 가장 도도하고 아름다운 생명체'였다. 개성 넘치는 외모에 애교도 많았다. 강아지가 그녀에게 보호 본능과 모성애를 자극하는 존재라면 고양이는 하나의 인격체로 보일 때가 많았다. 처음엔 단순히 친해지고 싶어 입양했던 동물들에게 오히려 그녀는 위안을 받았다. 타지에서 제대로 챙겨 먹지도 못하며 매일 계속되는 전공 실습과 시험을 치르고 집에 돌아올 때마다 마리와 밍키는 그들만의 방법으로 그녀에게 힘을 주었다. 마치 가족처럼. 귀가가 늦으면 잠도 안 자고 기다렸다가 들어오면 피곤하지 않았느냐고, 어서 들어와 쉬라고 말해주는 다정한 가족 같았다. 동물들을 사랑하는 사람들이 '애완동물'이라는 말 대신 '반려 동물'이라는 말을 쓰는 이유가 그제야 이해됐다. 그녀의 삶은 점점 동물과 함께하는 삶이 되어갔다.

무언가에 깊이 빠져본 사람은 알 것이다. 그 대상이 사람이든 동물이든 혹은 어떤 취미 생활이든, 그것에 빠지면 세상의 모든 관심사가 그 대상을 위주로 재정리된다. 그녀 또한 동물을 사랑하기 시작하면서 모든 관심사 중심에 동물이 자리 잡았다. 길거리를 무심히 돌아다니다가도 떠돌이 개와 고양이에게 눈길이 갔고, 뉴스를 볼 땐 동물과 관련된 기사를 빼놓지 않았다. 무엇보다 가장 큰 변화는 수의학과라는 선택에 스스로 만족하게 됐다는 것이었다. 동물과 함께하는 삶을 살 수 있고, 동물을 기르는 다른 사람들에게도 도움을 줄 수 있다는 생각에 일종의 자긍심이 생겼다. 스물아홉이라는 나이도 상관없었다. '어차피 평생 할 일인데 조금 천천히 가면 어때'라는 긍정적인 마음가짐이 생기면서 동기들에 비해 다소 많은 나이 때문에 생겼던 불안감도 어느샌가 사라져갔다.

"'이왕이면 대한민국 제일가는 수의사가 돼보자'라는 욕심이 생기더라고요. '좀 더 동물의 편에 가까이 서서 진료하는 나만의 작은 병원을 만들어보자'는 소망도 생겼고요. 제가 운명을 좀 믿는 편이거든요. 매달 월간지가 나오면 별자리부터 챙겨보고 타로카드나 사주 보는 걸 재미있어하기도 하고. 돌고 돌아 수의학과에 들어가고 수의사가 된 걸 보면 정말 이 모든 것이 운명이었던 것 같아요."

유명인들의 인터뷰를 볼 때마다 자신의 일에 대해 이야기할 때 운명을 거론하는 사람이 많았다. 흥미로운 건 태어나 줄곧 한길을 간 사람이나(주로 음악가나 운동선수들이 많다), 어릴 적 생각했던 길과 전혀 다른 길을 걷는 사람들 모두 똑같이 운명을 이야기한다는 것이다. 자신의 일은 운명이었고, 자신은 그 뜻에 따랐을 뿐이라고 말이다. 이것을 달리 말하면 자신의 선택을 의심하지 않고 그 선택에 최선을 다했다는 뜻이 아닐까?

스티븐 스필버그는 열두 살에 영화감독으로서의 자기 운명을 깨닫고 구체적으로 준비해왔다고 했다. 전 세계적으로 유명한 감독이 될 것이라 생각했고 단 한 번도 그 믿음을 의심하지 않았다. 첼리스트 정명화 또한 취향이나 관심사가 분명해지기 훨씬 이전에 첼로를 시작했고 그 이후에는 자신의 재능이나 적성에 관해서는 전혀 의심해보지 않았다고 했다. 의심은 천직을 찾는 데 가장 큰 적이 된다. '내 능력에 맞는 다른 일이 있지 않을까?', '이것보다 덜 힘든 일이 있지 않을까?', '더 빨리 성공하고 더 많은 돈을 벌 수 있는 일이 따로 있지 않을까?' 하며 자꾸 의심하다 보면 자신의 일에 최선의 노력을 다할 수 없게 되고, 제대로 된 커리어를 쌓을 수 없음은 물론이다. 결국 중도 포기를 하기도 쉽다. 달리 말해 한 우물을 팔 수 없게 되는 것이다. 하지만 '난 결국 이 일을 피할 수 없어'라고 생각하면 그 선택이 긍정적인 방향으로 풀리도록 최선의 노력을 다하게 마련이다. 바로 '긍정적인 운명론자'가 되는 것이다.

노진희 또한 긍정적인 운명론자다. '일어날 일은 일어날 것이다'라고 생각하며 자신의 운명에서 단 한 순간도 시선을 돌리지 않았다. 처음엔 의사가 될 수 없어 차선책으로 선택한 직업이었지만 그 누구보다 열심히 공부했으며 동물과 친해지려고 노력했다. 그 결과 동물을 사랑하게 되었고 원하던 대로 수의사가 되었다. 또 어릴 때부터 글 쓰는 걸 좋아해 '언젠가는 내 이름을 건 책을 내고 싶다'는 생각을 하곤 했는데, 수의학에 대해 공부하면서 고양이를 기르는 사람들에게 도움이 되고자 만들었던 블로그로 인해 고양이에 대한 지침서를 내기도 했다. 그녀의 책『나는 행복한 고양이 집사』를 보면 마치 잘 쓰인 육아서를 보는 느낌이다. 초보 엄마들을 위해 아이를 키우는 데 필요한 모든 정보가 들어 있는 육아서. 그만큼 고양이에 대한 모든 정보가 총망라되어 있어 고양이에 대해 궁금한 점이 있을 때 보면 좋을 책이다. 첫 번째 책을 통해 어느 정도 자신감이 붙은 그녀는 고양이와의 일상을 담은 에세이집을 준비 중이라고 한다.

운명을 따르건 개척하건, 자기 안의 긍정적인 에너지를 모조리 쏟아 부으면 최선의 결과는 자동적으로 따라오는 게 아닐까.

수의사로서의
딜레마

돌고 돌아 시작한 수의학과 공부와 인턴 생활을 거쳐 어느덧 그녀도 4년차 수의사가 됐다. 처음엔 주사를 어디에 놔야 할지, 어디가 아파서 온 건지 막막할 때도 많았다. 동물들은 말을 못하기 때문에 의사가 육안으로 살피고 손끝으로 만져보며 판단해야 하는 부분이 많기 때문이다. 게다가 일반 병원은 내과, 외과, 산부인과, 안과 등 분야가 나뉘는 데 반해 동물 병원은 그야말로 모든 질환을 관리하는 종합병원이 아닌가. 처음 인턴으로 일할 땐 '내일은 또 어떤 일이 나를 괴롭힐까' 하는 생각에 하루하루 눈뜨는 게 괴로울 정도였지만 이제는 그녀도 웬만한 문제는 혼자서 해결할 수 있게 됐다. 수술한 동물이 경과가 좋아져서 왔을 때, 만성질환을 앓던 동물이 상당한 호전을 보일 때 등 의사로서의 행복감을 느낄 때도 많다.

하지만 슬픈 일도 있다. 동물의 눈을 읽을 수 있게 되면서 점차 전에는 보이지 않던 것들이 보이기 시작했다. 두려움에 떠는 동물들의 눈빛, 슬픔에 잠긴 눈빛을 볼 때마다 안타까운 생각이 들었다. 특히 충분히 치료할 수 있는 병인데도 치료비가 많이 나올까 봐 안락사를 요구하는 주인들을 볼 때마다 붙잡고 소리치고 싶었다. 두려움에 떠는 저 동물의 눈이 안 보이느냐고, 주인과 떨어지기 싫어하는 눈을 읽지 못하느냐고. 참을 수 없는 분노가 치밀어 오를 때도 많았다. 이런 감정은 수의사라면 누구나 겪는 딜레마라고 한다. 생명에 대한 낮은 가치관과 안락사, 치료비에 대한 거부감……. 아직까지 동물을 진짜 가족으로 생각하기보다 단지 외로움을 달래주는 대상, 귀여운 놀이 대상으로 취급하는 인식이 많기 때문이다.

한동안은 그 문제로 수의사를 선택한 것에 대한 회의감도 들었다.

'그냥 모른 채 살아가면 편했을 텐데.'

마음은 복잡했고 몸은 몸대로 지쳐 있었다. 그런데 이상한 건 아픈 동물들을 보면 몸이 본능적으로 움직인다는 것이었다. 응급 환자가 들어오면 다른 사람에게 맡기기보다 먼저 나서서 진료를 하곤 했다. 몸이 아무리 피곤해도 빨리 아픈 동물을 낫게 해서 편안하게 해주겠다는 생각, 주인을 잘 설득해서 치료를 권해야겠다는 생각이 사라지지 않았다. 어느 틈엔가 스스로 문제에 대한 답을 찾아가고 있었던 것이다.

"제가 동물을 사랑한다고 해서 길가에 돌아다니는 모든 강아지, 고양이들을 거둬들일 수도 없고, 또 나 혼자 노력한다고 동물에 대한 사람들의 인식이 한순간에 바뀔 수 없다는 건 알아요. 하지만 저는 저 나름대로 할 수 있는 일 내에서 최선을 다해야겠다는 생각이 들었어요. 충분히 치료가 가능한 경우엔 최대한 주인을 설득하고, 그래도 안락사를 택하면 일단 맡아두었다가 몰래 치료를 하곤 해요. 고객의 요구를 거스르는 행동이긴 하지만 동물을 살리는 게 우선이니까요. 다행히 잘 나아서 지인들에게 입양시킬 때 얼마나 보람되는지 몰라요."

또 하나의 답은 좀 더 공부를 해 더 어려운 진료, 정확한 진료에 도전하는 것이었다.

'오직 실력으로 승부하자.'

실력이 늘어 고칠 수 있는 질환이 많아지면 고민했던 문제의 상당 부분은 사라질 거라는 생각이 들었다.

"생명을 다루는 직업이라서 스트레스도 많지만 그만큼 보람도 클 수밖에 없어요. 간혹 속상한 일도 많이 겪지만 진심으로 동물을 사랑하는 분도 많이 있거든요. 그분들이 가족같이 생각하는 동물을 치료하고, 완쾌되어 퇴원시키는 모습을 볼 때면 정말 뿌듯한 기쁨을 느껴요. 그 순간의 만족감 때문에 이 일을 계속할 수 있는 것 같아요."

초기에는 피곤에 지쳐 집에 돌아와 마리랑 밍키와 놀아줄 시간도 없이 곯아떨어지곤 했는데, 최근 들어선 아무리 바빠도 집에 온 뒤 꼭 전공 서적이나 관련 자료를 보면서 조금씩 공부를 하고 있다. 공부할 과목은 방대하지만 하면 할수록 재미가 붙는다고 한다. 진료 중에 가졌던 의문도 하나둘씩 풀리고 경우에 따라 달라지는 진료 방법에 대한 답도 많이 얻었다. 학생 신분으로 공부할 때보다 현장에 나와서 하는 공부가 훨씬 더 이해도 쉽고 습득 속도도 빨랐다. 그러던 중 문득 '한

의학을 공부하면 어떨까?' 하는 생각이 들었고, 본격적으로 실행에 옮기고자 대학원에 등록했다. 사람의 경우 양방보다 한방으로 더 빨리 해결되는 질환이 있듯 동물도 마찬가지일 거라는 생각에서였다. 또한 동물들이 사람보다는 자연과 더 가까운 삶을 살고 있으니까.

병원에서 진료하고 저녁엔 대학원 공부를, 마치고 집에 돌아와서는 마리, 밍키와 놀아주기까지. 종일 동물과 부대끼는 삶이 지치지는 않느냐고 물었더니 이런 답변이 돌아왔다.

"대학 때 교수님이 그런 말씀을 하셨어요. '쉬는 날 일해도 안 억울한 일, 쉬는 날에도 하고 싶은 일, 그게 진짜 자기가 좋아하는 일이고 그런 일을 하는 사람이 행복한 사람이다.' 정말 그런 거 같아요. 사람들은 물어요, 일에 치여 사는 삶이 뭐가 행복하냐고. 하지만 저에게는 일 자체가 행복인걸요."

따사로운 햇살이 가득 들어오는 한낮의 카페 안, 늘어지게 낮잠을 자던 고양이들이 하나둘 일어나더니 이제는 장난 삼매경에 빠졌다. 장난감 공을 가지고 카페 안을 휘젓고 다니는 카페의 무법자 3인방. 카페 안에는 손님이 가득 차 있었지만 누구 하나 고양이에게 눈총 주는 이는 없었다.

"제가 꿈꾸는 동물 병원도 이런 모습이에요. 따뜻하고 아늑하고, 무엇보다 동물들의 마음을 편안하게 만들어주는 공간. 마치 놀러 온 것처럼 편안하게 머무를 수 있고, 의사도 환자만큼 편안하게 진료할 수 있는 곳, 그런 곳이면 좋을 것 같아요. 하지만 조급하게 생각하지는 않아요. 지금 있는 병원에서도 아직까지 배우는 게 많거든요. 물론 제 병원이 아니다 보니 어쩔 수 없는 부분들도 많지만요."

단순히 병만 고치는 병원이 아니라 몸과 마음이 아픈 반려 동물의 마음을 돌보고 더불어 건강과 행복을 찾아주는 공간. 그런 공간을 꿈 꾸는 그녀의 병원은 다른 건 몰라도 개나 고양이 그리고 보호자들까지 모두 편안한 마음으로 와서 정성껏 진료받을 수 있는 곳이 될 것만 같 았다. 언젠가는 고양이들이 따뜻한 햇살 아래서 마음껏 활보하는 고양 이 전문 병원을 만나지 않을까 기대도 됐다.

예상보다 빨리
꿈을 이루다

홍대에서의 유쾌한 만남 이후 그리 오래지 않아 그녀의 메신저에 는 한창 공사 중인 작은 공간의 사진이 올라와 있었다. '20년 전통 동 물 병원 4대 원장이 되다'라는 문구와 함께. 작지만 아늑하게 꾸며진 그곳은 바로 그녀의 첫 번째 병원이었다. 솔직히 의외였다. 이렇게 빨 리, 그것도 자신의 이름을 내건 병원을 열게 될 줄은 몰랐기 때문이다.

"저도 이렇게 빨리 병원 운영을 시작할 줄은 몰랐어요. 계속 적당 한 자리가 없나 보고만 있었는데 갑자기 이 병원을 소개받게 됐어요. 그 전 원장님이 이곳에서 오랫동안 병원을 운영하셨는데 이민을 가시 는 바람에 운영할 사람이 없었거든요. 좀 망설여지기도 했어요. 제가 운영하고 싶은 병원은 지난번 갔던 '제너럴 닥터'처럼 편안하고 아늑 한 공간이었으니까요. 하지만 병원을 시작하려면 아무래도 금전적인 면 을 무시할 수 없더라고요. 작게 시작해서 경험을 키우는 것도 나쁘지 않을 것 같아 덜컥 기회를 잡았어요."

  열 평 남짓 되는 작은 공간. 최대한 경비를 아끼기 위해 직접 인테
리어를 했다는 공간은 요즘 트렌드에 맞게 모던하면서 아늑해 보였다.
다행히 그곳을 운영하던 원장이 그 지역에서 반려 동물을 키우는 사람
들에게 오랫동안 명망을 쌓은 분이라 초반부터 단골손님들을 안고 갈
수 있었다. 그녀가 새롭게 문을 열면서 달라진 점이 있다면 주로 강아
지를 우선으로 운영되는 공간이 아니라 모든 동물들이 자유롭고 편안
하게 이용할 수 있는 공간으로 거듭났다는 것. 우선 병원을 지키고 있
는 마스코트인 고양이 '바둑이'가 있어 더욱 그런 느낌이 든다. 수줍음
많고 예민한 밍키 대신 성격 좋고 수더분해 제일 먼저 병원 하숙생으
로 자리 잡은 바둑이는 원래 근처를 배회하던 길고양이였다. 자유롭게
살아온 고양이답게 내키면 하루 종일 외출했다가 돌아오기도 하고 어
떤 날은 하루 종일 병원을 어슬렁거리곤 한다고 한다.
  동물 병원에 동물이 있는 건 어쩌면 당연한 일이지만 그 동물이 아
프지 않은 동물이어서인지 병원 안은 더 아늑하고 생기가 넘쳐 보였
다. 아픈 친구들에게 또래의 발랄한 친구의 방문이 위로와 격려가 되
는 것처럼 바둑이도 그런 역할을 하지 않을까?
  바둑이의 활약 덕분인지 요즘 그녀의 동물 병원을 찾는 환자들은
아주 다양하다. 개와 강아지는 물론 고양이와 파충류, 조류까지. 얼마
전에는 아기 앵무새가 수술을 위해 입원하기도 했다.
  더 나은 공간을 위한 작은 시작. 비록 머릿속에 구상해왔던 대로의
완벽한 그림은 아니지만 하나하나 조금씩 나아가는 것도 좋다고 그녀

는 말한다. 진료실에 앉아 방문한 동물 환자에게 친구 대하듯 말을 건네는 그녀의 모습을 보고 있자니, 그녀의 인생에 고양이가 다가온 것이 참으로 다행스럽게 느껴졌다.

운명에
맡기기

'수의사라는 직업이 당신의 운명입니까?'

'그 일이 당신 적성에 가장 잘 맞는 일입니까?

누군가 내게 이런 질문을 한다면 나는 '아직 알 수 없다'라고 답할 것이다.

내가 수의학과를 택한 건 동물이 좋아서가 아니었다. 여자가 가질 만한 직업으로 괜찮고 전망도 나쁘지 않을 거라는, 지극히 일반적이고 속물적인 이유 때문이었다. 누구나 적성에 꼭 들어맞는 일, 오래전부터 꿈꿔왔던 일만 하며 살지는 않는다. 경제적 환경이 넉넉하지 않아서, 재능이 없어서, 신체적 조건이 따라주지 않아서, 운이 없어서, 부모님이 반대해서 등등 수많은 사람들이 가지각색의 이유로 어린 시절 꿈꿨던 일과는 전혀 다른 일, 적성과는 한참 동떨어진 일을 하며 살아간다.

하지만 그렇다고 해서 마냥 슬퍼하거나 우울해할 필요는 없다고 본다. 일의 속성이란 그렇게 단순하지 않으니까. 겉으로 보이는 일의 시스템이 자신과 전혀 맞지 않을 것 같고 버거워 보여도 막상 뛰어들어 일하다 보면 의외로 맞는 부분들을 발견하고 좋아지는 부분이 생겨날 수 있다. 동물을 그다지 좋아하지 않았지만 필요에 의해 가까이하다 보니 누구 못지않은 애정을 갖게 된 나처럼 말이다.

　상황에 의해서든 원하는 일이 제대로 이루어지지 않아 택한 차선책이든, 기왕 어떤 길을 선택했다면 일단 그 일이 자신과 맞지 않을 거란 두려움과 부정적인 생각을 버리라고 말하고 싶다. 운명이겠거니 받아들이고 우선은 최선을 다해보라고 말이다. 삶을 운명에 맡기면 일상의 많은 부분이 편안함으로 바뀌게 마련이다. 과도한 자책이나 원망, 불만이 사라지고 주어진 조건에서 최선을 다하게 되기 때문이다.

5.

성격에 꼭 맞는
직업을 만나다

인테리어 · 푸드 스타일리스트 **민들레, 민송이**

패션 스타일리스트 **서수경**

eaming

christmas

．．．

　일은 매일매일의 일상이다. 집에서 지내는 시간보다 더 많은 시간을 할애하고, 가족이나 연인을 만나는 시간보다 동료나 상사, 클라이언트 혹은 고객을 대하는 시간이 더 많다. 대개 직업을 고려할 때 자신의 재능을 더 우선시하지만, 일이 일상이 된다는 것을 감안하면 그 일에 적합한 성격인지가 더 중요한지도 모른다. 성격과는 상관없이 단지 좋아하던 일이어서, 사회적으로 선망받는 직업이어서 직업을 선택한다면 그 직업이 일상이 됐을 때 생기는 피로감이 생각보다 크다. 아이를 싫어하는 사람에게 교사라는 직업은 고통이 되기 쉽고, 보헤미안의 영혼을 가진 사람에게 직장생활은 구속에 지나지 않을 것이다. 수학을 잘하면 회계사, 운동을 잘하면 운동선수, 과학을 잘하면 과학자. 일의 선택에서 '재능=미래의 직업'이라는 단순 공식 속에 살아온 우리는 직업의 본궤도에 진입한 후에야 재능 못지않게 성격이 맞는지도 중요하다는 것을 알아차린다.

　진로를 선택할 때 성격도 고려해야 한다는 것을 나는 대학에 가서야 깨달았다. 딱히 되고 싶은 게 없어 어릴 적 어른들이 묻는 장래희망에 '식물학자', '화가' 같은 두루뭉술한 대답만 했던 내가 최초로 꿈꾼 직업 영화감독을 포기한 것도 성격 때문이었다. 이런 나와는 달리 스타일리스트 서수경과 민들레, 민송이 자매는 처음부터 자신들의 성격에 맞는 일을 선택했다. 의도였든 본능적인 직관이었든 그들은 자신들의 성격을 잘 파악하고 있었고, 그 성격이 최대한 장점으로 부각될 수 있는 직업을 선택해 성공적으로 안착했다.

지루한 걸 못 참고, 새롭고 예쁜 것을 좋아하고, 좋아하는 일이 생기면 몇 날 며칠 밤을 새울 수 있을 만큼 빠져들고, 무언가를 만들어 남에게 평가받는 걸 즐기는 자신들의 성격에 맞는 일을 해야 행복할 거라는 것을 이미 본능적으로 알고 있었던 것이다. 자칫 단점으로 평가받기 쉬운 그녀들의 성격은 (욕심 많고 고집스럽고 새로운 것을 좋아한다는 면에서) 스타일리스트라는 직업을 만났을 때 최고의 시너지를 발휘했다. 새로운 트렌드에 따라 빠르게 변하는 일의 패러다임, 매번 작업에 대한 평가를 받는 시스템, 매번 다른 주제로 다른 사람들과 밤낮을 가리지 않고 작업해야 하는 일의 특수성 등 보통 사람이라면 견디기 힘들 일도 기꺼이 배우고 즐기며 지금의 자리에 오른 것이다.

남들이 보기엔 일에만 빠져 사는 워커홀릭 같을 수도 있겠지만 좋아하는 일을 하기 때문에 매일매일의 일상이 즐겁다는 그녀들. 결국 행복이란 하루하루의 일상 속에서 찾는 것이라는 정답을 보여준다.

**공간을 창조하고
맛을 그려내는 두 자매**

스타일리스트
민들레, 민송이

민들레, 민송이 자매는 인테리어 스타일링과 푸드 스타일링, 카페 컨설팅과 메뉴 개발 등 의식주에 관련된 모든 스타일링을 담당하는 '7doors'를 꾸려가고 있다. 섬유 공예와 디자인을 전공하던 두 사람은 아르바이트를 하다가 자연스럽게 스타일링 업계에 입문했다. 예쁘고 아기자기한 것을 좋아하는 자매의 특성이 스타일링이라는 일의 성격과 너무 잘 맞았기 때문이다. 두 사람은 각자 인테리어와 푸드 스타일링에 관심을 갖고 어시스트로 일해오다 독립 후 '7doors'라는 스타일링 회사를 함께 차려 일하게 됐다. 서로의 장단점을 보완, 충족시키며 '최선을 다한 최고의 스타일링'을 추구했고, 부침이 심한 스타일링 업계에서 10년이 넘는 시간 동안 인정받으며 잡지와 광고 스타일링은 물론 인테리어와 카페 컨설팅으로까지 영역을 확대해갔다.

최고의 자리에 오르기 위한 그녀들의 방법은 간단했다. 최고로 예쁜 스타일링을 위해 수많은 시안을 만들고 최고의 재료를 구하기 위해 수없이 발품을 판 것. 재능도 중요하지만 그것보다 중요한 것은 차근차근 경험과 노하우를 쌓는 것이라는 게 그녀들의 의견이다. 내공을 쌓아놓으면 어떤 상황에서든 어떤 일이든 잘할 수 있는 힘이 생긴다. 각자가 쌓아온 내공을 서로 공유하고 성장해가면서 자매끼리의 작업은 엄청난 시너지를 발휘했고 지금도 아낌없는 조언을 주고받는 동료이자 파트너로 일하고 있다. 그녀들의 꿈은 자신들만의 홈 인테리어 브랜드를 만드는 것이다.

행복한 워커홀릭

우리는 살아가면서 인생에 영향을 주는 여러 사람을 만나게 된다. 초등학교 선생님 혹은 감명 깊게 읽은 책의 작가, 개성 있는 친구, 영화감독이나 시대를 풍미하는 배우나 가수……. 혹은 잠시 스쳐가는 인연에게도 영향을 받는다. 하지만 가족만큼 인생 깊숙이 영향을 주는 사람이 또 있을까? 그건 같은 유전자를 갖고 있기도 하지만 그만큼 함께하는 시간이 많기 때문이기도 할 것이다. 어깨너머로 배운 것을 직업으로 삼는 경우가 많은 건 그만큼 많이 보고 많이 경험한 것에 영향을 받을 수밖에 없기 때문이다.

가족 중에서도 자매끼리는 형제나 남매 사이와는 또 다른 묘한 유대감이 형성된다. 어릴 때는 소꿉놀이를 같이 하는 놀이친구로, 학창시절에는 서로의 연애사는 물론 옷 입는 것이나 꾸미는 일 등등 여러 가지 소소한 공감대를 형성하고, 서로의 은밀한 비밀을 공유하며 성장해간다. 집집마다 다르긴 하지만 누군가와 자신의 소소한 일상과 생각을 공유하고 싶어 하는 여자들의 특성상 자매들은 더 친해질 수밖에 없다. 비밀이 밖으로 새어나갈 염려도 덜하고 서로의 취향에 대해서도 더 솔직하게 된다. 한편 친밀한 유대 관계 이면에는 묘한 경쟁 심리 또한 작용한다. 같은 성으로 태어나 비슷한 삶을 살아가기 때문일까? 알게 모르게 자신을 더 돋보이고 싶은 경쟁 심리를 갖게 된다. 때문에 자매를 둔 집안의 엄마들은 대개 첫째에 대한 기대 심리가 크다.

"네가 잘돼야 동생도 잘되는 거야."

좀 더 일찍 사회를 경험하는 언니의 행보는 동생에게 자극이 될 수밖에 없다. 언니가 사회적으로 먼저 자리 잡고 사회에서 경험한 노하우를 전수해주면 동생도 남보다 더 빠른 길을 가기도 한다. 같은 분야에서 성공한 자매들을 많이 찾아볼 수 있는 것도 바로 그 때문이 아닐까? 『제인 에어』, 『폭풍의 언덕』, 『애그니스 그레이』의 샬럿, 에밀리, 앤 브론테 자매들을 비롯해 세 자매가 각각 피아노, 첼로, 바이올린을 연주하는 안 트리오, 코스메틱 브랜드 베네피트의 창시자 진과 제인 또한 자매 지간이다. 친구 간에도 이와 유사한 경쟁 심리가 작용한다. 때문에 어떤 면에서 자매나 친한 친구는 삶의 척도가 된다. 자매와 친구는 대개 비슷한 환경을 갖고 있어서 상대의 위치가 높이 올라가면 '나도 저 정도로 올라가야 하지 않을까?'라는 생각에 더 노력하게 되지만, 그렇지 않으면 '이 정도로 됐어' 하고 안주하기 쉽기 때문이다. 결국 은밀한 경쟁은 스스로를 발전시키는 원동력이 되는 셈이다.

"엄마의 영향 때문인지 네 살 터울의 언니와는 늘 취향이나 관심사가 비슷했어요. 미대에 가고 싶어 했던 엄마는 예쁘고 아기자기한 것들에 관심이 많았죠. 앞코에 리본이 달린 빨간 에나멜 구두, 무릎까지 올라오는 반 스타킹. 당시 분위기치고는 패션 감각이 남달랐어요. 그래서 늘 친구들의 주목을 받았고 선생님들이 저흴 보면 늘 말씀하시곤 했어요. '이렇게 예쁜 걸 어디에서 샀니?' 처음엔 다른 아이들에 비해 튀는 게 좀 싫기도 했지만 나중에는 은근히 자랑스러워지더라고요. 그렇게 조금씩 미적인 것에 관심을 두게 된 것 같아요. 언니가 미술을 시작하면서 저도 자연스럽게 미술을 시작했죠."

그림을 그리고 싶었던 엄마의 보류된 꿈과 미적 감각은 두 딸을 통해 고스란히 표출됐고, 자매는 그런 엄마에게 영향을 받으며 서로 은근한 경쟁자가 됐다. 같이 미술을 전공하고 나란히 미대에 진학한 것이다. 자신을 닮아 미술에 소질을 보이는 두 딸을 보며 어머니는 '언젠가 두 딸이 뭔가를 같이 했으면 좋겠다'는 바람을 자주 내비쳤다고 한다. 그리고 그 바람은 늦지 않게 이루어졌다. 예상했던 섬유 공예와 도자기를 만드는 작은 공방은 아니지만, 리빙 스타일리스트와 푸드 스타일리스트로서 팀을 이뤄 '7doors'라는 스타일링 회사를 함께 운영하고 있으니 말이다. 결국 두 자매는 10년째 완벽한 팀워크를 자랑하며 이름처럼 예쁘고 톡톡 튀는 일을 하고 있다. 아름다움을 추구한다는 점에서 전공에서 크게 벗어나지 않은 작업들이지만 10년 전이라면 아직 스타일리스트라는 직업명조차 생소하던 때였다. 직업에 대한 개념조차 잡히지 않았던 때, 수년간 공부해왔던 전공을 포기하고 과감하게 새로운 일에 도전하게 된 계기는 무엇이었을까?

"제가 이 일을 하게 된 건 동생의 영향이 커요. 동생은 모험심도 많고 새로운 걸 받아들이는 속도가 빠르죠. 어릴 때도 잡지에서 음식 사진을 모으고 직접 요리하는 등 남다른 구석이 있었어요. 그래서 '쟤는 커서 뭐가 될까?' 궁금하기도 했죠. 그런데 동생이 대학교 재학 중에 이름도 생소한 푸드 스타일리스트 어시스트를 하게 됐고, 저도 당연히 동생이 하는 일에 관심을 가지게 됐죠. 동생이 하는 작업들을 보다 보니 재미있겠다는 생각이 들더라고요. 둘 다 어릴 때부터 예쁜 것, 예쁘게 꾸며진 사진들을 보는 걸 좋아했거든요. 동생이 푸드 스타일링을 한다면 나는 인테리어 스타일링을 하면 좋겠다는 생각이 들었죠. 무엇보다 업계에 먼저 뛰어든 동생이 있기에 가능한 일이었죠."

그녀의 동생 민송이는 안정보다는 모험과 재미를 추구하는 성격이다.

"전 뭔가 새로운 일을 하는 데 거부감이 없는 편이에요. 일단 관심이 가면 저지르고 보죠. 만약 언니가 없었다면 이 일을 오래 하지 못했을 거예요. 언니는 차분하고 꼼꼼한 편이라 일을 맡고 전체적으로 조율하는 데는 탁월하거든요. 제가 스타일리스트라는 직업으로의 길을 열었다면 이 일을 오래 할 수 있도록 끈기와 열정을 지펴준 건 언니의 몫이었죠."

새로운 일에 대한 모험심이 강한 동생 민송이가 먼저 푸드 스타일리스트의 어시스트로 일을 시작했다. 그녀가 하는 일은 음식을 예쁘게 스타일링 하는 일이었다. 콘셉트에 맞는 음식을 만들고 잘 어울리는 그릇에 정갈하게 담아 최대한 먹음직스러워 보이도록 만드는 게 바로 푸드 스타일리스트의 일이다. 음식을 만들고 식기를 고르고 테이블을 예쁘게 세팅하는 일은 그녀가 어릴 때부터 좋아했던 일이다. 일에 대한 이야기를 할 때 동생의 눈은 누구보다 반짝거리고 열의로 가득했다고 언니 민들레는 말한다. 끊임없이 어떻게 하면 더 잘할 수 있을까 고민하며 잡지를 뒤져 자료를 찾아내고 언니에게 이런저런 조언을 구하기도 했다. 그때 동생이 보여주는 작업 사진들은 언니 민들레의 흥미를 끌었고, '나도 해보고 싶다'는 욕구를 불러일으켰다. 그 마음의 뿌리는 부러움이었다. 재미있는 일을 하는 것에 대한, 자신의 일을 찾았다는 것에 대한 부러움.

"전 인테리어 스타일링에 관심이 가더라고요. 주제나 콘셉트에 맞춰 공간을 꾸민다는 점이 마음에 들었어요. 어쩌면 제가 전공한 도예의 조형적인 부분과 닿아 있기도 했고요. 또 평소 인테리어에 관심이 많았어요. 가구, 조명, 소품 등 여러 가지 요소를 적절히 배치하면 전혀 다른 분위기와 공간이 탄생되는 게 참 멋지게 느껴졌어요. 동생이 하는 작업을 보니 '이거다' 싶더라고요. 오히려 도예보다는 저의 관심사나 재능에 더 잘 맞는 느낌이었어요. 푸드 스타일링과 인테리어 스타일링은 대개 같이 일하는 경우가 많기 때문에 동생과 함께 일할 수도 있겠다 생각했죠. 곧장 저도 인테리어 스타일링의 세계에 뛰어들었어요."

민송이는 어릴 때부터 취향과 직업관이 뚜렷한 편이었다. 이미 중학생 때 패션 스타일리스트를 꿈으로 정하고 차근차근 준비해왔던 그녀였다. 매달 나오는 패션 잡지를 보고 스크랩하기도 하고, 인터넷으로 해외 유명 디자이너의 컬렉션을 찾아보기도 했다. 섬유 디자인이라는 과목을 전공한 것도 스타일리스트가 되기 위한 선택이었다.

"방학 때 지인의 소개로 아르바이트를 하게 됐어요. 그때가 2000년대 초반이니까 푸드 스타일리스트라는 용어조차 없을 때였는데, 일에 대한 대략적인 이야기를 듣고 재미있겠다 싶어서 경험 삼아 해보기로 한 거죠. 그때 제가 맡은 일은 그야말로 육체적인 노동이었어요. 푸드 스타일링에 쓰일 각종 소품을 나르고 세팅을 준비하는 일이었거든요. 무거운 그릇을 수십 개씩 픽업하고 반납하는 일은 쉽지 않았죠. 제가 좀 덜렁대서 툭하면 넘어지고 다치는 편인데, 스스로 그런 성격을 아니까 더욱더 예민해지더라고요. 몸은 고되고 제가 맡은 일은 보잘 것없게 느껴지는데 스타일리스트 선생님이 하는 일을 보니 너무 재미있어 보이고 멋져 보였어요. '열심히 배워서 저 일을 해보고 싶다'라는 생각이 들었죠. '나라면 이렇게 말고 저렇게 해볼 텐데'라는 상상도 많이 했고요. 그렇다 보니 방학 때면 다시 달려가 그 일을 하게 되더라고요. 일이 너무 재미있어 아예 휴학까지 하고 일만 한 적도 있을 정도였어요. 그러다가 어쨌거나 대학 졸업장은 있어야겠다는 생각이 들었고, 학교로 돌아가 공부를 마쳤죠."

동생이 학교를 마치는 동안 먼저 졸업을 한 민들레는 리빙 스타일리스트의 어시스트로 업계에 뛰어든 참이었다. 동생의 말대로 스타일링은 흥미진진한 세계였다. 콘셉트에 맞춰 벽지와 커튼, 조명과 가구, 패브릭과 인테리어 소품들을 선택하고 적절히 배치하는 일은 마치 어릴 적 좋아하던 소꿉장난 같기도 했다. 몇 개 없는 인형의 가구를 이리저리 배치해보고 엄마의 옷을 잘라 이불과 커튼을 만드는 일도 재미있어 시간 가는 줄 몰랐는데, 실제 가구와 소품들을 가지고 공간을 만들다니! 미술을 전공했다는 점은 이 일에 많은 도움을 주었다. 색채 감각, 조형미, 균형 감각 등 인테리어 스타일링에 필요한 기본기는 갖추고 시작했던 셈이다. 하지만 일은 생각보다 거칠었다.

물 위를 천천히 유영하는 백조의 모습은 밖에서 보면 우아하지만 물속을 헤엄치는 백조의 발은 끊임없이 움직이는 것처럼, 사람들의 탄성을 자아내는 우아한 공간을 만든 창조자의 이면엔 건설 현장의 노동자처럼 무거운 가구를 나르고 망치질과 페인트질을 하는 고된 노동이 숨어 있다. 도예를 배우면서 무거운 진흙을 나르고 손이 부르트도록 차가운 찰흙을 만지는 일에도 익숙했지만, 리빙 어시스트로서의 일은 그에 못지않았다.

스타일링 하는 선배들의 모습은 참 재미있었다. 겉모습은 여성스럽기 그지없지만 현장에서 바닥에 눕거나 사다리를 타는 것도 서슴지 않았고 망치질이나 전기 납땜도 거뜬히 해냈으니까. 고된 노동에도 불구하고 그녀를 자꾸만 현장으로 이끈 것은 일을 끝냈을 때의 성취감이었다. 무거운 가구를 나르고 페인트와 못질을 반복해 만든 결과물은 로맨틱하기도 하고 미니멀하기도 했으며, 오리엔탈리즘의 공간으로 다시 태어나기도 했다. 그렇게 만들어낸 공간은 잡지의 근사한 한 컷에 담겨 독자들에게 로망을 선사했고, 카페나 식당이 되어 사람들이 즐겁게 머물다 가는 공간이 되기도 했다.

이렇게 각자 따로 어시스트로 활동하다 독립적인 작업을 하게 된 것은 2002년쯤이었는데, 얼마 지나지 않아 두 사람은 아주 자연스럽게 함께 일하게 됐다. 사전 준비가 많이 필요한 스타일리스트라는 직업적 특성 때문이었다. 그릇이나 가구처럼 준비해야 할 소품들도 많고 현장에서 그때그때 투입될 보조자도 필요했지만 갓 데뷔한 그들에게 어시스트가 있을 리 만무했다. 그래서 두 사람은 서로의 촬영이 있을 때마다 같이 가서 돕기 시작했고, 그게 서로에게 훨씬 편하다는 걸 알게 됐다.

그렇게 '7doors'가 탄생했다. '문'은 새로운 세계를 의미한다. '일곱 개의 꿈의 공간'이라는 뜻으로 문을 열고 들어갈 때마다 만나는 새로운 세계에 대한 기대감이 내포된 이름인데, 이들 자매의 성격과 참 어울리는 작명이다. 벌써 두 사람이 함께 일한 지도 10년이 되어간다. 두 사람은 거의 쉬지 않고 새로운 스타일링을 찾아왔으며, 그 결과 인정받는 프리랜서 스타일링 팀이 됐다. 잡지나 단행본, 백화점 브로슈어, 카페나 개인 공간 스타일링까지, 일의 스펙트럼은 굉장히 넓다. 여기저기 찾는 사람이 많기 때문에 거의 일에 치여 산다고 해도 과언이 아니다. 하지만 그녀들은 일에 치여 사는 게 아니라 스스로 즐거워 기꺼이 노동을 즐기는 워커홀릭이라고 한다. '홀릭', 말 그대로 일에 흠뻑 빠져 있는 셈이다.

새로운 것에 대한 탐닉

"동생과 저, 둘 다 새로운 것을 좋아해요. 새로운 물건, 새로운 스타일, 어제와 다른 새로운 작업들. 나쁘게 말하면 싫증을 잘 내는 걸 수도 있고 진득하지 못한 걸 수도 있죠. 하지만 이 일은 그런 우리 성격에 가장 잘 맞는 일이에요. 스타일링이라는 일이 늘 변화를 꾀해야 하는 작업이니까요. 남들과 다르게, 어제와는 다른 작업을 해야 인정받고 살아남을 수 있죠. 남들이 따라 하기 시작했을 때는 이미 그 스타일링의 유효기간이 끝났다고 봐야 해요. 따라서 스타일리스트는 만들어진 스타일을 따르는 게 아니라 남보다 앞서서 새로움을 추구하고 연출하는 탐구의 길을 가야 해요. 좀 더 다른 인테리어 스타일링, 좀 더 다른

263

푸드 스타일링을 하기 위해서요. 사람들의 관심을 끌려면 새롭고 예쁜 것을 만들어낼 수밖에 없고, 그러려면 당연히 몸이 부지런해야 해요. 많이 보고 많이 아는 것이 스타일링을 하는 데 힘이 되거든요. 저 같은 경우는 인테리어 스타일링이다 보니 작업 스펙트럼이 넓은 편이에요. 가구, 조명, 패브릭, 꽃 등 공간을 예쁘게 만들기 위해선 거의 모든 산업 분야를 이용해야 하니까요."

남들과 다른 작업, 독특한 작업을 하기 위해서는 트렌드에도 예민해야 하고 어느 가구 브랜드에 어떤 의자가 있는지 등등의 정보에도 밝아야 한다. 그렇게 모은 데이터들을 촬영 콘셉트에 맞게 활용하는 것이 현장에서의 최종 작업이다. 민들레는 이 분야에 천재는 없다고 한다. 그보다 관건은 얼마나 부지런히 움직이느냐에 달려 있다고. 일이 성격에 맞아야 함은 물론이다.

이들은 함께 일을 시작하고 3년 동안은 거의 돈을 모으지 못했다. 수입이 많지도 않거니와 버는 족족 새로운 소품을 사는 데 투자했기 때문이다.

"소품으로 협찬받았다가 마음에 들어 구입한 그릇, 가구, 조명 등 구입할 수 있는 건 무리해서 사들이곤 했죠. 마치 주문이라도 걸듯 '이건 나중에 더 필요할 거야' 생각하며 어릴 땐 상상도 못 했던 가격의 물건도 덥석 사곤 했어요. 필요한 물건을 하나하나씩 구입하는 것도 이 일의 즐거움 중 하나죠. 어차피 사들인 물건도 우리 재산이고, 일을 할 때 필요한 일종의 연장이라고 생각하면 하나도 아깝지 않았어요. 언니 말대로 이 일을 오래 할 수 있었던 건 정말 성격에 잘 맞는 일이어서가 아닐까 싶어요. 새로운 작업을 하는 것도, 새로운 물건을 구입하고 보러 다니는 것도 너무 재미있거든요. 남들은 피곤해서 못 하겠다고 하는데. 아마 이 일이 아니었다면 새로운 것만 좋아하고 싫증을 잘 내는 철없는 여자로 취급받았을지도 모르죠."

타고난 성격은 쉽게 고쳐지지 않기 때문에 직업을 선택할 때 재능이나 적성 이전에 성격을 먼저 고려해야 하는 건지도 모르겠다. 성격적으로 잘 어울리는 일과 그렇지 않은 일은 사실 명확하게 구분된다. 가령 외향적이고 사교적인 성격의 사람들에겐 서비스직이 어울리지만 그렇지 않은 사람에게는 그 일이 고역일 수 있다. 재능도 있고 노래 부르는 것도 좋아하지만 남들 앞에 나서는 성격이 못 되어서 가수를 포기했다는 사람도 있고, 야구에 천재적인 소질을 보였지만 단체 생활이 성격에 맞지 않아 결국 빛을 보지 못하고 구단을 떠난 야구 선수도 있다. 결국 직업이란 것은 자신의 재능뿐만이 아니라 자신의 관심사와 성격 등을 모두 함께 고려해야 하므로 자신에게 딱 맞는 일을 찾기가 쉽지 않은 것이 현실이다. 새로운 것이라면 자다가도 벌떡 일어날 정도로 좋아했던 두 자매의 결합은 그래서인지 더 돋보인다.

완벽한 파트너

'스타일리스트'라는 용어조차 생소하던 시절에 이 일을 시작한 지 12년. 이제 스타일리스트는 많은 사람들이 꿈꾸는 직업이 됐다. 요리를 예쁘게 담아내고 공간을 근사하게 꾸미는 것은 거의 모든 여성들이 좋아하는 취미이자 로망이니까. 갖가지 가구와 조명들을 예쁘게 배치하고 음식을 먹음직스럽게 담아내는 일은 소꿉놀이와 크게 다를 바가 없다. 물론 차이는 있다. 소꿉놀이할 때는 손가락으로 들어 올리면 될 만큼 소품들이 모두 작지만 실제로 일할 때는 실제 사이즈라는 것. 몇 발짝 움직여 물건을 준비하는 게 아니라 통영의 수산물 시장에 가서 싱싱한 가오리를 구해 와야 하고, 인테리어에 어울리는 의자를 찾기 위해 논현동이나 황학동 가구 거리를 몇 날 며칠 돌아다니거나 그도 여의치 않으면 직접 만들기도 해야 하는 수고도 따른다. 즉, 이 일은 90퍼센트의 복잡한 준비 과정과 촬영장에서의 작업 9퍼센트, 촬영 후 완성된 컷을 보는 1퍼센트의 희열에 찬 순간으로 이루어진다. 그 찰나의 성취감과 기쁨을 느끼기 위해 그녀들은 며칠에 걸친 고된 노동을 불평 없이 감내한다.

민송이는 푸드 스타일리스트가 되기 위해 필요한 것이 무엇이냐는 질문에 푸드 스타일리스트에 대한 개념부터 확립해야 한다고 말한다.

"사람들이 곧잘 오해하는 게 푸드 스타일리스트를 '예쁜 음식을 만드는 사람'이라고 생각하는 거예요. 푸드 스타일리스트는 요리사와 철저히 별개의 직업이에요. 음식을 '맛있게' 만드는 게 아니라 '맛있어 보이게' 만드는 일이죠. 요리 책이나 잡지에 나오는 요리 레시피, 광고에 나오는 음식, 식품의 포장 용기 패키지에 인쇄되는 음식 사진들이 바로 저희 손을 거쳐서 탄생되는 거예요. 그래서 작업을 할 때 실제로 음식 만드는 과정이 생략되기도 하고 첨가되기도 해요. 예쁘게 보이는 게 우선이니까요. 밥을 촬영할 때는 윤기 나게 하기 위해 베이비오일을 바르기도 하죠. 면 종류는 대부분 살짝만 익혀서 촬영하는 경우가 대부분이고요. 물론 기본적으로 다 만들 줄 알아야 예쁘게 연출하는 법도 알 수 있고, 또 여러 가지 촬영을 해야 하니까 모든 요리에 능숙해야 하긴 해요. 푸드 스타일리스트의 모토는 바로 이거죠. '모든 요리를 다 할 줄 알면서도 예쁘게.'"

푸드 스타일리스트의 교본이 따로 있는 게 아니라서 매번 촬영할 때마다 미리미리 준비하고 자신만의 레시피를 만들어놓는 센스도 필요하다. 색채 감각을 기르고 그릇에 담을 때의 황금 비율도 스스로 터득해야 함은 물론이다. 이런 정보들을 하나하나 자기 안에 쌓아가는 것도 이 일을 하는 즐거움이라고 말하는 그녀는 푸드 스타일리스트라는 직업을 한마디로 이렇게 명명했다.

'요리를 디자인하는 사람.'

푸드 스타일링에 세심하고 꼼꼼한 감각이 요구되는 반면 인테리어 스타일링에는 조화와 균형 감각이 중요시된다고 민들레는 말한다.

"공간을 만드는 데 필요한 소품을 직접 만들기도 하지만 대개는 기성품 중에서 골라 어울리게 매치하는 작업을 해요. 그래서 아무래도 여러 분야에 대해 전반적으로 두루두루 관심을 둬야 유리해요. 클래식, 모던, 빈티지, 레트로, 오가닉 등 유행이나 트렌드에 대해서도 알아야 하고, 그것들을 조화시켜 자신만의 스타일을 만들어내려면 과감한 결단력도 필요하죠. 색채나 디자인 감각은 기본이고요. 경험이 쌓이다 보면 어느 순간 자신만의 독창성도 생겨요. 여기서 독창성이란 건 없는 것을 새롭게 만들어내는 것이 아니라 이미 존재하는 것을 자기 식으로 배치하는 데서 생겨요. 그저 많이 보러 다니고 부지런히 몸을 움직이는 것, 그게 이 분야에서 요구되는 최고의 스킬이죠."

인테리어 스타일링과 푸드 스타일링. 포괄적으로 보자면 이 속에 모든 여성들의 관심사와 전반적인 산업의 모든 것이 다 들어 있다. 그만큼 일의 스펙트럼이 넓다는 것이다. 두 사람도 가끔 자신들의 일의 경계가 어디까지인가 의심하게 될 때도 있다고 한다. 숙명여대 근처에 자리 잡은 그녀들의 작업실을 본 순간 더욱 그런 생각이 들었는데, 작업실은 오픈만 안 했다뿐이지 꽤 독특한 느낌의 카페 같았다. 동서양의 매력이 공존하는 오묘한 공간. 직접 만들었다는 상들리에 조명은 너무나 로맨틱했고 한쪽에 놓인 좌식 보료를 연상시키는 테이블은 동양적인 미를 한껏 뽐내고 있었다. 이곳을 가보니 꼭 스타일리스트가 아니어도 두 사람의 능력을 발휘해 얼마든지 다른 일도 할 수 있겠다는 생각이 들었다. 가령 언니의 인테리어 스타일링과 동생의 푸드 스타일링을 살린 카페를 운영한다든가, 주문자를 위한 맞춤형 공방을 하는 것도 좋을 듯싶었다. 언니는 사람들이 주문한 가구와 조명을 만들고 동생은 파티나 행사를 위한 푸드 케이터링을 하는 맞춤형 공방 말이다.

언젠가는 그런 변화도 꾀해보고 싶지만 아직은 현장에서 일하는 게 훨씬 생동감 있어 좋다는 자매. 사람은 자길 가장 잘 알아주는 스승과 파트너를 만났을 때 비약적으로 성장할 수 있다는데, 두 사람은 서로 그 역할을 주고받으니 참으로 축복받은 인연이 아닐 수 없다. 그녀들처럼 이런 존재가 저절로 주어지지 않은 사람은 어쩔 수 없이 현실에서 찾아야 한다. 자신의 꿈과 목표에 날개를 달아줄 삶의 척도를 말이다.

일을 스스로
재미있게
만들어라

    세상에 재미있기만 한 일이 있을까? 믿을지 몰라도 우리에게 스타일리스트란 처음부터 지금까지 늘 재미있었고 앞으로도 쭉 그럴 거라 믿어 의심치 않는 일이다. 시작 후 지금까지 한 번의 정체기도 없이 꾸준히 일해온 이유를 곰곰이 따져보면 일의 결과 못지않게 과정을 즐겼기 때문이 아닐까 싶다.

    사실 일이 재미있는 시간은 '순간'이다. 스타일리스트라면 콘셉트에 맞게 소품이 완벽하게 준비되어 있고 현장에서의 진행이 본래의 계획에 맞게 순조롭게 척척 나아갈 때 재미와 보람을 느낄 것이고, 요리사라면 모든 음식과 식기가 준비되어 있는 가운데 요리를 하는 순간 그럴 것이며, 운동선수라면 숱한 연습 끝에 오는 기록의 갱신, 그 짧은 순간이 그러할 것이다. 그 재미있는 순간을 위해 반드시 치러야 할 수많은 사전 작업의 시간을 견뎌내지 못한다면 자신의 분야에서 오래 버틸 수도, 즐겁게 일할 수도 없다. 과정을 즐기는 것은 자신만의 몫이다. 게임하듯 하나하나의 미션을 만들고 그것을 해결해나갈 때마다 스스로 성취감을 느끼며 과정을 즐기는 사람도 있고, 정상의 순간을 상상하며 현재를 즐기거나 인내하는 사람도 있다.

우리의 경우는 두 번째 타입이다. 사전 준비를 하면서 만들어낼 인 테리어 스타일링과 푸드 스타일링에 대해 숱하게 상상해본다. 촬영에 필요한 여러 가지 소품을 모으고 갖가지 자료들을 보면서 '이렇게 꾸 미면 예쁘겠다', '이런 공간도 재미있겠다'라고 이리저리 해보는 상상 들이 긍정적 에너지로 작용해 결과 또한 만족스럽다. 간혹 일이 생각 대로 진행되지 않아 결과가 좋지 않다고 해도 과정에서 얻은 경험과 지식들이 있으니 결코 억울하지 않다. 과정을 즐기다 보면 꾸준히 일 하게 되고, 그러다 보면 언젠가 더 큰 기회가 올 거라 믿는다.

패션의
최선두에 서다

패션 스타일리스트
서수경

10년차 패션 스타일리스트 서수경은 대한민국 최고의 트렌드 메이커 소녀시대의 스타일리스트로, 스타의 무대 의상은 물론 일상복, 공항 패션까지 책임질 뿐만 아니라 틈틈이 광고 촬영과 패션 촬영의 스타일링을 맡고 있다. 그야말로 하루 스물네 시간이 모자랄 정도로 바쁜 생활을 하고 있다. 패션 스타일리스트는 그녀가 고등학교 때부터 꿈꿔왔던 오랜 꿈이었다. 비록 육체적으로 힘든 적은 많아도 지루한 것을 참지 못하는 그녀에게 더할 나위 없이 잘 맞는 직업이라고 한다. 재미있고 화려하고 지루할 틈 없이 흘러가는 패션 업계에서는 자칫 중심을 잃으면 도태되기 십상이지만, 트렌드의 최첨단에 서서 많은 여자들에게 영향을 준다는 짜릿한 쾌감은 오늘도 그녀를 정신없이 뛰게 만든다.

스타일리스트는 기본적으로 뛰어야 하는 직업이다. 유행을 파악하고 콘셉트를 만들어내는 기획력, 의상을 디자인하거나 재구성하는 창조력. 스타일링 감각이란 타고나는 것도 있지만 기본적으로 남들보다 많이 보고, 많이 만져보고, 많이 입혀보는 것 이외의 왕도는 없다. 자신만의 패션 데이터를 방대하게 갖고 있어야 적재적소에 필요한 감각을 발휘할 수 있기 때문이다. 자신이 배운 모든 것, 알게 되고 느끼게 된 모든 것을 일로써 소진해버리고 다시 채워 넣는 일이 반복되는 에너제틱한 작업들. 바로 그것이 그토록 간절하게 스타일리스트가 되고 싶었던 이유이기도 하고 앞으로도 계속 하고 싶은 이유이기도 하다.

일을 놀이처럼

'일을 놀이처럼 하라.'

대부분의 자기 계발서에는 이런 조언이 나온다. 나 또한 20대 친구들이 직업과 성공에 대해 물어올 때 가장 많이 해주는 조언이기도 했다. 그러나 자신의 일을 즐길 줄 알아야 한다는 말에는 수긍이 가지만 일을 놀이처럼 하라는 말에는 의문이 생긴다. 재미가 없으면 관두는 게 놀이다. 하지만 일은 재미가 없다고 곧바로 관둘 수 있는 것도 아니고, 놀이처럼 즐기면서 하려면 계속 재미가 있어야 한다는 얘긴데 과연 그런 일이 세상에 있을까 싶다. 그런데 이런 내 의문의 답을 찾는데 실마리를 제공한 사람이 그녀였다.

"전 이 일이 너무 재미있어요. 그리고 제가 하는 일을 많은 사람에게 알리고 싶어요."

몇 번의 통화 시도 끝에 겨우 연결된 스타일리스트 서수경은 경쾌한 목소리로 자기 일에 대한 애정을 피력했다. 지난 일주일 동안 해외

출장을 다녀오는 바람에 연락을 못 줘서 미안하다는 말과 함께. 그녀가 담당하는 여성 그룹 소녀시대는 가는 곳마다 숱한 화제를 몰고 다닌다. 그들이 선보이는 스타일은 매일 인터넷에 오르고, 옷은 물론 머리 모양과 신발, 액세서리 하나하나까지 사람들의 관심 속에 있다. 사람들의 마음에 들면 칭찬받지만 그렇지 못하면 '스타일리스트가 안티'라는 무지막지한 비난을 듣기도 한다. 일의 무게가 크다 보면 중압감에 짓눌려 자칫 자신감을 잃기도 쉽다. 그녀는 어떻게 이런 일을 놀이처럼 즐길 수 있을까?

빨리 그녀를 만나 이야기를 듣고 싶은데 만남은 계속 미뤄졌다. 때는 연말, 그 누구보다 바쁜 그녀를 나는 하릴없이 기다릴 수밖에 없었다. 각종 시상식과 행사가 많은 때라 그야말로 눈코 뜰 새 없이 바쁜 시기였다. 그녀를 기다리는 사이 그녀의 스타일링을 보기 위해 TV와 인터넷 뉴스들을 꼼꼼히 살폈고 때마침 보게 된 소녀시대의 연말 시상식 무대 속 수상 소감이 귀에 쏙쏙 박혔다.

"저희를 위해 힘써주신 소속사 식구들, 스타일리스트, 헤어, 메이크업 팀을 비롯해 여러 스텝 여러분에게 감사드립니다."

다른 해 같았으면 흘려들었을 소녀들의 말이 귀에 쏙 들어왔던 건, 그녀들이 언급한 스타일리스트가 바로 서수경 실장이었기 때문이었다. 시청자들은 그냥 흘려듣고 말 식상한 멘트에 지나지 않지만 그 대상에 해당하는 사람들에겐 한 해의 노고를 씻겨줄 보람이 될 터였다.

연말 행사들이 어느 정도 끝난 12월의 끝자락, 사무실 앞 카페에 앉은 그녀를 단번에 알아볼 수 있었다. 커다란 패딩 점퍼에 질끈 묶은 머리, 화장기 없는 얼굴. 딱 촬영 중인 스텝의 모습이었다. 최신 유행의

첨단에 있으면서 잡지나 패션계의 스텝들이 늘 작업복을 입고 있는 이유는 나 또한 잘 알고 있다. 주로 밤샘 작업을 하고 현장에서 발로 뛰며 일하려면 멋 부리고 예쁜 복장은 방해만 되기 때문이다. 그렇다 보니 날씨가 추운 겨울에는 너나 할 거 없이 패딩과 청바지만 입는다. 하지만 일이 끝나고 공식적인 자리나 사적인 자리에서는 언제 그랬냐는 듯이 개성 넘치는 스타일로 꾸미고 나타나는 게 패션 현장의 스텝들이다. 거의 보름간의 밤샘 작업 끝에 겨우 짬이 났다는 그녀는 요즘 소녀시대의 스타일링이 근래 최고라는 평이 인터넷에서 우세하다고 하자 금세 얼굴에 생기가 돌았다.

"시상식이 있던 그날 싱가포르에 갔었는데 관광은커녕 호텔 밖으로 나가보지도 못했어요. 호텔에 도착하자마자 시상식에서 입을 드레스에 비즈를 하나하나 달기 바빴죠. 만들어진 옷을 협찬받기도 하지만 직접 만들거나 수선해서 입는 경우도 많거든요. 마치 동화 『백조왕자』속 주인공이 된 기분이었어요. 백조로 변한 오빠들을 사람이 되게 하기 위해 정작 자신은 사형장에 끌려가면서도 마지막까지 쐐기풀 스웨터를 뜨는 공주 말이에요. 저도 아홉 벌의 옷을 다 완성하지 않으면 큰일이라도 나는 것처럼 하루 종일 호텔에 틀어박혀 비즈를 달고 의상을 점검했죠. 나중에는 눈도 침침하고 허리도 잘 안 펴질 정도였지만, 소녀시대 친구들이 제가 만들어준 옷을 무대에 올라가 상을 받는 순간, 피로가 눈 녹듯 사라지더라고요."

자신이 아닌 다른 사람을 빛나게 해주는 일, 한 번의 무대를 위해 무대 아래에서 분주하게 움직이지만 스포트라이트 밖에 있는 사람들. 혹시 이런 점이 서운하지 않느냐는 질문에 그녀는 전혀 그렇지 않다고 답했다. 스타일링을 해서 무대에 올려 보내면 바로 그 순간 그 의상들에 자신이 대입되기 때문이다. 자신이 스타일링 해준 의상이 무대와 잘 어울리고 사람들이 열광해주면 내 얼굴이 나오는 건 아니지만 혼자만의 뿌듯함을 느끼게 되고, 반대로 뭔가 어색하고 어울리지 않으면 후회와 반성의 시간을 보낸다고 한다. 매일 정신없고 분주한 나날들이지만 일의 성과를 매번 대중 앞에 선보이고 평가받을 수 있다는 게 패션 스타일리스트의 매력이다.

들고 보니 정말 그랬다. 회사원들은 조직 생활을 하기 때문에 자신이 한 일의 성과를 피부로 느끼기엔 무리가 있다. 개인이 아니라 보통 팀 단위로 일이 진행되고 일의 성과도 빨라야 1개월에서 6개월, 심지어 1년 이상 걸리기도 한다. 반면 패션 스타일리스트는 그날그날의 무대와 프로그램에 대해 하루에도 몇 번씩 평가받고 잡지나 광고 일로는 한 달에서 길어도 6개월이면 일에 대한 성과를 눈으로 확인할 수 있다.

그녀가 놀이하듯 일할 수 있는 것도 바로 이 점 때문이었다. 작업 시간이 짧은 데 반해 매번 결과물을 볼 수 있다는 것. 패션 트렌드 또한 3개월에 한 번씩은 변하고 연예인 스타일링의 경우 하루에도 몇 번씩 새로운 아이템을 선보여야 한다. 패션의 빠른 속성은 이들에게 지루해할 틈을 주지 않는다. 매일매일 성취감을 느낄 수 있다니 짜릿할 것도 같지만 어떻게 보면 하루하루가 책임의 연속이라는 뜻도 된다. 하지만 처음부터 그녀는 바로 그 점에 끌렸다고 한다.

"처음 소녀시대를 맡게 됐을 때는 부담감이 있었던 것도 사실이에요. '내가 잘할 수 있을까?' 하지만 막상 일이 시작되고 나니까 부담을 느낄 시간조차 없더라고요. 이쪽 일이 워낙 빠르게 돌아가다 보니 일을 처리하다 보면 또 다른 일이 생기고, 끝나면 또 다른 일이 생기고……. 마치 고난도의 급류 타기를 하는 듯한 기분이었어요. 급류를 타고 나면 멈추거나 되돌릴 수 없잖아요. 일단 급류에 몸을 맡기고 본능적으로 나아가는 거죠. 내공이 많이 쌓여 있으면 아무리 험난한 코스라도 잘 헤쳐 나올 수 있고요. 저도 지금까지 쌓아온 내공으로 이 일을 하고 있어요. 코스가 다 끝나고 나면 알 수 있을 거예요. 내가 이 코스를 탈 만큼의 실력이 되는지, 혹은 모자라는지. 어쨌거나 지금 저는 충분히 즐거워요. 물론 지금 이렇게 즐길 수 있는 건 10년 동안 스타일리스트로서 쌓아온 제 이력이 있기 때문이겠지만요."

멋 부리기 좋아했던
여고 시절

학창 시절 그녀는 멋 부리기 좋아하는 여고생이었다. 일찌감치 패션이 자신을 특별하게 만들어준다는 것을 알고 있었던 셈이다. 공부를 잘하지도, 예쁘고 날씬하지도 않았지만 그녀가 한껏 멋을 부리고 나서면 친구들은 그녀를 부러워하면서 따라 하고는 했다. 친구들의 반응에 힘입어 그녀는 더욱 용감해지고 과감해졌다. 옷을 자르고 찢고 수선해 입는 과정에 이른 것이다. 그녀가 디자이너가 아닌 스타일리스트라는, 당시엔 생소했던 직업을 꿈꾼 데는 그 시절 핑클의 스타일리스트였던 정보윤의 영향이 컸다. 우연히 TV에서 정보윤의 하루를 뒤따르는 리얼 다큐 프로그램을 보게 됐는데, 활기 넘치고 열정적으로 일하는 그녀의 모습을 보고 운명과도 같은 계시를 받았다.

"정보윤 실장님의 하루는 무척이나 바빴어요. 아침 일찍 일어나 의상을 픽업하고 촬영장으로 가서 스텝들과의 회의를 거친 후 촬영 콘셉트에 맞춰 멋진 스타일링을 만들어냈죠. 걸치는 옷 하나, 소품 몇 가지를 바꿨을 뿐인데 분위기가 확 달라지는 것이 정말 신기했어요. 화기애애한 촬영장 분위기도 인상적이었고요. 광고나 잡지 촬영 못지않게 쇼 프로그램 무대 뒤에서 벌어지는 긴박한 상황도 멋져 보였고요. '나도 저 일을 해야겠다. 바로 저게 내 꿈이야.' 그날 바로 결심했어요, 유명한 스타일리스트가 되겠다고."

가슴이 두근대기 시작했다. 막연하게 잘해낼 수 있을 것 같은 믿음도 생겨났다. 고민할 것도 없이 의상 디자인을 전공했고 졸업과 동시에 당시 최고의 스타일리스트였던 한혜연의 어시스트로 들어갔다. 현장 경험이 우선인 스타일리스트에게 어시스트는 당연히 거쳐야 할 과정이자 살아 있는 현장 교육이다. 하지만 수많은 스타일리스트 지망자들이 중도 탈락되는 시기도 바로 어시스트 시절이다. 특히 도제 시스템으로 일을 배우는 한국에서는 어시스트 과정이라면 '나는 없다'라고 마음을 비워내고 인내하며 공부를 계속해야 한다.

하지만 그 공부란 학교나 학원에서 선생님이 일일이 가르쳐주는 차원의 것이 아니다. 현장에선 일일이 말로 설명하지 않는다. 일하는 방식이나 현장 분위기, 심지어 말투와 쓰는 용어까지 모든 것이 공부할 거리다. 일이 많을수록 그만큼 배우는 것도 많다. 그런 면에서 업계 최고의 자리에 있는 한혜연을 스승으로 모신 것은 그녀에게 행운이었다.

어시스트로 들어가자마자 일이 산더미처럼 쏟아졌다. 당시 한혜연은 영 캐주얼 패션 브랜드 광고를 거의 도맡아 하다시피 했다. 막 들어간 때가 다음 시즌 광고를 찍어야 하는 시기여서 거의 한 달 동안 매일 밤을 새워야만 했다. 당시 그녀가 하는 일은 매일같이 찍을 의상과 소품을 픽업하고 반납하는 일이었다. 1톤 트럭 분량의 의상을 픽업하고 반납하느라 그녀는 하루에도 몇 번씩 압구정동 거리를 오갔다. 비좁은 촬영장 한구석에서 수십 벌의 의상을 다림질하고 비즈나 단추를 달았다. 그뿐인가, 모델과 의상을 빛나게 하기 위해 차가운 바닥에 누워 드레스 자락을 빳빳이 잡고 있기도 했다.

"말이 좋아서 어시스트지 우리가 퀵서비스랑 다를 게 뭐야."

함께 일하는 어시스트들 중에는 불평을 하는 친구들도 많았다. 일한 지 6개월이 넘었는데도 여전히 의상과 소품 픽업 외에 다른 일이 없다는 것에 대한 불평이었다. '과연 내가 이 일을 끝까지 잘해낼 수 있을까?' 하는 의구심도 들었다. 일적인 부분에서보다 힘들었던 건, 주위 사람들의 시선과 기대였다. 특히 부모님에게 죄송한 마음이 들었다. 일을 한답시고 출퇴근한 지 몇 년이 지났는데 월급을 가져다주기는커녕 용돈을 받아 쓰는 데다 툭하면 엄마에게 짜증내기 일쑤였다. 어느 날 보다 못한 그녀의 아버지가 "일은 무슨 일! 그런 일 할 바에 시집이나 가라" 하고 크게 역정을 냈다. 조금만 시간을 달라고, 열심히 하겠다고 말하긴 했지만 좌불안석이었다. 당장 이렇다 할 결과물이 나오는 직업도 아닌데 아버지에게 그걸 일일이 설명할 길이 없었으니 말이다. 그런 그녀에게 가장 큰 힘이 되어준 것이 엄마였다. 여자도 전문적인 일을 해야 당당하게 살 수 있다며 그녀에게 끊임없이 용기를 북돋아줬다.

"그때 잠깐 흔들렸던 것 같아요. 주위에서 한심하게 보니까 저 또한 위축이 된 거죠. 적어도 이삼 년은 어시스트 생활을 계속해야 하는데 그 시간이 막막하게만 느껴지더라고요. 그러던 어느 날 우연히 명동 거리에 나갔을 때였어요. 지난 시즌 밤새워 작업했던 광고 비주얼이 명동 거리 양옆을 가득 채우고 있는 거예요. 갑자기 울컥하고 가슴속에서 뜨거운 게 올라오는 걸 느꼈어요. '내가 일한 결과물이 명동 거리에 저토록 크게 붙어 있다니!' 지나가는 사람들을 일일이 붙들고 자랑하고 싶은 심정이었어요. 비록 제가 직접 고른 옷들은 아니지만, 함께 작업에 참여했다는 것만으로도 충분히 감격스러웠죠. 그때 제 결심은 더욱 견고해졌던 것 같아요. '꼭 이 일을 해야지. 스타일리스트로 우뚝 설 때까지 어떤 어려움이 와도 꾹 참고 버텨야지.' 다시금 굳게 결심했죠."

인내의
어시스트 시절

그 옛날 인간이 되고 싶었던 곰과 호랑이는 깊은 동굴에 들어가 백일 동안 마늘과 쑥만 먹었다. 호랑이는 채 열흘을 채우지 못하고 동굴을 나갔지만 곰은 백 일을 다 채워 결국 소원했던 대로 인간이 됐다. 우리나라 사람이라면 누구나 한 번쯤 접했을 단군왕검의 이야기다. 그렇다면 왜 곰은 호랑이와 달리 마늘과 쑥을 그렇게 잘 먹었을까? 곰은 잡식성이고 호랑이는 육식성이라서? 내 생각은 이렇다. 이걸 어떻게 먹느냐며 불평하는 호랑이와 달리 곰은 줄곧 자신의 선택을 믿으며 마늘과 쑥을 맛있다고 생각하며 먹었기 때문이다. 처음에는 마인드 컨트롤이었겠지만 하루하루 날짜가 줄어들어가며 정말로 맛있다고 느끼게 돼 백 일을 기대감과 기쁨으로 보낼 수 있었던 게 아닐까? 백 일 뒤 사람이 된 자신의 모습을 상상하며 희망을 잃지 않았던 것이다. 갑자기 이런 이야기를 꺼낸 건 서수경의 어시스트 시절 이야기가 마치 이 이야기 속 곰과 같은 상황 같았기 때문이다.

어시스트, 특정 분야의 기술이나 지식을 가지고 있는 사람을 스승으로 삼아 오랜 기간 동안 그 사람의 기술이나 지식을 습득해나가는 과정. 어시스트는 스포츠 용어로 '득점을 위한 좋은 위치에 있는 선수에게 공을 보내는 조력자'를 일컫는데, 현실에서는 그야말로 잡다한 일을 하는 조수다. 미용, 패션, 사진, 인테리어, 요리, 플라워 데코. 거의 모든 전문 분야에서 어시스트를 채용한다. 대개 처음 몇 달간은 일에 필요한 소품을 필요한 장소에 갖다놓는 일부터 시작해 뒷정리 등 허드렛일이 주요 임무다. 경우에 따라 차이는 나겠지만 직접 그 일을 주도하기까지는 최소 3년 이상이 걸린다. 그녀가 기나긴 어시스트 기간을 버텨낼 수 있었던 것은 그 일에 대한 확신이 있었기 때문이다.

단순한 픽업 작업이라고 생각하지 않고 픽업을 갈 때마다 백화점에 있던 디스플레이와 그 시즌의 의상들, 어떤 브랜드에 어떤 옷들이 있는지를 외웠다. 촬영장에서도 마찬가지였다. 콘셉트에 따라 달라지는 의상 스타일링을 항상 외우고 메모했다. 그렇게 현장에서의 경험을 쌓아갈수록 패션 스타일리스트란 직업의 특성이 보였다. 패션 스타일링은 자기 내키는 대로 누군가를 꾸미는 일이 아니라 철저히 클라이언트의 요구에 맞춰주는 일이었다. 무엇보다 콘셉트를 이해하는 능력이 필요했고 현장에서 사람들과 융합하는 노하우도 배워야 했다. 일은 클라이언트와 시즌, 모델에 따라 바뀌었고 계절 혹은 사회·정치·경제 문제에 따른 변수도 많았다. 변수에 따른 대처 능력은 내공을 필요로 했고 그러려면 다양한 현장 경험이 절대적으로 필요했다. 현장 경험이 왜 중요한지 스스로 깨닫게 되자 더욱 열심히 일할 수밖에 없었다. 결국 그녀도 마늘과 쑥이 맛있어지는 경지에 이르게 된 것이다.

"같이 일하던 수많은 어시스트들이 중도에 나가떨어졌어요. 일도 힘들고 페이도 적다는 이유에서였죠. 하지만 전 돈을 받고 공부한다고 생각했어요. 노동의 강도에 비해 페이가 적고 언제 독립할지 모른다는 점 때문에 조바심이 들었던 건 사실이에요. 하지만 어쩌겠어요, 패션 업계 시스템이 그런걸요. 불평한다고 세상이 바뀌지 않는다면 내가 현실에 맞추는 수밖에 없죠. 그리고 내가 언제까지 어시스트인 건 아니니까."

그녀가 처음 자신의 이름을 걸고 시작한 일은 보잘것없었다. 패션 잡지 화보의 한 귀퉁이에 실릴 작은 컷을 책임지는 것이었다. 수당은 대개 일급으로 지급되는데 독립 후 맡은 일의 대부분은 차비나 진행비에도 못 미치는 경우가 많았다. 하지만 상관없었다. 경험을 쌓는 것이 우선이라고 생각했고, 경험이 쌓이다 보면 몸값도 자연히 따라 올라간다고 믿었기 때문이다. 일단 서수경이라는 스타일리스트가 있다는 걸 세상에 알리는 게 제일 급선무였다.

"제 이름을 걸고 하는 일이라 생각되니까 설레서 잠이 안 올 정도였어요. 외국 화보와 잡지를 뒤져보고 수십 가지의 스타일링을 해본 뒤 맘에 드는 스타일로 준비해 갔죠. 아무리 적은 금액이어도 마다 않고 여러 개의 시안을 준비했어요. 덮어놓고 마냥 신이 났던 시절이었죠. 일을 의뢰해준 분들도 저의 그런 열정을 높이 사주시더라고요. 촬영 준비를 철저하게 하는 것도 좋았지만 즐겁게 일하는 모습도 보기 좋았다고. 패션 현장에서는 실력 이상으로 현장의 분위기를 즐겁게 조성하고 인맥을 쌓아가는 게 중요해요. 즐겁게 일하고 붙임성 있게 행동하려고 노력하다 보니 점점 일이 늘어나더라고요. 더불어 페이도 늘어났고요. 그 시절 제 신조는 단순했어요. '들어온 일은 무조건 최선을 다해 한다.'"

특정한 곳에 소속되지 않고 프리랜서로 일하는 특성상 패션 스타일리스트는 스스로 일을 찾고 관리해야 했다. 철저한 능력제. 능력이 없으면 일은 한순간에 사라져버리고 백수가 되어버리는 게 이 업계의 냉엄한 현실이었다. 자신을 홍보하는 것도, 일을 만드는 것도 오로지 각자의 몫이었다. 그녀의 전략은 주요했고 일의 양은 점점 많아졌다. 배우 고아라의 스타일링을 맡게 됐고 화장품 브랜드 에뛰드의 시즌 광고를 담당했으며 배우 한효주와 박신혜를 거쳐 어느덧 최고의 주가를 올리고 있는 아이돌 그룹 소녀시대의 스타일링까지 맡았다. 그야말로 대한민국 패션 트렌드의 최첨단에 선 것이다. 햇수로 헤아려보자면 7년여간 패션에 미쳐 지낸 세월이었다. 또래 친구들이 무얼 하며 살까 고민하며 이리저리 방황하는 사이 그녀는 확실한 목표를 잡고 집중한 결과 비교적 이른 나이에 인정받을 수 있었다.

"요즘은 언론이나 매체를 통해 이 일이 조명을 받아서인지 스타일리스트를 꿈꾸는 친구들이 부쩍 많아졌어요. 가끔 특강도 하곤 하는데 어떻게 하면 스타일리스트가 될 수 있느냐고 물어보곤 하죠. 그럼 전 이렇게 대답해요. '그냥 이 일에 미쳐라. 미쳐 있지 않으면 곁눈질하게 되고, 곁눈질을 하다 보면 남의 떡이 더 커 보이고 자기 일에 불만이 커질 수밖에 없다.' 요즘 친구들을 보면 자신을 과대평가하는 경향이 많아요. 정보가 넘쳐나는 시대다 보니 인터넷을 떠도는 정보들을 보고 마치 자신이 다 알고 있다고 착각하는 거죠. 그래서 자신의 능력을 빨리 인정받고 싶어 안달해요. 빨리 자신을 써주지 않으면 오너가 보는 눈이 없어서라고 치부하고 바로 딴 곳으로 옮겨 가버리죠. 그렇게 철새처럼 자꾸 옮기기만 한다면 배울 기회도, 인정받을 기회도 놓치게 된다고 생각해요. 한마디로 지치면 지고 미치면 이기는 세계죠."

패션계의 일은 단기간 내에 많은 스텝들이 만나 일하는 시간 싸움이다 보니 스타일링 감각 이상으로 중요한 것이 있다. 기본적으로 책임감과 인내심이 강해야 하고 사람과 사람 사이에서의 조율도 잘해야 한다. 그런 기본기를 익힌 다음에야 비로소 자신의 능력을 발휘할 수 있는 건데, 그런 걸 중요하게 여기지 않는 사람이 많아 안타깝다고 한다.

치열한 라이프 스타일

그녀의 겉모습은 전형적인 워커홀릭이다. 일상 역시 온통 일에 관한 것뿐이다. 일과 관련된 사람들을 만나고 일과 관련된 쇼핑을 하고 일과 관련된 자료를 검색하고 책을 본다. 스케줄 표에는 그날그날의 스케줄이 빼곡히 적혀 있다. 인기 그룹 소녀시대의 의상 스타일링을 맡은 만큼 한층 더 바쁜 나날이다. 지난 1년간 그녀의 일상은 사생활이 없는 날들이었다고 한다. 직장인처럼 일하는 시간이 뚜렷이 정해져 있지 않기 때문에 업무 시간과 휴식 시간의 경계가 없고 촬영을 위한 이동·대기 시간이 그녀에게 유일한 휴식 시간이다. 그녀의 말대로 미치지 않으면 결코 참고 견뎌낼 수 없는 생활이다.

"제가 워커홀릭인 건 맞는 것 같아요. 쉴 때조차도 지나가는 사람들의 스타일이 좋으면 유심히 살피고 메모하는 게 습관화돼 있거든요. 이왕이면 일과 관련된 아이디어를 얻을 수 있는 곳에서 쉬는 것도 그렇고요. 그런데 생각해보면 이쪽 패션 업계 사람들 전부가 그래요. 일중독자가 아니면 살아남을 수가 없으니까요. 일을 놀이처럼 즐겁게 하려면 자신의 일을 스스로 재미있게 만들어야 해요. 전 맡은 일마다 저에게 작은 미션을 줘요. 일마다 목표치를 세우고 그걸 달성하면 스스로가 뿌듯해하는 거예요. 수많은 미션을 성공시키고 실패하면 다시 도전하고…… 마치 게임하듯 한 단계, 한 단계 클리어하면서 조금씩 발전해온 거죠. 일에 어느 정도 이력이 붙고 시스템에 적응돼가다 보니 어느 순간부터 이 일이 몸에 딱 맞는 옷처럼 편안해지더라고요."

그녀가 일주일 동안 참여하는 방송 스케줄은 총 4회다. 소녀시대가 아홉 명이니까 주마다 서른여섯 벌의 의상을 제작해야 하는 셈이다. 거기에 CF나 다른 행사가 추가되면 의상은 기하급수적으로 늘어난다. 흔히 패션 스타일리스트는 무조건 세련되고 예쁘게 옷을 입히면 되는 간단한 일로 생각하지만 그렇지 않다. 대개 사전 회의를 거쳐 그날의 콘셉트가 정해진다. 방송 무대는 타이틀곡과 그날 무대의 콘셉트에 맞게, CF는 CF 콘셉트와 광고주의 성향에 맞게, 공연은 공연 콘셉트에 맞게 그때그때 상황에 맞는 스타일링 실력을 발휘해야 한다. 콘셉트가 정해지고 나면 의상에 관한 부분은 전적으로 스타일리스트의 몫이다. 제작을 하든, 협찬을 받아 스타일링 하든 많게는 일주일에 백여 벌 이상의 의상을 책임져야 한다. 그 모든 스타일링은 하루나 이틀 사이에 결정해야 하고, 모든 의상은 이유 불문하고 리허설 전에 공수되어야 한다. 일주일에 수십 벌의 옷을 제작하고 또 스타일링 하려면 웬만한 내공 없이는 불가능하다. 소녀시대 각 멤버의 신체 사이즈가 당연히 머릿속에 입력되어 있어야 하고, 각자에게 어울리는 스타일도 알고 있어야 한다. 트렌드의 중심에 있는 그룹인 만큼 최신 유행 트렌드 또한 꿰고 있어야 한다.

신기한 건 이제는 콘셉트가 정해지면 그에 맞는 스타일링이 딱딱 떠오른다는 것이다. 물론 아이디어가 떠오르지 않아 몇 날 며칠 고심할 때도 있지만 대개 하루나 이틀 정도면 원하는 스타일링이 정해진다. 머뭇거릴 시간은 없다. 거의 모든 일의 대부분이 하루나 일주일, 길어도 한 달을 넘지 않는 기간 내에 이루어지기 때문이다. 아이디어의 원천은 그녀가 가지고 있는 다양한 경험과 그에 따른 방대한 데이터다. 그녀의 수첩엔 아이디어가 떠오르는 대로 스케치해둔 여러 가지 의상 디자인이 있고 아이패드엔 외국 잡지나 할리우드 스트리트 패션을 스크랩해둔 자료와 백화점 쇼윈도의 의상을 찍어둔 폴더가 있다. 모두 소녀시대의 의상에 적용하면 좋겠다 싶어 담아둔 것이다. 그녀의 모든 관심사는 스타일링의 아이디어가 된다. 길을 걷다가도, 영화를 보다가도, 친구들과 이야기하다가도 아이디어가 떠오르면 메모해두는 걸 잊지 않는다. 집에 돌아와서는 컬렉션 북을 비롯한 각종 잡지를 리서치하고 쉬는 날이면 백화점이나 동대문에 나가 최신 트렌드를 체크한다.

하지만 가장 든든한 버팀목은 8년간 현장에서 쌓은 다양한 경험이다. 경험만큼 좋은 스승은 없다고 했던가. 8년간의 현장 경험은 어떤 경우의 수도 처리할 수 있는 위기 대처 능력을 길러줬다. 클라이언트나 모델, 다른 스텝의 요구에 따라 즉흥적으로 콘셉트가 바뀌기도 하는데, 이런 변수를 예측하고 미리 준비해두는 것이 프로의 자세다. 프로페셔널이란 바로 이런 게 아닐까? 최적의 조건이 아니라 최악의 조건 속에서도 맡은 임무를 순조롭게 처리하는 것. 간혹 촬영 의상이 제때 도착하지 않는 등의 최악의 상황이 발생하기도 하지만 그때마다 유연하게 잘 대처하는 자신의 모습을 볼 때 이 일에 대한 자신감이 붙는다고 그녀는 말한다.

패션계는
늘 청춘이다

패션 업계는 영원히 죽지 않는 불멸의 청춘과도 같다. 시즌에 따라 트렌드가 변하고, 하루가 다르게 젊은 인재들이 치고 올라온다. 변화하는 속도를 따라가지 않으면 급류에 휩쓸려 도태되고 마는 게 패션계다. 영화 〈악마는 프라다를 입는다〉를 떠올리면 쉽게 이해될 것이다. 이 영화는 화려하고 치열한 패션계의 모습을 사실적이고 매력적으로 그려낸 영화다. 촌내 풀풀 나는 시골 출신 앤디는 시도 때도 없이 떨어지는 명령과 비상식적인 업무량 앞에서도 무너지지 않고 맡은 바에 최선을 다하고 종국에는 편집장 미란다의 인정을 받게 된다. 미란다의 배신을 목도하고 처절하리만치 치열한 패션 업계에 염증을 느낀 주인공은 결국 본래 자신의 꿈을 찾아 떠나지만, 분명한 건 이 영화를 보고 패션 업계 종사자를 꿈꾸는 사람이 많았다는 점이다. 각 분야를 담당하는 멋진 프로가 모여 화려하고 또 치열하게 일하는 모습은 관객들로 하여금 '나도 저렇게 근사하게 일하고 싶다'는 욕망을 불러일으켰다. 영화 속 주인공이 미련 없이 회사를 떠날 수 있었던 건 이미 최선을 다해 일했고 그 일이 자신과 맞지 않음을 확신했기 때문이 아닐까.

확신은 충분한 경험과 지식에서 온다.

"많은 친구들이 패션 스타일리스트를 꿈꾸죠. 매일같이 연예인을 만나고 파티나 행사에 참석하는 화려한 면에 주목하기 때문이에요. 하지만 수도 없이 많은 친구들이 어시스트 과정에서 중도 탈락돼요. 일이 생각보다 힘들고 생각만큼 재미있지 않다는 이유에서요. 그건 자신의 일에 대한 확신이 없어서예요. 최선을 다해서 치열한 노력을 기울여보면 그 일이 자기에게 맞는지 아닌지 확신이 서거든요. 포기를 해도 그때 해야지 미련이 안 남아요. 그냥 단순히 재미있을 것 같아서 이리 기웃, 저리 기웃 한다면 결국 자신에게 맞는 일은 영영 찾을 수 없다고 봐요."

그녀는 확신한다. 패션 스타일리스트란 치명적인 매력을 지닌 직업이라고. 하루 스물네 시간 일을 생각하고 밤낮 없이 작업해야 하므로 체력도 필수다. 사교성이 있어야 함은 물론이다. 그리고 수많은 종사자들이 이 모든 어려움을 감내할 만큼 패션 업계에는 거부할 수 없는 '젊음'의 매력이 들끓는다. '악마는 프라다를 입는다'라고 했던가. 아니다, 프라다(패션)가 바로 악마 그 자체다.

한순간의
열정이 아닌
지속적인
열정

열정, 어떤 일에 열렬한 애정을 가지고 열중하는 마음. 누구나 한 번쯤 가슴속에 열정을 키운 적이 있을 것이다. 내 경우 그 열정의 대상은 패션 스타일리스트였다. 최고의 패션 스타일리스트가 되겠다는 굳은 의지와 열정을 갖고 있었기에 스튜디오와 백화점을 매일같이 들락거리며 의상을 픽업하는 고된 노동에도 고단함을 몰랐다. 하나라도 더 배우고 익히려고 눈과 귀는 물론 모든 감각을 열어두고 온 관심을 패션에 쏟았다. 누군가를 좋아할 때 느끼는 심장박동의 떨림을 나는 이 일을 하면서 느꼈다. 어쩌면 내가 아직까지도 패션 스타일리스트로 일할 수 있는 것은 처음의 그 열정이 식지 않도록 스스로 계속 채찍질해왔기 때문이 아닐까 싶다.

사실 그 노력이란 별거 없다. 스스로 일의 즐거움을 계속해서 찾고 재미를 찾아가는 것이다. 준비해 간 의상이 다음 시즌 광고 비주얼에 쓰이는 것으로 만족하고, 언젠가는 내가 그 광고를 총괄하는 패션 디렉터가 된다는 데 설레어했다. 내 이름 석 자가 '스타일리스트'라는 타이틀과 함께 잡지에 실리는 것에 떨 듯이 기뻐했고 내가 코디한 스타일링을 보고 사람들이 예쁘다고 말하면 그렇게 뿌듯할 수가 없었다. 그런 식으로 일의 즐거움을 하나하나 찾아갔던 것이다.

열정은 곧 그 일을 할 때 다른 생각이 안 날 만큼 재미있다는 뜻도 된다. 사람들이 열정을 지속시키지 못하는 건, 일을 시작했을 때 따르는 어려움을 이겨내고자 하는 마음이 처음 그 일에 가졌던 호기심을 뛰어넘지 못하기 때문이 아닐까. 결국 일하는 즐거움을 찾는 것은 오로지 자신의 몫이고 그게 바로 열정을 지속시키는 유일무이한 길이다.

epilogue

나를 행복하게
만드는 일

　로맨틱 코미디의 대가인 노라 에프론이 만든 영화 중 〈줄리&줄리
아〉라는 영화가 있다. 영화 속에는 두 명의 주인공이 나온다. 1949년
의 줄리아와 현재의 줄리. 외교관인 남편과 함께 미국에서 프랑스로
건너가 무료한 삶을 살고 있는 줄리아와, 뉴욕의 공무원으로서 시민들
의 전화 응대를 하며 역시 무료한 삶을 살아가고 있는 줄리. 이 두 사
람의 공통점은 무료한 삶 속에서 자신을 행복하게 만드는 것이 무엇인
가를 고민했고, 그 답을 요리에서 찾았다는 점이다. 그리고 두 사람은
자신의 '행복 만들기'에 적극적으로 도전한다.

　1949년의 줄리아는 르 꼬르동 블루에 입학해 자신을 비웃는 사람
들 앞에서 당당하게 최고의 요리를 선보이고 미국에 프랑스 요리를 선
보이는 책을 발간하며 전설적인 요리사가 됐고, 현재의 줄리는 잡지
기자인 친구에게 초라한 30대로 인터뷰당하는 굴욕을 겪은 후 새로운
목표를 찾게 되는데, 바로 그게 줄리&줄리아 프로젝트다. 365일 동안
줄리아의 책에 담긴 524개의 프랑스 레시피에 성공하기. 자신의 도전

을 블로그에 올리며 유명한 블로거가 된 줄리는 꿈에 그리던 작가가 되어 요리 책을 출판하게 된다. 60년 전에 요리를 통해 자신만의 행복을 찾았던 줄리아의 삶이 현재의 줄리에게 멘토가 되어 또 다른 긍정적인 삶을 만들어낸 것. 감동적인 실화를 바탕으로 한 이 영화 이야기를 꺼내는 이유는, 이 책을 준비하며 만난 그녀들이 모두 줄리와 줄리아의 모습과 닮아 있기 때문이다.

그녀들은 영화 속 줄리와 줄리아처럼 자신이 무엇을 할 때 가장 행복한가를 끊임없이 고민한 뒤 마침내 그 답을 찾았고, 앞으로도 하루하루 행복을 찾기 위해 살 것이다. 줄리에게 줄리아는 영혼의 멘토였다. 줄리아는 1950년 미국이나 유럽의 대부분의 상류층 여자들이 소소한 취미 생활을 즐기며 집 안의 장식품처럼 박제된 삶을 살고 있을 때, 스스로의 존재 가치를 발휘할 수 있는 일을 적극적으로 찾아낸다. 그리고 노력 끝에 꿈에 그리던 요리 레시피를 담은 책을 출간한 요리계의 전설적인 인물로 거듭난다. 그런 줄리아는 줄리에게 소중한 멘토로서 도전할 수 있는 계기를 만들어준다.

'나도 할 수 있다', '하고 싶다'라는 도전 의식. 삶이 가장 초라하게 느껴졌던 그 순간, 서른을 앞둔 순간, 줄리는 365일 동안 524개의 레시피를 만들어보겠노라고 선언하고 곧바로 실행에 돌입한다. 멘토가 중요한 것은 바로 그 점이다. 도전을 하게끔 용기를 북돋아준다는 것. 그리고 그보다 더 중요한 가치가 한 가지 있다.

영화 속의 줄리는 자신의 블로그에 이런 글을 남긴다.

줄리아 차일드가 요리를 배우기 시작한 것은 남편을 사랑해서였고, 음식을 사랑해서였으며, 달리 뭘 할지 몰라서였습니다. 배우는 도중에 즐거움을 찾으셨죠. 난 그걸 오랫동안 몰랐지만 이젠 압니다. 줄리아가 가르쳐줬습니다. 하지만 진정으로 줄리아가 내게 알려주신 게 있습니다. 그래서 지금 내가 있는 겁니다.

영화 속 줄리가 줄리&줄리아 프로젝트를 끝내면서 행복해했던 이유는 요리 블로거로서 성공해서가 아니라 요리에 도전하는 동안 진정한 즐거움을 느꼈고, 결국 자신이 무엇을 할 때 가장 행복한지를 깨달았기 때문이었다. 내가 만난 그녀들도 마찬가지였다. 비록 사회적으로 크게 성공한 사람들은 아니어도, 적어도 자신이 무엇을 잘하는지 알고 그것을 위해 하루하루 충실히 살고 있는 것만으로 그녀들은 충분히 성공한 사람들이다.

당신은 무엇을 할 때 가장 행복한가? 어떻게 그 행복을 매일 실현할 수 있을까? 그 답이 궁금하다면 일단 무언가에 도전해볼 것을 권한다. 여전히 도전이 두려운가? 그렇다면 영화 속 줄리아의 말로 대신하고 싶다.

"요리를 잘하려면 연습을 해야 해요, 피아노처럼."

늘 그렇듯, 진실은 간단하다.